Für Sanna

FSC
www.fsc.org
MIX
Papier aus verantwortungsvollen Quellen
FSC® C014496

5 4 3 2 1

ISBN 978-3-649-63190-3

Hafenweg 30, 48155 Münster

Text: Matthias Morgenroth
Umschlaggestaltung: Anne Sent unter Verwendung
eines Fotos von David Schlemer/EyeEm/Getty Images
Innenillustrationen: Shutterstock
Quellenangaben: Seite 304
Lektorat: Frauke Reitze
Satz: Sabine Conrad, Bad Nauheim
Printed in Germany
www.coppenrath.de

Das @book erscheint unter der ISBN 978-3-649-63243-6.

Matthias Morgenroth

I can see U

COPPENRATH

»Ben?«, rufe ich noch einmal.

Ich wiege die Eisenstange in der Hand.

Meine Waffe.

Schwer und beruhigend.

Ich werde die Tür öffnen, vorsichtig natürlich, und wenn er mir irgendetwas tun will, schlage ich ihn zu Boden.

Ich habe lange überlegt, ob es zu gefährlich ist. Aber meine Waffe ist stark.

Und meine Neugierde ist noch stärker.

Ich packe die Stange mit der rechten Hand. Mit der linken drehe ich den Schlüssel um.

Einmal.

Noch ein zweites Mal.

Ich drücke die Klinke nach unten, ziehe langsam die Tür auf. Ich bin auf alles gefasst.

Da sitzt Ben.

Ganz still.

Ganz friedlich.

Die Augen geschlossen.

Ich betrachte ihn.

Mein Ben. So sieht er jetzt also aus.

So friedlich.

Da schlägt er die Augen auf und sein Blick trifft mich ins Mark.

»Marie«, sagt er. »Ich habe es gewusst.«

Ich sitze in einem Scherbenhaufen und meine Welt ist eine Ruine. Doch wenigstens weiß ich jetzt, was ich bin. Oder vielmehr, was ich NICHT bin.

ICH BIN KEIN MONSTER.

Ich schreibe diese Zeilen mit meinem Füller. Mit Tinte. Auf Papier. Ja, ich schreibe unsere Geschichte mit Tinte auf Papier, damit mir niemand die Worte verfälschen kann, denn geschrieben ist geschrieben – aber eben nur, wenn es Papier ist und wenn es keine Pixel sind.

Dies sind meine Aufzeichnungen. Lies sie mit Ehrfurcht. Lies sie mit Furcht. Ich muss versuchen, aus all den Scherben, aus meinen zersplitterten Gedanken wieder einen Menschen zu bauen.

MICH.

Und jetzt fange ich von vorn an.

MONTAG, 11. MAI

Ben.

Ich weiß noch alles. Jede Einzelheit. Wie Ben zum ersten Mal ins Klassenzimmer gekommen ist. Der Bachmann schob ihn nach vorn und stellte ihn uns vor, und alle schauten ziemlich überrascht, weil da mitten im Schuljahr ein Neuer auftauchte, und ich kannte mich selbst nicht mehr.

War ICH noch ICH?

Ich bin sonst nicht so eine, die den Jungs hinterherglotzt, und erst recht bin ich keine von denen, denen die Jungs hinterherschauen. Leider! Im Gegenteil, ich habe meistens das Gefühl, herausgerechnet zu werden, egal, wie bunt ich mich anziehe und ob ich mich schminke oder nicht. Aber dieser Montag war kein gewöhnlicher Montag und alles fühlte sich anders an.

»Das ist Ben Olympion«, sagte der Bachmann. »Er geht ab heute in Ihre Klasse. Nehmen Sie ihn freundlich auf, ja? Aber das tun Sie ja sowieso.«

Als Ben an diesem Montag im Mai ins Klassenzimmer kam, ging die Sonne in mir auf und die Vögel zwitscherten nur für mich. Mann, klingt das kitschig. Aber so war es!

»Ben kann sich an den Tisch ganz hinten setzen«, fuhr der Bachmann fort. »Passt das?«

Ben neigte den Kopf und lächelte und ich lächelte ganz automatisch mit, ich konnte einfach nicht anders. Mit Sonne im Bauch kann man nichts anderes tun, als vor sich hin zu lächeln.

Der Bachmann räusperte sich, aber Ben machte keine Anstalten, sich zu setzen. Er lächelte einfach weiter in die Klasse – und da trafen sich unsere Blicke zum ersten Mal.

Niemand hatte mich je zuvor so angeschaut wie er.

Hätte man mich am Abend gefragt, wie er denn aussieht, der Neue in der Klasse, dieser Ben, ich hätte ihn kaum beschreiben können. Nicht seine glatten dunkelblonden Haare, nicht seine ebenmäßigen Lippen und auch nicht seinen wiegenden Gang, der mir mittlerweile so vertraut erscheint. Alles, woran ich mich erinnern konnte, waren seine Augen. Er hatte mir mitten ins Herz gesehen. Klingt verrückt, aber so habe ich mich wirklich gefühlt. Als hätte er mir ins HERZ gesehen! Als wäre ich für ihn nicht nur eine durchschnittliche Fünfzehnjährige, die hauptsächlich aus Schwabbelfalten am Gürtel, Edelmetallteilen im Mund und bescheuertem Grinsen im Gesicht besteht!

Er hatte MICH gesehen. Marie Inning.

Und ich spürte, wie neugierig er war. Neugierig auf mich?! Warum sollte er ausgerechnet auf mich neugierig sein ...? Doch so war es, und die Sonne breitete sich aus, tief in mir drin – beinahe hatte ich den Eindruck, man könnte mich leuchten sehen.

Reden Sie weiter, wollte ich dem Bachmann zurufen, erzählen Sie alles, was Sie wissen! Woher kommt er, dieser Ben? Warum fängt er jetzt, mitten im Schuljahr bei uns an? Was ist das für ein seltsamer Nachname – und wieso schaut er mich so an, dass die Sonne aufgeht?

Einige murmelten was Gemeines, das merkte ich, einige tuschelten und Niko, unser Schönling, warf den anderen Jungs spöttische Blicke zu. Vielleicht fürchtete er die unerwartete Konkurrenz.

Ich aber lächelte weiter. Automatisch. Und mit angehaltenem Atem verfolgte ich, wie Ben jetzt durch den Mittelgang nach hinten zu seinem Platz ging.

So bin ich sonst nicht. Wirklich. Ich weiß auch nicht, was plötzlich mit mir los war, aber die Vögel in meinem Kopf zwitscherten immer lauter und plötzlich spielte leise Musik dazu … Geigen, Trompeten, zarte Flöten …

Elli stieß mich in die Seite.

»Was?«, fragte ich verwirrt.

»Du starrst ihn an.«

»Wen??«

Ihre Worte sickerten nur langsam in mich ein. Und erst im Schneckentempo wurde mir bewusst, dass ich mich höchstwahrscheinlich gerade ziemlich peinlich verhielt. Aber ich konnte nichts dagegen tun.

Elli kicherte. »Mensch, Marie.«

Ich riss mich von Bens Anblick los und murmelte möglichst cool: »Was denn?«

Elli grunzte nur leise vor sich hin.

Sie hatte gut grunzen! Ihr schauten die Jungs ja ständig nach. Obwohl ihr das, zugegeben, zuletzt auch kein Glück gebracht hatte und sie seit zwei Wochen ständig tieftraurigblauen Kajal dick um die Augen trug, nachdem die Geschichte mit Marc auseinandergegangen war. Dabei war sie es selbst gewesen, die Schluss gemacht hatte.

Mein Kopf muss knallrot geworden sein, und als ich mich vorsichtig umsah, um zu prüfen, ob mein peinliches Verhalten sonst noch jemandem aufgefallen war, grinste Yun mich hämisch an. Yun ist unser Klassenschweiger, er glotzt und grinst die ganze Zeit über. Ich wurde natürlich noch röter.

»Vergessen Sie bitte nicht«, bohrte sich nun wieder die Stimme vom Bachmann in mein Ohr, »dass wir kommende Woche mit den Referaten beginnen wollen. Leon, Sie sind der Erste, dann kommen Alina und Pia dran, und dann« – er warf uns einen Blick zu – »Elli und Marie.«

Unser Referat war mir in diesem Moment völlig egal, aber ich nickte reflexhaft, immer noch mit hochrotem Kopf.

»Ich habe das Buch schon gelesen«, flüsterte Elli. »Du auch?«

Ich nickte wieder. »Sowieso.«

Was machte der Neue wohl jetzt? Ich lugte nach hinten. Ben saß an seinem Platz. Logisch. Was hätte er sonst machen sollen?

Elli kicherte wieder – na und, sollte sie doch!

»Ach ja«, hörte ich den Bachmann durch die Geigen und Flöten in meinem Kopf hindurch sagen, »das wäre die Gelegenheit, unseren Neuen gleich mal zu integrieren. Ben, wie wäre es mit einem Referat zu der Novelle ›Der Sandmann‹ von E.T.A. Hoffmann? Sehen Sie sich dazu in der Lage?«

Ben richtete sich auf. »Entschuldigung, ich verstehe die Frage nicht.«

Der schöne Niko grinste spöttisch.

Der Bachmann grinste auch. »Die Frage, ob Sie sich dazu in der Lage sehen, oder wie es mit einem Referat über den ›Sandmann‹ wäre?«

Wie gemein! Der Neue konnte ja noch gar keine Ahnung von dem Deutsch-Projekt haben, das sich der Bachmann für diesen Sommer ausgedacht hatte! Ben reagierte nicht, er schaute den Bachmann einfach abwartend an und ich fand das ziemlich cool.

Der Bachmann wurde zum Glück gleich wieder freundlich. »Also, das Referat soll eine halbe Stunde dauern und uns von jedem Werk die Handlung und die Entstehung präsentieren. Sie haben aber noch zwei Wochen Zeit, bis dahin sehen Sie ja, wie es die anderen machen.«

Ben neigte wieder leicht den Kopf und unsere Blicke begegneten sich zum zweiten Mal …

»Mach ich gern«, sagte er. »Ich liebe Ernst Theodor Amadeus Hoffmann. Ich liebe Romantik.«

ROMANTIK?!

Ich schaute schnell zu Boden. Mein Herz klopfte. Was war denn heute mit mir los?

»Meine Güte«, sagte der Bachmann sichtlich überrascht. »Da haben wir ja einen Experten in der Klasse.«

»Neben mir ist noch ein Platz frei«, rief Josh. »Den hab ich extra freigehalten, falls mal ein EXPERTE in die Klasse kommt.«

Alle lachten. Und Ben lächelte auch.

»Heute Nachmittag hätte ich Zeit«, hörte ich Elli plötzlich neben mir.

»Wozu?«, fragte ich völlig verwirrt. Hatte sie etwa schon länger mit mir gesprochen, ohne dass ich es bemerkt hatte? Heute war mir alles zuzutrauen.

»Na, fürs Referat«, erwiderte Elli. »Soll ich nach der Schule gleich zu dir kommen?«

»Ach so, fürs Referat.«

Wir hatten montags bis 16 Uhr Unterricht. Und irgendwas war heute Abend noch, hatte meine Mutter gesagt, aber ich hatte nicht genau zugehört. »Heute ist schlecht. Morgen?«

»Okay.« Sie pikste mich mit dem Bleistift in die Seite. »Könnte sein, dass du dich sowieso nicht mehr konzentrieren kannst, oder?«

Wie gemein.

Aber ich sah natürlich ein, dass sie recht hatte. Die Musik in meinem Kopf war zu einer ganzen Symphonie angeschwollen.

#

In Physik schämte ich mich so sehr für meine Klasse, dass ich es kaum beschreiben kann. Vor allem für die Jungs! Bei allem, was sie taten, dachte ich, meine Güte, was bekommt der Neue wohl für einen Eindruck von uns!

Der Koppe hantierte an einem Versuchsaufbau herum, irgendwas mit Spulen und Kabeln und Stangen und Magneten. Es ging noch einmal um Induktion. Dabei wird Strom hergestellt, indem man in eine Spule aus aufgewickeltem Draht einen Stabmagneten reinschiebt. Und wieder rauszieht. Je schneller man das macht, umso mehr Strom entsteht. Die Jungs machten anzügliche Witze, und wer weiß, vielleicht hätte ich es an einem anderen Tag auch ein bisschen lustig gefunden – aber heute fand ich es nur peinlich, peinlich, peinlich!

»Ich dachte, das wäre Bio«, rief Jasper und grinste schmierig in die Runde. »Rein – raus!«

Niko schlug ihm auf die Schulter. »Und ich wusste gar nicht, dass bei so was Strom entsteht.«

»Nicht, wenn du verhütest!«, rief Leon.

Alle johlten. Sogar einige Mädchen.

»Sie liegen völlig falsch«, presste der Koppe zwischen zusammengebissenen Zähnen hervor. »Bei diesem Versuch hier gewinnen Sie Energie, bei dem, auf das Sie anspielen, verlieren Sie welche.«

Natürlich, es stimmte, es sah wirklich ziemlich schweinisch aus, was der Koppe da vorn im Physiksaal mit Spule und Stab anstellte. Aber mussten sich die anderen deshalb so aufführen, als wären sie im Kindergarten?

WIR SIND KEIN KINDERGARTEN, versuchte ich in die hintere Bank zu funken, zu Ben, der auch im Physiksaal allein saß und der sich doch wer weiß was denken musste! WIR SIND NETT. WIR SIND COOL. WIR SIND DEINE NEUE KLASSE. Als ich mich traute, mich wieder zu ihm umzuschauen, bemerkte ich jedoch, dass er ganz zufrieden aussah und überhaupt nicht verunsichert, dass er zum Glück aber auch keine Anstalten machte, auf den ganzen Schweinkram der anderen Jungs einzusteigen.

Er sah einfach nur gut aus.

Er sah perfekt aus.

Mir wurde ganz heiß.

Ruhe kehrte für den Rest der Physikstunde keine mehr ein, und bei allem, was der Koppe noch demonstrierte, stöhnte die halbe Klasse anzüglich und rhythmisch. Ich wurde schon wieder blutorangenrot, obwohl ich natürlich auf gar keinen Fall rot werden wollte, und ärgerte mich so sehr über mich selbst, dass ich mir versehentlich auf die Lippe biss, dass es blutete.

»Yun!«, brüllte der Koppe kurz vor Ende der Stunde plötzlich und unser Klassenschweiger fuhr zusammen. »Würden Sie so freundlich sein und Ihr Handy ausmachen? Oder was haben Sie vor?«

»Der dreht Pornos«, meinte Leon und grinste. »Wenn die Spule zum Magneten kommt …«

»Ruhe jetzt!«, polterte der Koppe.

Auch wenn unsere Schule seit Neuestem eine sogenannte Pilotschule ist und wir das Handy in »begrenztem Rahmen«, wie es heißt, verwenden dürfen, von wegen Medienkompetenz und so – während des Unterrichts durfte natürlich immer noch niemand seinen eigenen Kram damit machen. Yun murmelte etwas Unverständliches und schob sein Smartphone in die Hosentasche.

»Nehmen Sie sich kein Beispiel an Ihren Klassenkameraden«, sagte der Koppe zu Ben.

»Mach ich schon«, sagte Ben und der Koppe schaute ein wenig verwirrt drein, weil irgendwie nicht ganz klar war, was Ben damit ausdrücken wollte. Aber auf jeden Fall hatte ER kein Handy auf der Bank liegen.

Unsere Blicke trafen sich zum dritten Mal. Ben schien eher belustigt als genervt zu sein. Und ich war endgültig hin und weg.

#

Ich weiß nicht, ob es Zufall oder Schicksal war, jedenfalls stand ich mittags in der Schlange zur Essenausgabe direkt hinter Ben.

Wow. Das kam überraschend.

Mein Zustand hatte sich noch nicht normalisiert, im Gegenteil. Mein Mund war ganz trocken. Meine Lippe war angeschwollen. Ich fühlte mich weniger denn je in der Lage, ein spritziges und witziges Gespräch zu führen.

Ben schaute sich interessiert in unserer Mensa um. Schon wieder schämte ich mich – diesmal für unsere Schule, unsere heruntergekommene, dreckige Schule. Mir fällt es ja gar nicht mehr auf, ich bin das alles schon gewohnt, aber eigentlich ist unsere Schule wirklich eine Schande. In der Mensa bröckelt der Putz von den Wänden und die Holzverschalung schimmelt. Ich wusste, es war albern zu denken, dass Ben vielleicht wieder abhauen würde, wenn es ihm hier nicht gefiele, aber irgendetwas in der Art schoss mir tatsächlich durch den Kopf.

Ich atmete tief durch.

»Da oben steht, was es heute gibt«, sagte ich zaghaft und deutete auf die kleine Tafel an der Wand.

Puh, wie piepsig ich mich anhörte!

»Oh, danke«, sagte Ben und las: »Hackbraten. Kartoffelbrei.«

Vor uns schob Jasper sich mit seinem Tablett weiter. »Salat lass ich heut mal aus«, sagte er grinsend zu uns und nahm sich zwei große Löffel Kartoffelbrei.

Ben tat es ihm gleich.

»Magst du das auch so gern wie ich?«, fragte Jasper mit einem zufriedenen Blick auf seinen Hintermann.

Ben nickte.

»Mit Hackbraten ist Kartoffelbrei ein Traum«, schwärmte Jasper und beugte sich über die Theke. »Kann ich bitte zwei Scheiben haben? Oder drei?«

Die Müller an der Ausgabe zwinkerte ihm zu. »Dich kenn ich doch!«

»Kann ich bitte auch zwei Scheiben haben? Oder drei?«, echote Ben und Jasper lachte.

»Der Neue hat's echt drauf. Guten Appetit!«

»Danke«, sagte Ben und stellte den Teller mit den drei Scheiben Hackbraten, die auch er bekommen hatte, auf sein Tablett.

Mir schmeckten weder der schleimige Kartoffelbrei noch der Hackbraten mit der braunen Soße. Ich nehme an Tagen wie diesen immer ein Schälchen Salat und eine Semmel, das muss reichen.

»Ich hasse die Mensa«, sagte ich zu Ben, als wir zahlten. Nicht, dass er dachte, ich würde das Zeug hier gut finden.

»Oh, warum denn?«, fragte er und nahm sein Tablett.

»Nichts, was schmeckt«, erklärte ich.

»Nein? Was hättest du denn gern?« Er sah mich neugierig an.

Ich begann zu stottern. »Keine Ahnung. Äh – vielleicht mal was Süßes. Blaubeerpfannkuchen oder Kaiserschmarrn, das wär was.«

»Klingt verführerisch«, sagte Ben und lächelte.

VERFÜHRERISCH.

Hallo?!

Na gut, man soll ja nicht gleich alles auf sich beziehen … Aber es war schon irgendwie besonders, dass er es so und nicht anders sagte. Mein Tablett zitterte in meiner Hand, ich konnte nichts dagegen tun.

Ich versuchte, mich Ben anzuschließen, aber Jasper hatte ihn bereits zu sich an den Tisch gelockt, begeistert darüber, endlich einen gefunden zu haben, mit dem er mal so richtig über Hackbraten fachsimpeln konnte. Und so blieb mir nichts anderes übrig, als mit klopfendem Herzen an den Jungs vorbei zum Nachbartisch zu gehen, wo schon Alina und Pia saßen. Wo Elli bloß so lange blieb? Seit sie sich mit Marc verkracht hatte, nachdem der auf Joshs Party mit einer aus der Realschule rumgeknutscht hatte, stand sie mittags oft ewig hinter der Turnhalle und rauchte.

»Ist noch was frei bei euch?«, fragte ich und schob mich schnell auf die Bank, bevor jemand Nein sagen konnte. Der Nachbartisch war immer noch besser als das andere Ende der Mensa.

»Mpf«, machte Alina, und das konnte ich deuten, wie ich wollte.

Alina hatte wie immer ihre eigene Brotzeit dabei, obwohl man das eigentlich nicht Brotzeit nennen konnte, weil sie nie Brot aß, sondern nur Rohkost mit Dip und natürlich Bio.

Pia dagegen kommt aus Spanien und hat einen wirklich beeindruckenden Essensfimmel. Sie bereitet sich jeden Tag in stundenlangen Küchensessions eine perfekte Mahlzeit zu, fotografiert sie dann ab und postet die Foodys unter dem Hashtag #mylovelymeal. So weiß ich abends immer schon, welches Gericht sie am nächsten Tag mit in die Schule bringen wird. Heute waren es gefüllte Paprikaschoten mit Hühnchen.

»Magst du mal probieren?« Pia schob mir ihre Box hin. »Ich bekomm ja Angst vor deinem hungrigen Blick.«

»Oh, danke«, murmelte ich und pikste mit der Gabel hinein.

»Kannst gern viel essen«, sagte Pia, »ich mag eigentlich gar keine Paprika.«

»Warum kochst du sie dir denn dann?«, fragte Alina und biss von einem Radieschen ab.

»Weil es super aussieht«, erwiderte Pia. »Hast du mein Bild nicht gesehen?«

»Doch, doch«, antwortete Alina schnell. Alle wissen, wie empfindlich Pia mit ihrem Online-Kochstudio ist. »Wie hast du es noch mal genannt?«

»Heißer Torero auf der Jagd nach Hühnchen«, sagte Pia.

Ich fand es zwar verrückt, sich etwas zu kochen, nur weil es gut aussieht und man es posten kann, aber ich profitierte ja von diesem Tick, also sagte ich nichts. Stattdessen schielte ich unauffällig hinüber zum Nachbartisch und versuchte, ein paar Worte von Ben aufzuschnappen. Doch in unserer Mensa hallt es leider wie blöde.

Ich merkte natürlich selbst, wie peinlich ich mich immer noch verhielt, aber ich konnte den Blick einfach nicht von ihm abwenden. Mir kam es vor, als sei die ganze Mensa plötzlich für Fasching geschmückt oder für Weihnachten. Alles glitzerte, alles schien voller Geheimnisse zu sein. Und am Nachbartisch … saß der Weihnachtsmann. Nein, besser, viel besser! Der Weihnachtsmann und das Christkind und der Osterhase ZUSAMMEN!

Kann man sich so plötzlich verlieben? Obwohl man noch gar nichts von dem anderen weiß? Nur wegen eines Sonnenaufgangsblicks? Oder vielmehr, wegen drei Blicken?

»Mensch, Marie!«, riss mich Alina aus meinen Gedanken. »Dich habe ich ja noch gar nicht gefragt.«

»Weswegen?« Ich schluckte den heißen Torero runter.

»Na, wegen des Stücks.«

Alina machte beim Schultheater mit, erinnerte ich mich. In ein paar Wochen waren die Aufführungen, wie immer kurz vor Ende des Schuljahrs. Diesmal probten sie ein Musical. My Fair Lady.

»Evi aus der Neunten ist ausgefallen«, erklärte Alina. »Sie hat Pfeiffersches Drüsenfieber, und der Arzt sagt, sie muss über Wochen zu Hause bleiben. Wochen! Jetzt brauchen wir dringend Ersatz.«

Ich war verwirrt. »Und wieso denkst du da an mich?«

»Na, es ist keine große Rolle und du … ich meine … du musst auch nicht singen. Und nur ein bisschen tanzen und küssen.«

Mein Blick musste wohl eindeutig gewesen sein, denn sie verstummte schlagartig. Ich würde mich doch nie im Leben vor zweihundert Leuten auf die Bühne stellen und mich zum Affen machen!

»Nee, nee, lass mal«, wehrte ich ab, »ich bin nicht für die Bühne gemacht. Und schon gar nichts fürs Küssen.«

Oder doch? Ich schielte schon wieder zum Nachbartisch. Aber wenn, dann nicht auf der Bühne, vor allen Leuten! Wenn, dann war das ja wohl jetzt erst mal im echten Leben dran …

Von nebenan dröhnte Gelächter herüber. Jasper war in voller Fahrt. Und Ben schien ihn auch noch lustig zu finden! Oder tat er nur so? Fast gab es mir einen kleinen Stich ins Herz, dass er sich mit dem fettigsten und schleimigsten Jungen der ganzen Klasse abgab. Ich hätte ihm mehr Geschmack zugetraut … Wie er wohl sonst so war? Was er wohl in diesem Moment wirklich dachte? Ob wir dasselbe mochten? Dieselbe Musik hörten? Dieselben Bücher lasen? Immerhin schien Bens Appetit nicht ganz so groß zu sein wie Jaspers, wie ich mit einer gewissen Zufriedenheit feststellte. Den Kartoffelbrei hatte er zumindest noch nicht angerührt, wie es aussah. Hm. Wie sollte ich es bloß anstellen, noch einmal mit ihm ins Gespräch zu kommen?

Ich schob Pia die Reste ihres heißen Toreros zurück. »Danke. War echt HEISS. Was bringst du morgen mit?«

»Was mit Spargelspitzen«, sagte sie.

»Oh«, meinte ich, »die mag ich leider nicht.«

Sie zuckte die Achseln. »Es wird ein super Post. Wirst sehen. Ist halt auch ein Saisongemüse.«

»Ich werde es liken«, versprach ich. »Aber nicht probieren, wenn es okay ist.«

Auf der anderen Seite, einen Tisch weiter, saß Yun, wie immer allein. In der Hand hielt er sein Smartphone und machte ein Foto von uns Mädels.

»He«, rief ich, »Handy weg, ja? Sonst sag ich's dem Koppe!«

»In der Mittagspause dürfen wir doch jetzt«, sagte Pia und warf einen Blick auf ihr eigenes Handy. »Und in ausgewählten Unterrichtsstunden.«

»Schon«, grummelte ich, »aber ich will nicht, dass Yun ein Bild von mir ins Internet stellt, wie ich das aufesse, was du gestern schon gepostet hast.«

Als ich mich wieder zum Nachbartisch wandte, war Ben aufgestanden und diesem Idioten von Jasper auch noch hinaus auf den Hof gefolgt.

So ein Pech. Jetzt saß ich da, mit meinem heißen Torero und meiner Sonne im Bauch, und wusste nicht, wohin. Seufzend erhob ich mich, um nach Elli zu schauen. Die musste doch mal ausgeraucht haben!

#

»Hi, du Ei«, sagte Elli, als ich hinter der Turnhalle auftauchte. »Magst du eine?«

»Natürlich nicht«, wehrte ich ab und hockte mich neben sie. »Ich brauche nur ein bisschen Ansprache.«

Ich deutete auf das Smartphone, das sie in der Hand hielt. »Was machst du?«

»Ich schau mir Joshs neues Video an. NUR FÜR MÄDELS. Heute ist doch Montag.«

Das würde mich vielleicht ablenken. Oder wieder halbwegs auf den Boden bringen.

»Rutsch mal«, sagte ich. »Ich will auch was sehen.«

... und jetzt wird es Zeit, dass ich endlich etwas über Josh schreibe, denn der ist ja schließlich auch eine der Hauptpersonen in diesem ganzen Strudel, in den wir geraten sind und der jetzt gerade erst begonnen hat, uns mit hinabzureißen.

Also. Wie beschreibe ich Josh?

Damals, an diesem Montag im Mai, kannte ich ihn ja noch gar nicht richtig. Damals kannte ich ihn quasi nur von außen. Und ein bisschen von seinem YouTube-Kanal. Denn Josh geht nicht nur in meine Klasse, er ist auch ein YouTuber. Ein ziemlich witziger noch dazu, finde ich, weil er jeden Blödsinn macht, den man sich nur vorstellen kann. Alle zwei Wochen, immer montags, veröffentlicht er ein neues Video auf seinem Kanal »Nur für Mädels«. Ein genialer Titel, weil natürlich genauso viele Jungs wie Mädels wissen wollen, was ein Junge exklusiv nur den Mädchen erzählen will. Und schon schauen ALLE zu und er hat jede Menge Abonnenten.

Josh hat eine etwas zu lange Nase, einen leichten Silberblick und lässt sich die Haare lässig über die Augen fallen. So ist er zumindest bei uns in der Klasse. Im Alltag. Eher unauffällig. In seinen »Nur für Mädels«-Videos trägt er dagegen immer einen BH über seinem T-Shirt, WIRKLICH, und das ist so affig, dass es schon wieder nicht mehr affig ist.

Man kann ihm einen Kommentar schreiben und ihm irgendwelche Aufgaben geben, irgendeinen angeblichen »Mädelskram«, Schminken, Anbaggern, Blumen malen, Häkeln, was weiß ich, und dann testet er das und macht echt großes Kino daraus. Elli sagt immer, das sei voll sexistisch und es gäbe ja wohl überhaupt keinen Kram nur für Mädels oder nur für Jungs, sondern nur für MENSCHEN, aber witzig findet sie es trotzdem, und selbst sie muss zugeben, dass sich die meisten Jungs eben NICHT schminken. Oft genug ist jemand aus der Schule oder aus der Kirchengemeinde oder sonst irgendwer, den wir kennen, in Joshs Videos dabei, und dann wird alles natürlich noch viel lustiger für uns.

Elli ließ das Video noch mal von Anfang an laufen, als ich mich neben sie hockte, und Josh sprang ins Bild, wie immer in voller Montur, BH über T-Shirt, und rief: »Hey, Mädels, hier ist Josh, euer BUSENfreund und Helfer, mit einem neuen Video. NUR FÜR MÄDELS! Wer will mir heute eine Aufgabe stellen?«

Schnitt. Schon steht neben ihm ein Typ im orangen Overall und schaut verdattert.

»Erkan, my Müllmann, bist du ein Mädchen?«, fragt Josh und Erkan schüttelt den Kopf. »Sorry, Faninnen …«

Schnitt. Simon springt ins Bild, Joshs kleiner Bruder aus der Fünften, und sprüht Josh mit Rasierschaum ein. »He, Kurzer, NUR FÜR MÄDELS!«, ruft Josh und schaut ganz verzweifelt in die Kamera.

Schnitt. Dann steht eine uralte Frau mit schlohweißem Haar neben ihm und grinst breit und Josh reißt gekonnt die Augen auf. »Nur für MÄDELS!«, betont er und tut immer verzweifelter.

Aber die Alte nickt gütig und krächzt: »Ab ins Heu mit dir! Das haben wir früher schon so gemacht, das mögen Mädchen heute auch noch!«

Und Josh bricht theatralisch zusammen und stammelt: »Oh nein, DAS ist meine Aufgabe heute?«

Elli kicherte. »Wo hat er denn die Oma aufgetrieben?«

Na ja, und dann ist er eben auf einem Ponyhof. Schnitt. Ein Pferdegebiss von ganz nah. Dramatische Musik. Josh stolziert wieder ins Bild und verspricht, den kompletten Härtetest zu machen, »Reiten lernen und so«.

Ein Mädchen mit braunem Zopf, das sich als Lou vorstellt, reicht ihm Karteikarten mit immer neuen Aufgaben, und Josh versucht, eine Box auszumisten und Zaumzeug anzulegen – aber das Pferd scheint kitzlig zu sein. Am Ende sitzt er aber tatsächlich im Sattel und behauptet, dass nun ja wohl klar geworden sei, warum Jungs sich gern wie ein Hengst aufspielen, um Mädchen rumzukriegen. Und dann macht er das auch noch vor und saust wie ein wild gewordener Gaul durch den Stall und Lou kratzt ihm die HUFE aus.

Wir mussten ziemlich viel lachen.

»Oh my god«, sagte Elli schließlich, »das Video, wo er sich in der Dessous-Abteilung beraten lässt, hat mir zwar noch besser gefallen. Aber dieses war auch gut.«

»Bisschen kindisch«, fand ich, aber natürlich gaben wir dem Video beide einen Daumen nach oben, schon einfach deswegen, weil wir stolz darauf waren, dass Josh, UNSER KLASSENKAMERAD JOSH, so was Cooles auf die Beine stellen konnte und sogar echt ein bisschen Kohle mit dem Quatsch verdiente.

So richtig auf dem Boden war ich allerdings immer noch nicht wieder angekommen und der ganze Nachmittagsunterricht rauschte an mir vorbei, ohne dass ich etwas davon behalten hätte. Leider ergab sich keine weitere Gelegenheit, mit Ben zu reden. Ich wartete nach der Schule sogar extra noch bei den Fahrrädern auf ihn, aber er musste wohl den Hintereingang benutzt haben, denn wir begegneten uns nicht noch einmal.

#

»Schau mal, was ich heute geliefert bekommen habe«, sagte meine Mutter, als ich zu Hause ankam und mein Fahrrad in die Garage geschoben hatte. Sie hielt mir ein rotes Kleid hin. »Na, was meinst du? Soll ich das behalten?«

»Ich find's gut«, sagte ich und warf mich aufs Sofa. »Mist, ich hatte gar nicht auf Klamotten getippt. Sondern auf Creme oder so.«

Wir hatten seit einer Woche ein Probeabo bei einer Smartshopping-Firma. Da braucht man gar nicht mehr anzuklicken, was man bestellen will, sondern man bekommt geliefert, was gut zu einem passt. Das können die errechnen, aufgrund von unserem sonstigen Konsumverhalten oder so. Die meisten in meiner Klasse machten da mit, und mein Vater hatte natürlich auch sofort zugesagt, solange »die Einkäufe im Rahmen bleiben«. Man konnte aber auch einstellen, wie viel man im Monat ausgeben wollte.

Jetzt machten meine Mutter und ich uns jedenfalls ein Spiel daraus zu erraten, was die Algorithmen für uns so errechnet hatten.

Bei mir hatte es bisher zweimal gestimmt. Meine Mutter hatte auf ein Buch getippt, und zuerst war tatsächlich ein Krimi gekommen, der sogar richtig gut klang. Was mit Vampiren. Und dann hatte sie auf was Süßes getippt. Und was war gekommen? Eine Packung Kokospralinen! Die alte hatte ich gerade aufgegessen.

»Dann behalte ich's«, meinte meine Mutter jetzt und drehte das Kleid in den Händen. »Ich schlüpfe sogar gleich rein. Passt doch super, wenn wir nachher ausgehen. Ziehst du dir auch noch was Frisches an? Was Leichtes, es ist doch so warm, findest du nicht?«

Sie musterte mich von oben bis unten. Konnte sie sehen, wie verwirrt ich heute war? So komplett anders als sonst? So voller Sonne und Aufregung? Nein, das vermutete sie sicher nicht, sie konnte ja die romantische Musik nicht hören, die immer noch leise alles untermalte in meinem Kopf.

Stattdessen dachte sie wohl eher: Sei doch mal locker, zieh doch mal die Latzhose aus! Aber Kleider stehen mir nun mal nicht, da fühle ich mich irgendwie zur Schau gestellt.

»Mir ist nicht heiß«, sagte ich daher und fragte vorsichtig nach: »Was ist noch mal heute Abend?«

»Wir wollten doch schick essen gehen mit Papa«, antwortete meine Mutter ein wenig vorwurfsvoll. Sie verschwand mit dem neuen Kleid im Bad. »Wegen des Projekts, das weißt du doch«, rief sie, bevor sie die Tür schloss.

Ich hatte sofort ein schlechtes Gewissen, weil ich es vergessen hatte. Aber ich konnte mich einfach nicht auf alles gleichzeitig konzentrieren. Und heute sowieso nicht, Elli hatte recht behalten. Wahrscheinlich würde ich mich beim Italiener nicht mal aufs Kauen konzentrieren können. Mir rutschten immer Bens Augen dazwischen.

Mein Vater wollte sein neues Projekt mit uns feiern, jetzt fiel es mir wieder ein. Er arbeitet bei Audi, wie jeder Zweite hier in Ingolstadt, und beschäftigt sich mit der Entwicklung ganz neuer Autos. Solchen, die selbst fahren. Führerlos. Nur computergesteuert. Das ist die Zukunft, sagt er. KI. Künstliche Intelligenz. Im Grunde baut er Autos, die selber denken sollen. Seit einigen Jahren gibt es eine Teststrecke auf der Autobahn zwischen München und Ingolstadt, und offenbar macht mein Vater tolle Arbeit, denn vor zwei Wochen war er zum Leiter einer neuen Arbeitsgruppe ernannt worden. Wie hatte ich das nur vergessen können ... er sprach ja von nichts anderem mehr!

Es klingelte dreimal – das ist unser Familienzeichen – und fast gleichzeitig sperrte mein Vater auf.

»Na, ihr Schätze«, hörte ich ihn rufen. »Feierabend! Im wahrsten Sinne des Wortes: Feier-Abend!«

»Hallo, Bernd«, rief meine Mutter aus dem Bad, »wir sind schon fast fertig.«

Mein Vater lachte. »Das will ich hoffen.«

Ich stand auf. »Hallo, Paps.«

»Schick siehst du aus«, sagte er doch glatt zu mir, obwohl ich immer noch die Latzhose anhatte und keinen Rock und auch nichts Leichtes oder so, und ich warf meiner Mutter, die eben im roten Kleid aus dem Bad trat, einen triumphierenden Blick zu. Auf meinen Vater ist Verlass. Er versteht nichts von Klamotten. Er versteht nur was von Autos.

Mein Handy zirpte. Eine neue Nachricht. Ich wischte die roten Rosen – meinen Sperrbildschirm – zur Seite und hielt die Luft an, weil doch tatsächlich folgende Worte auf dem Display erschienen:

Hi, hier ist Ben.

Mein Herz begann zu klopfen wie verrückt.

BEN.

Hilfst du mir, dich kennenzulernen? Schick mir doch ein Foto von dir, dann kann ich mir die Namen in der Klasse schneller merken. Dies ist meine Nummer und im Anhang findest du ein Foto von mir. Du kannst es einfach herunterladen.
Danke!
See U, Ben

Ich spürte, wie mir die Röte ins Gesicht schoss. Ben wollte ein Foto von mir! Allerdings – zugegebenermaßen wohl von jedem in der Klasse. Oder war das am Ende nur eine fiese Masche? Eine Falle? Spam? Man soll ja immer vorsichtig sein …

Ich an Elli: Hast du auch eine Nachricht von Ben bekommen?

»Na, wer schreibt denn da?«, versuchte mich mein Vater zu necken, weil meine Mutter inzwischen schon mit der Handtasche über der Schulter an der Haustür stand, ich mich aber nicht von der Stelle rührte. »Jemand Besonderes?«

Ich schüttelte den Kopf und starrte weiter auf mein Handy. »Schon besonders. Aber nicht, was du denkst.«

»Aha.« Mein Vater schob mich grinsend zur Tür hinaus.

Warum durchschauen mich immer alle sofort? Ich knurrte.

»Schon gut.« Mein Vater schaute extra auffällig weg. »Ich wollte dich nicht kontrollieren.«

Das Handy zirpte wieder.

Elli: Ja, hab ich.
Ich: Echt?
Elli: Bist du vielleicht eifersüchtig? 😄
Ich überlas die Spitze und antwortete: Was steht bei dir?
Elli: Hi, hier ist Ben. Hilfst du mir, dich kennenzulernen?

Ich: Wie bei mir. Meinst du, man kann ihm zurückschreiben?

Elli: Unbedingt. Die Frage ist nur, welches Foto ich nehmen soll.

Ich lud den Anhang herunter und klickte ihn mit zitternden Fingern an. Es war ein Porträt von Ben, wie er es angekündigt hatte. Wahnsinn – wer hätte gedacht, dass ich so schnell an ein Foto von ihm kommen würde? Ein sehr gelungenes Bild außerdem. Er schaute ernst. Zugleich neugierig. Mit durchdringendem Blick.

UNWIDERSTEHLICH, fand ich.

Mein Handy zirpte schon wieder.

Elli: Ich nehme das von der Frühlingsparty.

Ich erinnerte mich dunkel an ein wildes Foto von ihr mit Löwenfrisur.

Hm.

Ich wünschte, ich hätte auch so eins. Ich schaute mich um. Im Garten blühte der weiße Flieder.

»Mama«, fragte ich mit möglichst unbeteiligtem Gesichtsausdruck, »kannst du kurz mal ein Foto von mir machen?«

Mama arbeitet als Fotografin und kann supertolle Bilder machen. Sie warf meinem Vater einen belustigten Blick zu. Mensch. So gemein!

»Wollen wir nicht erst mal zum Italiener gehen?«, fragte sie.

»Lieber sofort«, sagte ich und wurde prompt rot. »Da, vor dem Flieder.«

»Aha«, feixte mein Vater. »Habe ich es doch gewusst. Ein Foto für jemand Besonderen.«

»Wieso denn!«, versuchte ich mich zu verteidigen. »Bei einem Foto mit Flieder ist doch nichts dabei! Sind doch keine roten Rosen oder so.«

»Nein.« Mein Vater grinste in sich hinein. »Flieder ist total unromantisch.«

Ich ging nicht weiter darauf ein, drückte meiner Mutter das Smartphone in die Hand und posierte vor dem Flieder. Und versuchte zu lächeln, ohne dass man meine Spange sah oder den Pickel auf der Stirn, ohne dass ich rot wurde, ohne dass meine Haare fettig schimmerten und ohne dass es zu gestellt aussah und auf keinen Fall verliebt.

Mama musste siebenundzwanzig Fotos machen, bis ich zufrieden war, und mein Vater grinste immer breiter vor sich hin, aber irgendwann war es mir dann egal. Man braucht eben Hornhaut. Auch auf der Seele.

Hi Ben, schrieb ich schließlich zurück. Das ist aber lieb – ich strich das »lieb« wieder und schrieb, das ist aber nett – ich strich das »nett« wieder, weil Jungs vielleicht nicht nett sein wollen, und schrieb, das ist aber cool, dass du dich meldest!

Aber war es wirklich »cool«, dass er sich gemeldet hatte?

Ich löschte alles und schrieb schließlich:

Hallo, Ben. Hier ist mein Foto. Bis morgen! Marie

Das war unverfänglich, aber es deutete an, dass ich mich auf morgen freute und darauf, ihn nicht nur zu sehen, sondern vielleicht auch mit ihm zu sprechen, und dass ich mich außerdem ganz prinzipiell freute, dass er jetzt bei uns in der Klasse war, oder? Um es noch netter zu machen, setzte ich ein Smiley dahinter.

So war es okay.

Und dann gingen wir endlich essen.

DIENSTAG, 12. MAI

»Hallo, Marie!«

»Oh – hallo! Du weißt meinen Namen schon.«

Ich hörte mir selbst beim Antworten zu, so überrumpelt war ich. Ben war direkt auf mich zugekommen!

»Ich habe doch dein Foto!«

»Das war eine – äh – coole Idee von dir, uns nach Fotos zu fragen. Woher hattest du denn meine Nummer?«

Ich klang ganz hohl, aber ich konnte es nicht ändern. Dass Ben mich noch vor dem Unterricht ansprechen würde, hatte ich in meinen kühnsten Träumen nicht zu hoffen gewagt.

»Es gibt doch eine Klassenliste.«

»Stimmt. Äh … haben alle mitgemacht?«

Stotter. Stotter. Meine Güte!

Ben sah heute fast noch besser aus als gestern. Er trug ein weißes Hemd, eine enge Jeans und eine coole Jacke. Er sah so blendend aus, dass ich beinahe die Augen schließen musste.

»Fast alle haben mitgemacht. Und die anderen werden schon noch.«

»Auch die Jungs?«

»Klar. Warum denn nicht?«

»Nur so.«

»Du heißt Marie, du radelst gern, magst Blumen und Hunde.«

Ich war platt. Er wusste nicht nur meinen Namen – er hatte sich sogar schon Gedanken über mich gemacht.

Hatte er Elli gefragt? Oder Alina?

»Woher … woher weißt du das?«

»Du siehst so aus!«

»Oh!«

»Und du magst Flieder.«

»Oh – ja!«

»Und lässt deine Zähne begradigen.«

»Na – das kann ja jeder sehen.«

»Ist das schmerzhaft?«

»Manchmal.«

Wow! Meine Spange schien ihm nichts auszumachen. Der Tag wurde immer besser!

»Wie findest du unsere Lehrer?«, fragte ich, nur um irgendwas zu sagen.

»Muss ich noch prüfen.«

»Prüfen?«

»Wie findest DU sie, Marie?«

»Der Bachmann ist super, die Gayer ist doof, der Koppe ist mir zu hoch.«

»Mir ist der Koppe auch zu hoch.«

»Der mit seinen Physik-Aufbauten. Elektrizität und Magnete und all so was, das interessiert mich nicht so besonders, weißt du.«

»Ich weiß.«

»Du weißt?«

»Du siehst so aus.«

»Mensch, Ben.«

»Du magst eben lieber Flieder.«

»Stimmt.«

»Und Rosen. Das gefällt mir.«

Ich musste an den Sperrbildschirm auf meinem Handy denken und die roten Rosen, die darauf blühten, und ich fragte mich, ob das schon eine konkrete Anmache war, wenn einem unterstellt wird, man würde Rosen mögen …

»Hey, Ben, hast du mein Foto bekommen?«

Das war Marc, der in unser erstes Gespräch hineinplatzte. Ausgerechnet Marc. Seit dem Streit zwischen ihm und Elli ignorierte ich ihn aus Solidarität mit ihr. Doch nun war ich in einer echten Zwickmühle. Sollte ich gehen oder bleiben? Wegen Marc müsste ich eigentlich gehen. Aber wegen Ben wollte ich unbedingt bleiben. Puh. Zum Glück war Elli noch nicht da und deshalb entschied ich mich, erst mal zu bleiben. Sie musste ja nicht erfahren, dass ich mit Marc geredet hatte …

»Hab's bekommen!«, nickte Ben und lächelte. »Du bist Marc.«

»Genau, und du bist Ben.« Marc warf mir einen knappen Blick zu. »Hi, Marie. Wie geht's so?«

»MIR geht's gut«, gab ich zurück. Ich wollte gar nicht schroff klingen. Hörte sich aber doch so an.

»Du gehst gern klettern, hab ich recht?«, sagte Ben, bevor Marc etwas erwidern konnte.

Verblüfft wandte Marc sich zu ihm um. »Stimmt!«

»Coole Sache.«

»Klar.«

»Vor allem, seit es die Ultraleicht-Seile gibt, kennst du die schon?«

»Nee, wieso?«

»Die könntest du gebrauchen. Für die Ausrüstung.«

»Hm.« Marc zog sein Handy heraus. »Wie heißen die genau?«

»Flying Force Seile.«

Marc tippte auf das Display und kräuselte die Lippen. »Hey, die sehen wirklich nicht schlecht aus. Super Bewertungen.«

»Sag ich doch.«

»Und nicht zu teuer. Wer hat dir denn erzählt, dass ich gern klettern gehe?«

»Ich habe mir dein Profil angeschaut und kombiniert, ist doch logisch«, antwortete Ben.

Marc grinste. »Stimmt, da gibt es dieses Bild von mir mit Helm und Seil.«

»Kennst du den Kletterpark an der Altmühl?«, fragte Ben weiter. »Kann man hinradeln. Den Link schick ich dir.«

»Danke!« Marc war total perplex von so viel Service, ich konnte es sehen. »Kletterst du auch?«

»Ja«, sagte Ben. »Gern.«

Ich betrachtete Ben und konnte mir gut vorstellen, wie er in der Wand hing und sich mit starken Armen nach oben zog. Schwitzend. Mit rotem Gesicht.

Die Vorstellung gefiel mir. Wenn da nur nicht sofort dieser andere Gedanke wäre, dieser fiese Gedanke: Würde er sich auch mit einem Mädchen abgeben, das nicht so sportlich war wie er?

»Wie findest du die Lehrer?«, fragte Ben jetzt Marc.

»Geht so«, meinte Marc.

»Wer ist am besten?«

Marc zögerte. »Eigentlich der Koppe in Physik.«

»Finde ich auch«, sagte Ben.

Hä?

Hatte er nicht gerade ganz was anderes behauptet? Vielleicht war er mit den Namen der Lehrer durcheinandergekommen. Oder wollte er nur höflich sein?

»Äh – also ich habe gerade genau das Gegenteil gesagt«, meinte ich vorsichtig. »MIR ist der Koppe zu hoch …«

Vielleicht würde Ben ja seinen Fehler bemerken?

»Ich habe auch gerade das Gegenteil gesagt«, erklärte Ben und lächelte.

Irgendwie süß, wie er so ungeschickt dastand. Und einfach nur nett sein wollte.

Marc schaute uns verwirrt an. »Was redet ihr da?«

»Na, ICH finde den Koppe zu hoch«, sagte ich. »Und Ben MANCHMAL auch, stimmt's?«

»Manchmal«, wiederholte er. »Wie Marie.«

Marc lächelte mir kurz zu. Es war wahrscheinlich das erste Mal seit dem Vorfall mit Elli, dass er in meiner Gegenwart lächelte. Dann verzog er aber sofort wieder spöttisch den Mund. »Physik und Mädchen, das passt ja auch nicht zusammen.«

»Manche mögen eben Rosen«, stellte Ben diplomatisch fest, »andere berechnen lieber ihr Wachstum.«

»Gut erkannt.« Marc schlug ihm auf die Schulter. »Mann, Muskeln aus Stahl! Ich weiß nicht, ob ich mich trauen soll, mit dir klettern zu gehen. Nicht, dass du mir davonkletterst.«

»Oh, dafür finden wir eine Lösung«, sagte Ben, aber bevor ich mich darüber wundern konnte, kam Elli die Treppe hochgekeucht, und ich trat schnell einen Schritt zurück.

Ich wollte von ihr nicht zu nah bei Marc gesehen werden. Aber sie hatte mit einem Blick die Szene erfasst, rauschte an uns vorbei und rempelte dabei Yun an, der schweigsam wie immer an der Tür zum Klassenzimmer lehnte und vor sich hin starrte.

»Sorry«, hörte ich sie fauchen.

Yun verzog keine Miene.

»Gibt's Probleme?«, fragte Ben.

»Weiber«, knurrte Marc.

»Weiber«, wiederholte Ben und nickte.

»He«, sagte ich und fühlte mich zwischen allen Stühlen, »ein Weib hört mit!«

Ben blinzelte mir zu. Und das war mir an diesem Morgen wichtiger als Ellis Laune.

#

Jetzt habe ich schon sieben Tintenpatronen leer geschrieben und schüttle meine Hand aus. Ein Eichhörnchen springt von einem Ast zum anderen, draußen, vor dem Fenster.

BEN.

Ich muss immer an ihn denken.

Bei jedem Satz.

Ich frage mich, ob ich etwas hätte bemerken können, damals, an diesem Dienstag im Mai. Jetzt finde ich natürlich, ich hätte eigentlich etwas bemerken MÜSSEN. Ich hätte wachsamer sein sollen. Aber so ist es doch meistens, hinterher bist du immer schlauer. Ich werde es trotzdem einfach weiter so erzählen, wie ich es erlebt habe. Ich muss erst das offene Messer beschreiben, bevor ich hineinrenne.

#

Natürlich konnte ich mich den Rest des Vormittags über nicht besser konzentrieren als gestern. Spanisch flatterte an mir vorbei. Elli war in den ersten beiden Stunden sauer auf mich, weil sie sehr wohl bemerkt hatte, dass ich mit Marc gesprochen hatte, und es als Vertrauensbruch interpretierte. Was natürlich völliger Blödsinn war.

Während ich von der Tafel die Vokabeln abschrieb, hörte ich plötzlich Pia aus der Reihe vor mir flüstern: »Hey, Marie … findest du den Neuen auch so süß?«

Überrascht beugte ich mich nach vorn. »Was?«

»Na, er wollte gleich meine Nummer haben, und als er gemerkt hat, dass wir aus Spanien kommen, hat er mir Lieder aus den spanischen Charts geschickt. Süß, oder? Ich hab sofort ein paar Songs gekauft, die ich noch nicht kannte. Voll cool.«

»So, hat er das?« Ich hätte mich selbst dafür ohrfeigen können, wie eifersüchtig meine Stimme klang.

»Der hat echt Stil«, warf Pia nach hinten.

»Mhm«, nickte ich kühl.

Neben mir knurrte Elli: »Wird halt noch so ein Weiberheld sein.«

»Ja, und?«, flüsterte Pia. »Komm schon, Marie, sag, dass du ihn auch süß findest.«

Den Teufel würde ich tun. Ich kotz doch meine Seele nicht auf ein Silbertablett und geh damit hausieren! Ich verzog nur den Mund und brachte ein stählernes Grinsen zustande. »Männer wollen nicht süß sein.«

Pia stöhnte. »Gracias, mamá, für diesen Hinweis.«

Den Rest des Unterrichts grübelte ich darüber nach, wieso Ben Pia spanische Songs geschickt hatte und mir nichts und was er an ihr fand und ob sich die beiden wohl schon getroffen hatten und Pia vielleicht mit ihm klettern gehen würde. Ich wusste, dass diese Gedanken ziemlich blödsinnig waren, aber sie ließen sich nicht verscheuchen. Als uns nach der sechsten Stunde der Mathe-Berger endlich in den Nachmittag entließ, war ich schon fast so weit, mir Ben wieder aus dem Kopf schlagen zu wollen, allen Blicken und Sonnenstrahlen und netten Worten zum Trotz. Ich fürchtete einfach zu sehr, dass ich wohl nicht die Richtige für ihn sein würde. Zu unsportlich. Zu normal. Zu wenig spanisch. Und ich zwang mich, vorsichtshalber nicht mehr zu ihm nach hinten zu schauen. Bevor ich noch in eine Sackgasse lief.

»Wir könnten ins Schwimmbad gehen«, meinte Elli mit einem Blick aus dem Fenster, als wir zusammenpackten. Ihre schlechte Laune war besser geworden, seit sie sah, dass mich auch etwas umtrieb.

»Geht nicht, wir müssen doch das Referat vorbereiten«, murmelte ich mürrisch.

»Ja, leider«, sagte Elli. »Hey, sorry wegen heute Morgen, ja? Du bist doch nicht sauer?«

Ich schüttelte den Kopf. Ich war schon längst nicht mehr sauer auf Elli. Ich war sauer auf mich selbst und die ganze Welt und darauf, dass mir jetzt alles so kompliziert vorkam, was mir heute früh noch ganz anders erschienen war.

Elli knuffte mich. »Dann gehen wir eben morgen schwimmen, okay?«

»Geht eigentlich auch nicht«, grummelte ich. »Mein Bikini passt mir nicht mehr so richtig. Und mein Bauch passt mir sowieso nicht. Jeden Tag ist er anders. Ich bräuchte für jeden Tag anderes Badezeug.«

Elli verdrehte die Augen. Als ich meinen Rucksack hochnahm, warf ich doch noch einen schnellen Blick nach hinten, ich konnte einfach nicht anders. Und erstarrte.

Ben schaute mich auch an!

Unsere Blicke verhakten sich.

Schaute er schon länger her? Meine Güte. Das wäre vielleicht doch ein gutes Zeichen, oder? Vielleicht war er doch interessiert? Zumindest ein bisschen? Pia hin oder her. Ich meine – ROMANTIK! VERFÜHRERISCH! MAGST DU ROSEN? Hallo?! Ich meine, seine Blicke waren ziemlich intensiv gewesen.

Aber was, wenn er unser Gespräch eben mitgehört hatte? Ein Gespräch über Bikinis, die nicht passen. Wie unendlich peinlich! In mir war ein großes Durcheinander. Gedankensalat mit Gefühlssoße. Elli musste mich schließlich aus dem Klassenzimmer schubsen.

#

Als sie am Nachmittag bei mir ankam, warf sie eine Riesentasche voller Bücher aus der Bibliothek auf unser Sofa. Meine Stimmung war ni fu ni fa. Das ist mein Lieblingsausdruck in Spanisch. Im Vokabelheft steht, es heißt »so lala«. Aber ich finde, es klingt auf

Spanisch noch viel besser. Viel verwirrter. Viel verrührter. Und ich fühlte mich wirklich sehr verrührt.

Ni fu ni fa.

Der Bachmann hatte uns als Referat »Frankenstein« von Mary Shelley aufs Auge gedrückt. Das Erste, was wir nun feststellten, war, dass es ein Monsterthema war.

»Logisch, Frankenstein ist ja auch ein Monster«, sagte ich und stöhnte angesichts des Bücherbergs.

»Na, na«, erwiderte Elli und sah mich streng an. »Hast du das Buch nicht gründlich gelesen, oder was? Frankenstein ist der Student. Das Monster hat eigentlich keinen Namen. Und ist außerdem ein LIEBES Monster. Ein armes, liebes Monster, das erst durch die bösen, bösen Menschen zum Mörder wird.«

Ich kenne Frankenstein schon seit dem Kindergarten. Wie alle in Ingolstadt. Weil die Geschichte zumindest zum Teil hier spielt und weil es so schön gruselig ist und es sogar Stadtführungen dazu gibt. Obwohl der Student namens Frankenstein und sein Monster natürlich nie wirklich hier gelebt haben. Es ist ja alles nur ein Roman.

Na gut, ich gebe es zu: Bis vor zwei Wochen hatte auch ich gedacht, was wahrscheinlich jeder denkt – dass Frankenstein das Monster ist. Kindergartenbildung eben. Aber jetzt, in der zehnten Klasse, würde dieser Fehler korrigiert werden. Dank unseres Referats!

Ich holte uns Sprudel und zwei Gläser. »Trinken regt das Hirn an.«

»Danke.« Elli blätterte in ein paar Büchern. Zwei waren Bildbände. Das Übrige sah nach Fachliteratur aus.

Sollte ich Elli von meinem Kopfsalat erzählen? Von meinem Gedankenkarussell? Ni fu ni fa.

»Du, Elli, wie hast du das heute früh gemeint?«, fragte ich vorsichtig. »Dass Ben vielleicht ein Weiberheld ist?«

»Ach das? Das war doch nur so dahingesagt«, erwiderte sie, ohne aufzuschauen.

Ich seufzte. »He, ich brauche deine ehrliche Beratung als Spezialistin! Ich kenn mich doch nicht aus.«

»Ich gebe keine Empfehlungen«, sagte Elli. »Hast ja gesehen, wie weit man als Spezialistin kommt.«

Mann. Ich schob meine Handy-Rosen zur Seite. 40 Nachrichten im Klassenchat. Puh!

Elif: Was haben wir noch mal in Englisch auf?
Ninja: Hab's auch nicht mitgekriegt. 💩💩💩
Pia: Wieso? Da steht's doch schon: nur Shit.
Elif: Geht's präziser?
Ninja: Noch präziser? Das wird eklig. 😄
Josh: Mädels, fragt halt mich. S. 89, Aufgabe 1–3.
Elif: Helfersyndrom, oder was? 🙂
Ben: Was meinst du mit Shit? Ist das nicht illegal?
Pia: Hahaha. @Ben: 👍👍👍
Ben: Ich helfe gern..

Wieder ein Stich in mein Herz. Ben chattete mit den anderen! Mit Pia! Und Elli und ich saßen hier und mussten lernen. Das besserte meine Laune nicht gerade.

Ni fu ni fa.

»Los, an die Arbeit«, sagte Elli und ich ließ das Handy sinken. »Wer ist in der Geschichte eigentlich das Monster? Das sollten wir gleich aufschreiben, damit wir es nicht vergessen. Holst du deinen Computer?«

»Ja«, wollte ich antworten, doch da wurde ich von einer Stimme unterbrochen. Einer höflichen Dame.

»Hallo! Was kann ich für dich tun?«

»Hu! Was ist das denn?« Elli sah sich erschrocken um. »Ist hier jemand?«

Ich musste wider Willen lachen. »Das ist unser neuer digitaler Assistent. Einen hat mein Vater im Wohnzimmer installiert und einen in der Küche. Das Problem ist nur, er schaltet sich ein, sobald man das Stichwort COMPUTER sagt.«

»Computer?« Elli starrte mich entgeistert an. »Ist das dein Ernst?«

»Ich kann die Frage nicht beantworten«, kam es in diesem Moment aus dem kleinen runden Lautsprecher in der Ecke des Wohnzimmerregals. Die Smartbox blinkte blau, als würde sie auf sich aufmerksam machen wollen.

»Siehst du, das Teil hat sich schon wieder angesprochen gefühlt«, sagte ich. »Das muss noch verbessert werden, meint mein Vater. Wir sagen jetzt erst mal statt dem Wort mit C immer nur noch Rechner – oder Laptop.«

»Boah!« Elli schüttelte den Kopf. »Also gut, holst du dann deinen – ähem – Laptop?« Mit einem Blick auf die schwarze Box in der Ecke fügte sie hinzu: »Wir können uns auch gern in den Garten setzen!«

»Warum nicht? Und dafür ist es jetzt total praktisch«, versuchte ich, Elli unsere neueste Technik nahezubringen. »Pass auf, jetzt sage ich, und zwar mit Absicht: Computer, wie ist das Wetter heute? Und bitte …«

»Hallo! Du möchtest wissen, wie das Wetter ist. Die Sonne scheint heute bis zum Abend, aktuell in Ingolstadt 24 Grad, Tageshöchstwerte bei 25 Grad, Sonnenuntergang um 20 Uhr 36.«

»Wow«, sagte Elli, aber es klang sehr ironisch. »Toll! Ich kann hier drin sitzen und fragen, wie draußen das Wetter ist. Ich könnte natürlich auch einfach selbst rausgehen und nachschauen und merken, dass es warm ist und die Sonne noch nicht untergegangen …«

Ich musste wieder lachen. »Das ist doch nur ein Beispiel gewesen. Du kannst dem C-Punkt-Punkt-Punkt alle möglichen Fragen stellen.«

»Hallo, Computer«, rief Elli prompt und übertrieben laut. »Hörst du mich?«

»Hallo! Wie kann ich behilflich sein?«

»Computer, sage mir, passt Ben zu Marie?«

»He!«, rief ich leicht panisch, aber zugleich war ich neugierig, was die Box antworten würde.

»Hallo! Die beiden Vornamen Ben und Marie passen gut für einen Jungen und ein Mädchen.«

»Na, siehst du«, grinste Elli, während ich rot anlief. »Frag doch die allwissende Technik! Computer, sage mir, wer ist Frankenstein?«

»Hallo«, kam es mit aufreizend blauem Blinken zurück. »Meinst du das europäische Adelsgeschlecht Frankenstein, den Ort Frankenstein in der Pfalz, die Romanfigur Frankenstein von Mary Shelley oder die Filme unter dem Titel Frankenstein?«

»Wir wollen natürlich den einen, den wahren, den einzig richtigen Frankenstein«, sagte Elli. »Den für den Bachmann!«

»Hallo! Tut mir leid. Ich kann Bachmann nicht zuordnen«, erwiderte die freundliche Computerdame. »Meinst du die Schriftstellerin Ingeborg Bachmann oder die Firma Bachmann & Bachmann ...«

Wir sahen uns an und kicherten und Elli sagte schnell: »Mach das Teil aus, das bringt uns echt nichts.«

»Computer, stopp!«, rief ich.

Die Box schaltete beleidigt ihr Licht aus.

Elli beugte sich vor und flüsterte: »Außerdem habe ich gelesen, dass die NSA über solche Dinger mithören kann.«

»NSA?« Ich kramte in meinem Hirn. »Was war das noch mal?«

»Der amerikanische Geheimdienst. Mann!«

»Was ist denn das für eine wüste Verschwörungstheorie?« Ich

boxte sie in die Seite. »Vielleicht hört ja auch der Bachmann mit und kontrolliert, ob wir brav unsere Hausaufgaben machen?!«

»Ist mir egal, ob du mir glaubst oder nicht.« Elli stand auf und reckte sich. »Ich mag solche Teile jedenfalls nicht. Los, hol deinen« – sie verdrehte die Augen – »LAPTOP. Draußen ist das Wetter schön, genaue Temperatur meines Wissens 24 Grad, und die Sonne ist auch noch nicht untergegangen. Wir nehmen die ganzen Bücher mit raus. Da sind wir ungestört und können eine rauchen und ohne Probleme Computer sagen und …«

»Hallo! Was kann ich für dich tun?«, mischte sich die freundliche Dame wieder ein.

»Computer, stopp!«, riefen wir im Chor und dann setzten wir uns schnell unter den Fliederbusch.

Ein paar Bienen summten um die Blüten, was ich sehr beruhigend fand, weil wir in Bio gerade über das weltweite Bienensterben gesprochen hatten. Die Biene fliegt von Blume zu Blume, kam es mir in den Sinn und ich seufzte. Ni fu ni fa.

Unsere Handys vibrierten gleichzeitig.

Ich wischte meine Rosen zur Seite. Oh Mann, wenn Ben weiter mit den anderen witzelte, würde meine Laune gleich wieder ganz tief in den Keller rasseln, ich spürte es.

Niko: Geht morgen jemand zum See?

Der schöne Niko meinte sicher nicht mich, wenn er in die Runde fragte. Elli tippte schon an der Antwort.

Elli: Kannst du überhaupt schwimmen?

Sie grinste mich an. »Wer schön sein will, muss leiden.«

Wieder vibrierten unsere Handys synchron.

Alina: Niko kann nicht schwimmen, aber kraulen. 😄
Ninja: Ha! Kraulen!
Pia: @Alina: Woher weißt du das denn?
Alina: Sag ich nicht.
Pia: Niko?
Niko: Kraulen ist meine Spezialität. Kommst du morgen mit zum See? Dann beweise ich es dir. 😃

»Ich geh doch nicht mit Niko zum See«, sagte Elli und zeigte mir einen Vogel. »Am Ende ist Marc dabei.«

Ich machte ein verständnisvolles Gesicht. Obwohl ich daran denken musste, dass es sich heute gar nicht so schlimm angefühlt hatte, mal wieder mit Marc zu sprechen. Hoffentlich musste ich nie mit jemandem Schluss machen! Aber bevor ich mit jemandem Schluss machen konnte, musste ich ja überhaupt erst mal jemanden haben … Noch ein Blick aufs Handy. Immerhin nichts Neues von Ben. Dann verpasste ich wenigstens nichts.

»Also«, fing Elli wieder von Frankenstein an und ich gab mir einen Ruck, »ich habe verschiedene Stellen angestrichen, die ich echt krass finde. ›Ich war friedfertig und gut‹«, las sie laut vor und legte einen dramatischen Ton in ihre Stimme, »›das Unglück hat mich zu einem Teufel gemacht. Mach mich glücklich, dann bin ich auch wieder tugendhaft.‹«

»Ich schreib das mal auf.« Ich tippte die Sätze in meinen Laptop. »Das wird das Motto für unser Referat: DAS UNGLÜCK HAT MICH ZU EINEM TEUFEL GEMACHT.«

Jetzt zirpte mein Handy einfach zu penetrant. Ich wischte die Rosen beiseite. Und hielt die Luft an.

Ben.

Ben hatte geschrieben. Aber diesmal nur mir.

NUR MIR.

Hallo, Marie! Schau, was ich für dich gefunden habe. See U.

Es folgte ein Comic, auf dem das Frankenstein-Monster zu sehen war, das, wie wir wissen, gar nicht Frankenstein heißt. Es hat einen Schneemann gebaut. Der Schneemann hat auch ein Frankenstein-Monster-Gesicht und das Frankenstein-Monster hält sich entsetzt den Kopf und sagt: »Mein Gott, ich habe ein Monster erschaffen!«

Mann, ich konnte es nicht fassen.

Ben schrieb mir!

Ben wusste offenbar, dass ich genau jetzt über dem blöden Frankenstein brütete. Und er hatte auch noch Sinn für Humor.

»Was hast du denn?«, fragte Elli. »Du bist ganz rot.«

Ich hielt ihr das Display hin.

»Wie cool ist das denn!«, grinste sie. »Du musst antworten. Das erwartet er doch.«

»Danke für den Hinweis«, murmelte ich und schickte – immer noch mit hochrotem Kopf – ein Daumenhoch und das Tränenlachsmiley.

Puh.

Vielleicht war ich doch ausnahmsweise mal ein Glückspilz? Trotz Spange. Obwohl ich nicht kletterte. Obwohl ich nicht so cool war wie Elli. Obwohl ich aus keinem so interessanten Land kam wie Pia. Obwohl ich bislang nur Müll gestottert hatte, wenn ich mit Ben gesprochen hatte, und er womöglich sogar mitbekommen hatte, dass mein Bauch zu unförmig für jeden Bikini war.

Ich schlug Elli vor, am Ende unseres Referats Bens Comic zu zeigen. Als Schlussgag.

»Na, dich hat's echt erwischt«, sagte Elli mit einem belustigten Seitenblick.

»Wieso denn?«, wehrte ich ab. »Doch nur, weil der Comic genau zu unserer Frage passt! Ein Monster, das ein Monster erschafft … Mann, hör auf zu grinsen, das hätte ich auch gesagt, wenn der Comic von Jasper gekommen wäre. Mensch. Elli.« Ich streckte ihr die Zunge raus.

#

»Ich habe eine Idee«, meinte Elli eine Weile später und drückte ihre Zigarette in einem Blumentopf aus. »Jetzt gehen wir zwei noch gepflegt Eis essen, was meinst du?«

Ich dachte an meine mangelhafte Bikinifigur und seufzte. »Na gut.«

Gepflegt Eis essen gehen heißt für Elli, sich beim »Dolce Vita« einen echten Eisbecher zu bestellen und sich dann gemütlich an eines der Tischchen auf dem Rathausplatz zu setzen. Das machten wir dann auch, denn es war immer noch herrlich warm. Nachdem wir die vielen bunten Abbildungen auf der Eiskarte dreimal durchgegangen waren, entschieden wir uns für den Freundschaftsbecher. Der war riesig und voller Erdbeeren. Doch nach dem halben Eisbecher war es mit Ellis guter Laune leider schon wieder vorbei. Denn mitten in unser gepflegtes Freundschaftsbecheressen platzten Marc und Tim, die sich nichtsahnend an der Theke anstellten.

»Dieser Arsch«, raunte Elli mir zu. »Er hat ihn echt an.«

Sie meinte den Anhänger, den Marc um den Hals trug. So ein silberner, halbrunder Anhänger mit einem grünen Stein. Man konnte ihn gut sehen, weil Marc das Hemd weit offen stehen hatte. Der Anhänger wirkte wie durchgebrochen, doch das gehörte so, weil es ein Freundschaftsanhänger mit zwei Hälften war. Ich erinnerte mich natürlich sofort, dass Elli Marc diese eine Hälfte geschenkt und die andere Hälfte selbst tagein, tagaus getragen hatte – bis vor zwei Wochen, bis die Sache mit der Knutscherei auf Joshs Party passiert war.

»Der hat gar kein Recht mehr, meine Kette zu tragen«, zischte Elli, und ehe ich sie zurückhalten konnte, war sie schon zu ihm rübergerast.

»Hi«, schluckte Marc, als sie plötzlich vor ihm stand wie der Springteufel aus der Schachtel. »Was für eine Überraschung.«

Tim grinste dümmlich und machte vorsichtshalber einen Schritt rückwärts.

»Gib mir die Kette zurück«, sagte Elli ansatzlos.

»Äh – nein«, erwiderte Marc verblüfft.

»Äh – doch«, sagte Elli.

»Äh – nein«, wiederholte Marc. »Reg dich ab.«

»Du hast kein Recht mehr dazu«, fauchte Elli.

»Aber du hast mir das Teil geschenkt und ich finde dich …«, stotterte Marc, »… äh, ich finde es …«

Er kam leider nicht dazu zu sagen, was er fand, denn Elli fuhr ihm über den Mund: »Ich habe das Teil nicht DIR geschenkt, ich habe es UNS geschenkt, und da es jetzt kein UNS mehr gibt, seit du diese Knutschaktion mit der Tussi hingelegt hast, hast du auch kein Recht mehr auf MEIN Geschenk, capito? Es ist eine Freundschaftskette, und wie du vielleicht in deinem obergeilen Brain bemerkt hast, besteht sie aus zwei Hälften, es macht also überhaupt keinen Sinn, die eine Hälfte weiterzutragen, wenn ich die andere Hälfte nicht mehr trage! Es ist sogar eine Frechheit, dass du sie weiterträgst, du verspottest damit unsere Liebe, unsere KAPUTTE Liebe meine ich, unsere SCHEISSLIEBE, merkst du das denn nicht?! Aber Einfühlung war ja dann doch nicht so deins, oder? Also, her damit!«

Marc starrte Elli an, und Tim starrte Elli an, und ehrlich gesagt, starrte ich sie auch an. Ich konnte ja verstehen, dass sie wütend war, aber musste sie Marc gleich so anschreien?

»Hey Bunny, chill deine base«, sagte Marc schließlich. »Du hast mir gar nichts mehr zu sagen.«

Elli stampfte mit dem Fuß auf. »Sammelst du Andenken an Verflossene, oder was?«

Marc beschloss wegzuhören. »Drei Kugeln bitte. Schoko, Erdbeer und Schlumpf.«

»Schlumpf«, ätzte Elli und ballte ihre Fäuste. »Komm, Marie, wir gehen. Schlumpf! Pah!«

Als echte Freundin musste ich den halben Freundschaftsbecher natürlich stehen lassen und der Rest des Abends verfloss so traurig wie die verschmähten Eiskugeln.

AN: Sokrates59@gmail.com
Betreff: Re: Re: Neuigkeiten

Lieber Sokrates,

danke für deine schnelle Antwort. Du kannst dir gar nicht vorstellen, wie froh ich bin, dass ich dir mal diese ganzen Gedanken mailen kann. Dass du auch ausgerechnet jetzt in Singapur bist! Du denkst aber dran, wie vertraulich die Sache ist, nicht wahr? Ich habe ja unterschreiben müssen, dass ich keiner Menschenseele etwas davon erzähle.
Ja, du hast natürlich den wunden Punkt getroffen. Genau an dieser Stelle ist mir auch mulmig. Ich habe das zur Sprache gebracht, dass ich das lieber offen machen würde, aber sie haben nur gesagt, es muss so sein, weil sonst alle Beteiligten zu gehemmt wären, und dann würde die ganze Studie nichts bringen. Außerdem, haben sie gesagt, läuft es überall so. Im Bereich Digitalisierung wird NICHTS offen kommuniziert. Und ich meine: Diese Studie ist doch super! Nur du Oberkritiker hast wieder was dagegen. Sie sagen, so tief kommt man sonst nie in die Welt der Jugendlichen hinein und gerade die würden ja immer

unberechenbarer und sind immer gefährdeter, Stichwort Social Media, Fake-News, Filterbubbles usw. Und da kann ich ein Lied von singen, das kannst du mir glauben.
Es wird ja auch niemand was bemerken – sonst hätten wir natürlich sicher ein Problem. Die Schule. Oder auch das Kultusministerium. Die haben ja das ganze Ding abgenickt, da haben die mir sogar einen Schrieb vom Ministerium gezeigt.
Du wolltest noch wissen, ob das Projekt auf Dauer angelegt ist. Erst mal nicht. Erst mal sind es nur drei Wochen. Bevor alles in Serie gehen kann. Stell dir vor, das ginge in Serie, wie fändest du das? O tempora, o mores. Oh Zeiten, oh Sitten. In Erinnerung an unsere gute alte Studienzeit hebe ich mein Glas!

LG, Michi

MITTWOCH, 13. MAI

Vor mir waren zwei Schüler aus der Fünften, Sven und Simon, und ich musste ewig im Sekretariat warten, bis ich an der Reihe war und endlich das Attest abgeben konnte, das ich schon tagelang mit mir herumschleppte und immer in der Tasche vergessen hatte.

Ich hatte bei den Fahrradständern etwas Zeit verplempert, in der Hoffnung, Ben vielleicht abfangen zu können, um ihn eventuell, natürlich ganz zufällig, wieder in ein Gespräch zu verwickeln. Aber er schien gar nicht mit dem Fahrrad zu kommen. An der Bushaltestelle war er allerdings auch nicht gewesen.

Auf jeden Fall eilte es jetzt, denn es war schon kurz vor acht und ich wollte unbedingt mein Attest loswerden. Simon hielt diesmal keinen Rasierschaum in der Hand wie im Video mit seinem Bruder Josh, sondern einen Spaten, und ich erinnerte mich, dass die Fünften ein Baumpflanzprojekt planten – für den Klimaschutz.

»Hey, Marie«, winkte mir Sven zu. Ich kenne ihn aus der Kirchengemeinde und außerdem ist er der Sohn vom Bachmann.

»Nächste Woche ist es so weit«, sagte er und deutete auf den Spaten. »Es kommt sogar der Oberbürgermeister. Cool, oder?«

»Schön, dass wenigstens die Kinder versuchen, die Welt zu retten«, sagte die Wandinger.

Die Wandinger ist die Schulsekretärin, und sie ist viel zu klein für die große Theke, was ziemlich lächerlich aussieht. Auch jetzt musste sie sich ganz schön recken, um die beiden Kleinen überhaupt ansehen zu können. »Du kannst den Spaten hier abstellen.«

»Wo denn?«, fragte Simon und schaute sich etwas ratlos um.

Erst jetzt fiel mir auf, dass sich ringsum auf dem Boden Aktenordner stapelten. Auch auf der Fensterbank standen welche, verdeckten sogar das halbe Fenster und den Belegungsplan der Klassenzimmer, türmten sich vor den Regalen auf und wuchsen über den armen Gummibaum in der Ecke hinaus, der noch trauriger aussah als sonst schon.

»Na, dort zu den anderen«, sagte die Wandinger und deutete neben den Gummibaum. Sie seufzte, als sie meinen Blick bemerkte. »Alles nur, weil die Archiv-Kammer vom Öckenberger umgebaut worden ist.« Sie zwinkerte nevös und korrigierte sich schnell. »Ich meine natürlich, von HERRN Öckenberger.«

Ich verkniff mir ein Grinsen. Der Öckenberger ist der Direktor, hat schlohweiße Haare, die immer leicht zerzaust sind, und eine dicke Hornbrille. Wie aufs Stichwort ging die Tür zu seinem Büro gleich nebenan auf und er kam herein. Er ignorierte uns Schüler völlig und wedelte mit einem Plakat: »Frau Wandinger, holen Sie mal Tesa-Film, das hier müssen wir im Gang aufhängen.«

Die Wandinger vergaß uns auf der Stelle, wuselte eilig und, wie ich fand, viel zu unterwürfig hinter dem Direktor her, hinaus auf den Gang, und war verschwunden.

»Du musst kommen und es dir anschauen«, sagte Sven, als die beiden den Spaten neben dem Gummibaum verstaut hatten. »Weltweit pflanzen Kinder tausend Milliarden Bäume, das gibt gute Luft. Wir haben bei der Turnhalle schon die Löcher gegraben.«

»Mach ich«, versprach ich und schaute unruhig auf die Uhr. Es war schon acht. Um acht Uhr fünf beginnt der Unterricht. Schließlich steckte ich ungeduldig den Kopf zur Tür hinaus.

Die Wandinger redete gerade auf den Direktor ein: »… hat dieser Neue heute früh schon wieder hinten beim Archiv rumgeschnüffelt, dabei steht da doch, dass der Durchgang verboten ist!

Ich meine, der ganze Umbau liegt Ihnen ja persönlich am Herzen, das weiß ich doch, deswegen sage ich es Ihnen.«

»Ah«, hörte ich den Öckenberger rasch antworten, »da machen Sie sich mal keine Gedanken, ich werde mich sofort darum kümmern.«

»Nicht dass es heißt, ich hätte solche Schnüffeleien nicht gemeldet!«

»Nein, das wird es nicht heißen. Sie wissen ja, Frau Wandinger, ich schätze Ihre Aufmerksamkeit.«

Ich zog schnell den Kopf wieder ein. Ganz kurz fragte ich mich, ob mit dem »Neuen« vielleicht Ben gemeint war, verwarf aber den Gedanken sofort wieder, denn Ben »schnüffelte« garantiert nirgendwo herum.

»Oh, du meine Güte«, sagte die Wandinger, als sie wieder ins Sekretariat zurückkam und mich unverrichteter Dinge dort stehen sah. »Dich habe ich ja ganz vergessen« – sie schielte auf die Klassenangabe auf meinem Attest – »ich meine natürlich, SIE habe ich ja ganz vergessen. Danke. Sie können gehen.«

Mittlerweile war es acht Uhr drei. Ich nahm meinen Rucksack und sauste hinaus. Neben dem Sekretariat liegt die Tür zum Büro des Direktors und dahinter führt der Gang weiter in ein dunkles Eck. Man könnte meinen, es sei eine Sackgasse, wenn man sich nicht auskennt, aber wenn man dem Gang folgt und um die Ecke biegt, gibt es dort noch eine weitere Tür zu einem der Feuertreppenhäuser, von denen unsere Schule vier hat – und das ist eine echte Abkürzung hoch zu unserem Klassenzimmer im zweiten Stock.

In diese Richtung spurtete ich jetzt los, aber als ich um die Ecke bog, prallte ich überrascht zurück. Dort, wo es bisher zum Treppenhaus ging, versperrte eine Milchglastür den Weg, so eine undurchsichtige Glastür wie zum Wartezimmer bei meinem Zahnarzt. Mit großen Buchstaben stand »DURCHGANG VERBOTEN«

darauf. Neben der Tür war ein Kartenleser angebracht, der mich allerdings eher an Sicherheitstüren erinnerte. Während ich noch dastand und staunte, ging die Milchglastür auf – und schon wieder kam mir der Öckenberger entgegen! Ich drückte mich hastig an die Wand, irgendwie hatte ich das Gefühl, hier nicht herzugehören … Das Wunder geschah und er sah mich nicht! Manchmal ist es doch von Vorteil, leicht übersehen zu werden und mit der Wand verschmelzen zu können.

»Auf alle Fälle sollten Sie sich da was überlegen«, sagte der Öckenberger gerade, und ich erkannte, dass er telefonierte. »Ich verstehe ja, dass Sie ihn nicht jeden Tag abholen wollen und dass er ganz allein und selbstständig agieren soll, ja, ja, aber wenn schon meine Sekretärin es auffällig findet …«

Er blieb unvermittelt stehen, und ich schloss die Augen, obwohl das beim Verstecken wirklich überhaupt nichts bringt, aber er schien tief in Gedanken und schließlich sagte er: »Logisch, das ganze Schulgelände steht ihm doch offen. Ja – na ja – verstehe. Ja, das wird gut sein. Ja. Gerne, natürlich sag ich Ihnen weiterhin alles, was mir auffällt, aber ansonsten ist ja alles paletti …«

Endlich verschwand er um die Ecke. Ich holte Luft und löste mich langsam von der Wand.

Was war denn bitte schön das für ein Gespräch gewesen? Was sollte das heißen, dass seine Sekretärin »es schon auffällig findet«? Und was sollte diese Tür, die seit Neustem hier den Gang versperrte? Das sah ja aus wie ein Hochsicherheitstrakt mitten in der Schule!

Es gongte. Meine Abkürzung war blockiert. Mist. Ich sauste zurück, am Sekretariat vorbei, und nahm wohl oder übel die Haupttreppe hinauf in den zweiten Stock, immer zwei Stufen auf einmal.

Und wie das so ist, vergaß ich das Gespräch danach wieder – es ging mich ja nichts an. Ich vergaß auch den versperrten Gang, obwohl ich mich geärgert hatte, weil meine Abkürzung futsch war. Bis heute frage ich mich wieder und wieder, was denn gewesen wäre, wenn ich wenigstens jetzt schon aufmerksamer gewesen wäre, an diesem Morgen. Hätte es mich dann nicht so krass erwischt? Hätte es UNS alle dann nicht so krass erwischt? Hätte sich der ganze Strudel aufhalten lassen? Nein … dazu drehte er sich schon zu schnell.

Ich habe immer Bens Augen vor mir. Seinen Blick.

Stell dir vor, deine Welt hat überall Augen …

Nicht nur die Menschen haben Augen. Auch die Häuser. Die Bäume. Die Ameisen …

War da ein Geräusch? Ich schrecke auf. Unwillkürlich werfe ich einen Blick aus dem Fenster.

Nichts Ungewöhnliches. Niemand zu sehen. Zum Glück.

Ich kann weiterschreiben.

#

Ich stürmte in die Klasse, aber der Mathe-Berger war auch zu spät und die meisten standen noch in Grüppchen zusammen und quatschten. Ich registrierte kurz, dass Ben bei Marc stand, der ziemlich genervt aussah, dann setzte ich mich neben Elli.

»Verpennt, oder was?«, fragte sie, weil ich so außer Atem war. Heute hatte sie einen dicken lila Kajalstrich um die Augen, aber ich wusste nicht, ob das besser oder schlechter war als ein blauer. Sie sah auf alle Fälle nicht mehr wütend aus.

»Stau im Sekretariat«, erwiderte ich und zog meine Jacke aus.

Ich wollte am liebsten zu Ben rübergehen und mich noch mal live für den Frankenstein-Comic bedanken, aber Marc stand die ganze Zeit neben ihm und schimpfte, dass ihm sein teurer Lederfußball geklaut worden war – oder dass er ihn verloren hatte, das war ihm wohl selbst nicht ganz klar. Elli schaute betont in eine andere Richtung.

Von hinten hörte ich, wie Niko Joshs Ponyhof-Video lobte: »… du hast ja in Nullkommanix zehntausend Likes und noch mehr bekommen, das ist doch krass!«

Josh feixte und antwortete leise: »Hey, sag's nicht weiter, aber ich hab bei Ebay zehntausend Abonnenten gekauft, das zahlt sich natürlich aus. Da wirst du viel besser gerankt.«

Niko schaute kariert, und ich schaute wahrscheinlich genauso kariert, denn wie sollte das bitte schön gehen, dass man sich Abonnenten bei Ebay kauft? Überhaupt, wozu sollte das gut sein?

»Übrigens mache ich's«, drang schließlich Ellis Stimme wieder an mein Ohr.

»Was?« Ich hatte nur die Hälfte mitbekommen.

»Ich springe ein«, erklärte sie ungeduldig. »Alina hat mich gefragt.«

Langsam kapierte ich, was sie meinte. »Du … machst mit beim Schultheater?«

»Klar. Es ist ganz wenig Text. Und ich muss nicht singen.«

»Ich weiß«, erwiderte ich. »Damit hat Alina es bei mir auch versucht. Aber du musst tanzen. Und küssen.«

»Ist doch cool«, sagte Elli und warf einen giftigen Blick Richtung Marc.

Er trug noch immer den Anhänger. Provozierend sichtbar, fand ich. Über dem T-Shirt.

»Wer ist denn der Glückliche?«, versuchte ich, Elli abzulenken.

»Weiß ich noch nicht, wird aber sicher GANZ TOLL werden.« Sie schnaubte. »Jeder ist besser als Marc.«

Ich schwieg.

Ob Ben schon viele Mädchen geküsst hatte? Und wie sich seine Lippen wohl anfühlen würden? Ich schüttelte den Kopf und versuchte, diese Gedanken zu verscheuchen. Immer langsam! Ich durfte wirklich nicht ausflippen, nur weil ein Junge, der gut aussah,

Muskeln wie Stahl hatte und einen coolen Kapuzenpulli trug, so aufmerksam gewesen war und mir einen Comic passend zu meinem Referatsthema geschickt hatte. Da kam der Mathe-Berger hereingerauscht und gestohlene Bälle und Bühnenküsse mussten der Suche nach dem x und dem y weichen.

#

In der Pause standen Elli und ich vor dem Getränkeautomaten, aber ich konnte mich nicht entscheiden, denn Apfelschorle, was ich sonst immer nehme, war aus.

»Mann, mach mal, andere haben auch Durst«, beschwerte Elli sich mit einem Blick auf ihr Handy. »Brauchst du irgendwie Hilfe?«

Genau in diesem Augenblick kam Ben an uns vorbei. »Vielleicht kann ICH ja helfen?«, fragte er, als er den letzten Gesprächsfetzen hörte.

»Oh ja«, meinte Elli und grinste. »Du vielleicht.«

Sie betonte das DU oberauffällig, und wenn sie so anfing, konnte es schnell peinlich für mich werden.

»Wieso? Was brauchst du denn?«, wandte Ben sich an mich.

»Also … ich wollte gerade …«, stotterte ich, da unterbrach mich Elli: »Marie braucht – Romantik!«

Oh Mann, was war denn in sie gefahren?

»Romantik?«, fragte Ben.

»Ach Quatsch«, wehrte ich ab und wurde wieder mal knallrot, ich konnte es bis in die Haarwurzeln spüren. »Johannisbeersaftschorle … brauche ich.«

»Romantik.« Ben lächelte verschmitzt. »Vielleicht kann ich da ja tatsächlich helfen.«

Bevor mir die Knie weich werden konnten, drehte er sich weg, denn Jasper rief nach ihm.

»Was … was meint er?«, hörte ich mich hauchen.

Elli musste sich die Hand vor den Mund halten, um nicht laut loszuplatzen. »Keine Ahnung – Induktion vielleicht?«

Ich musste es dreimal versuchen, bevor ich es schaffte, das Geld einzuwerfen.

ROMANTIK.

VIELLEICHT KANN ICH DA JA TATSÄCHLICH HELFEN.

Das hatte er wirklich gesagt.

»Hey, bleib cool«, sagte Elli. »Der Typ ist voll schräg. Schau dir nur diese Markenklamotten an, die er jeden Tag trägt. Das ist doch die reinste Schaufensterpuppe.«

»Man soll nicht nach dem Äußeren gehen«, erwiderte ich ein wenig beleidigt.

»Ich bin mir nur nicht sicher, ob er mir innen besser gefällt«, hörte ich Elli murmeln, während sie ihren Saft aus dem Automaten zog.

Ohne auf mich zu achten, stiefelte sie los. Mann, war die schlecht drauf!

»Warte doch, Elli«, sagte ich, denn besser eine schlecht gelaunte Elli als allein in der Pause.

»Ich warte ja«, sagte sie, aber ich musste meine Schritte beschleunigen, um sie einzuholen.

Auf der Wiese vor der Turnhalle waren tatsächlich zehn Erdlöcher ausgehoben worden. In Grüppchen standen die Kleinen darum herum, und ich erklärte Elli, dass die Fünftklässler Bäume pflanzen wollten, die irgendwer gespendet hatte. Sven und Simon standen mit ihren Freunden in der Nähe.

»Wir haben dich bei NUR FÜR MÄDELS gesehen«, sagte Elli zu Joshs kleinem Bruder.

Er nickte lässig. »Haben wir wieder cool hingekriegt, was?«

»Weißt du eigentlich, was es bedeutet«, fragte ich Elli, als wir weiterschlenderten, »dass Josh sich bei Ebay Abonnenten gekauft hat?«

»Was hat er?« Elli verschluckte sich an ihrem Saft. »Das ist ja total Banane!«

»Wieso Banane?«

»Na, das hieße, dass er sich FAKE-Abonnenten gekauft hat! Leute, die es gar nicht in echt gibt. BOTS. Roboteraccounts, Fake-Follower. Wie die ganzen Nasen, die dich anmailen und dir was andrehen wollen, dabei ist das alles nur Spam.«

»Äh – und was will Josh damit?«

»Na, er kann über sie bestimmen und sie erhöhen seine Klickzahlen – und das misst dann YouTube oder Google oder wer auch immer – und dann steigt der Wert seines Kanals und er wird weiter nach oben gesetzt und immer relevanter und dann kann er immer mehr Werbung schalten.«

»Fake-Follower …«, wiederholte ich. »Die bräuchte ich auch! Und wenn sie mir viele Herzchen geben, steige ich im Ranking.«

Elli schnaubte. »Na, bei einem scheinst du ja schon relativ weit oben im Ranking angekommen zu sein.«

Ein Glücksstrahl durchfloss mich, als Elli das sagte, auch wenn mir ihr Ton dabei nicht gefiel.

»Meinst du wirklich?«, flüsterte ich. »Ich … ich bin mir nicht sicher, was ich mir nur einbilde und was wahr ist.«

»Ich glaube nicht, dass du dir was einbildest«, sagte Elli. Aber dabei sah sie mich komisch an. War sie am Ende neidisch?

»Was hast du denn?«, fragte ich verlegen.

»Nichts«, wehrte sie ab. »Ich bin nur gespannt, wie er sich so entwickelt.«

»Ben?«

»Nein, Papa Schlumpf.«

»Mann, Elli.«

»Auf jeden Fall will er dir schon mal Nachhilfe in Romantik geben.«

Ja. Das hatte er tatsächlich gesagt. Nicht in meinem Kopf. In Wirklichkeit.

Ich schwebte hinter Elli zurück in die Klasse.

#

»Keine Ahnung, wer bei uns Fußbälle klaut«, schimpfte Marc immer noch vor sich hin. Ich versuchte, mit Ben Blickkontakt aufzunehmen, aber der redete gerade mit Elif und Ninja, und es ging um Sport und Abnehmen und so.

»Ich bin mehr so für Spaßsport«, sagte Elif gerade.

»Spaßsport?«, fragte Ben nach.

»Trampolinhüpfen zum Beispiel«, mischte ich mich zaghaft ein. »Das mach ich auch gern.«

»Das mache ich auch gern«, wiederholte Ben und richtete sich auf. »Kennst du den Trampo-Park hinter dem Outlet-Center?«

Ich hielt die Luft an. Meinte er mich? Meinte er wirklich mich? Wollte er am Ende mit mir zum Trampolinhüpfen? War das eventuell – ein Date?

Ja!

So einfach ging es!

Mir verschlug es die Sprache.

Doch bevor ich sie wiederfand, antwortete schon Elif: »Super Idee, Ben.«

Auch Ninja nickte. »He, machen wir einen Wandertag!«

»Wo gibt's was umsonst?«, fragte Tim und reckte seinen sowieso schon megalangen Hals.

Ich war gleich noch einmal sprachlos. Mann. Das sollte doch kein Gruppendate werden, oder?

»Äh – ich komm auch mit«, sagte ich lahm.

»Das macht doch jedem in der Klasse Spaß«, meinte Ben und in meinen Ohren klang es fast ein wenig bedauernd. »Ich kann Tickets reservieren. Für morgen Nachmittag. In Ordnung?«

»Bin auch dabei«, sagte Marc. »Wenn noch ein paar mehr Jungs mitkommen.«

»Also, wer macht mit?«, fragte Ben in die Runde.

Zehn Arme gingen in die Höhe, und schließlich ließ sich sogar der schöne Niko dazu herab, die Idee gut zu finden. Ich glaube, aber nur, weil Ninja auch dabei war, und jeder konnte sehen, dass Niko in sie verliebt war.

So schade ich es fand, dass das Trampohüpfen wohl doch kein echtes Date werden würde, so stolz war ich zugleich auch auf Ben. Weil der eben Charisma hatte. Weil der so was organisieren konnte. So was hatten wir schon ewig nicht mehr gemacht.

Elli wollte natürlich nicht mitkommen. Schon allein wegen Marc. Aber auch wegen ihrer Mutter, die war ja ständig krank und hatte Burn-out oder so und am Donnerstag musste Elli ihr was helfen. Ich spürte, dass ich gar nicht so sehr traurig war, dass sie nicht dabei mitmachte. Sie würde mir Ben nur noch weiter vermiesen wollen. Und das wahrscheinlich nur, damit sie nicht allein dastand mit ihrem Liebeskummer, oder? Einen anderen Grund konnte ich mir nicht vorstellen.

#

Mittags hätte ich gar nicht in der Mensa essen müssen, weil ich mittwochs keinen Nachmittagkurs belegt hatte, aber ich hatte Ben hingehen sehen und war ihm kurz entschlossen gefolgt. Und das war mein Glück, denn jetzt saß ich ihm und Pia gegenüber und aß die beste Mahlzeit überhaupt: Ein Wunder war geschehen und es gab tatsächlich KAISERSCHMARRN! Endlich mal was Leckeres!

Wir lachten über den Mathe-Berger, und Pia wurde ihre

Turbo-Tapas an diesem Tag wieder nicht an mich los (das Zeug mit den Spargelspitzen, das sie gestern dabeigehabt hatte und das »Wenn dein Spargel wächst« hieß – haha, was für Jungs –, war wirklich abscheulich gewesen), denn der Kaiserschmarrn war einfach »vorzüglich«, wie Ben sagte.

Wenn es läuft, dann läuft's, musste ich denken. Wurden ab jetzt alle Wünsche wahr?

#

Es schien fast so, denn als ich zu Hause war, schnurrte mein Handy. Es war eine Nachricht.

Von – Ben!

Mein Herz klopfte sofort wieder wild los, denn der Betreff lautete tatsächlich: ROMANTIK!

Liebe Marie!

LIEBE! Er schrieb LIEBE. Andererseits ist das ja eine ganz normale Anrede. Oder? Oder nicht?

Natürlich nicht!

Ich wollte dir ja noch zum Thema Romantik behilflich sein.

Ja, ich musste es zugeben, er war wirklich süß. Er würde es sicher nicht gerne hören, aber es stimmte einfach, Pia hin oder her. Wie unbeholfen er schrieb!

Hier habe ich erst mal drei Gedichte für dich!

Ich konnte kaum fassen, was ich las:

Es war, als hätt der Himmel
Die Erde still geküßt,
Daß sie im Blütenschimmer
Von ihm nun träumen müßt.

Ist das am Ende selbst gedichtet?, dachte ich kurz, aber dann las ich weiter. War doch nur ein Zitat. Joseph von Eichendorff, stand drunter. Machte ja nichts, Ben war ja immerhin ehrlich. Dann hielt ich die Luft an.

Ich sehe dich in tausend Bildern,
Maria, lieblich ausgedrückt,
Doch keins von allen kann dich schildern,
Wie meine Seele dich erblickt.

Das konnte kein Zufall sein! Das war zwar, wie ich lesen konnte, von Novalis, aber das musste Ben doch mit Absicht ausgewählt haben.

Maria – Marie!

Das war auf mich gemünzt! Er war so schlau. So voller Andeutungen. Und es war, als wüsste er, was meine ersten Gedanken gewesen waren, als er zu uns in die Klasse gekommen war.

Einer, der mich WIRKLICH sieht!

Der meine SEELE erblickt!

Restlos überzeugt aber war ich, als ich den dritten Text las, von Mörike, und der lautete so:

Drei Tage Regen fort und fort,
Kein Sonnenschein zur Stunde,
Drei Tage lang kein gutes Wort
Aus meiner Liebsten Munde!

Drei Tage! Am Montag war Ben zu uns in die Klasse gekommen und wir hatten uns zum ersten Mal gesehen. Heute war Mittwoch.

Montag. Dienstag. Mittwoch.

Das waren eindeutig drei Tage.

Ich ließ mich verzückt auf mein Bett sinken und atmete ein paarmal tief durch. Jetzt hieß es cool bleiben. Was sollte ich zurückschreiben?

Lieber Ben!

Logisch. Wenn er mit LIEBE MARIE ankam, dann konnte ich jetzt auch LIEBER BEN schreiben.

Danke für die herrlichen Gedichte!

Ach Mann, das klang viel zu abgedroschen. Ich war nicht gut in Liebesnachrichten schreiben. Ich hatte das noch nie gemacht. Doch da hatte ich eine Idee. Wenn Ben so romantisch veranlagt war, dann …

Kannst du auch selber dichten? Vielleicht sogar für mich?
Herzlich – ich löschte herzlich wieder und schrieb: LG Marie

Jemand hatte eine Brausetablette in mein Inneres geworfen. Ich sprudelte innerlich!

Ich: Bens erste Romantikstunde hat begonnen.
Elli war online: Hä? 😜
Ich: Er hat mir Gedichte geschickt.
Elli: Wieso das denn?
Ich: Weil du zu ihm gesagt hast, ich brauche Romantik!
Elli: Hahaha. 😄 👍 Selbst gedichtet?

Ich: Nein. Von Mörike und Eichendorff und so. ☺
Elli (nach einer Pause): Bleib auf dem Boden. Er meint nicht die Romantik, die du meinst. Er meint die Epoche.
Ich: ????????????
Elli: Mörike und Eichendorff sind Romantiker. Dichter aus der Epoche der Romantik. Ich sag doch, er ist komisch.

Ich starrte den letzten Satz an. Wollte sie mich verarschen? Das mochte ja stimmen, dass das alles Dichter der Romantik waren, aber Ben hatte die Gedichte ja ganz offenbar mit Bedacht ausgewählt! Für mich. Romantiker schreiben romantische Gedichte – und die hatte Ben rausgesucht, weil … weil er mir … er hatte sie auf alle Fälle für mich ausgewählt.

Ich weigerte mich, mir von Elli schon wieder die gute Laune verderben zu lassen.

Gerade wollte ich genervt zurückschreiben, da kam eine neue Nachricht von Ben. Mit klopfendem Herzen verschlang ich seine Worte.

Marie
Der Himmel ist voll Sonnenschein,
Der Flieder neigt sich still,
Ihr braunes Haar ein Pferdeschwanz,
Obwohl sie Hunde will.

See U, Ben

Er hatte für mich gedichtet.

Sofort und unverzüglich.

Das war jetzt aber wirklich Romantik! Die richtige und echte! Nicht die Epoche. Die persönliche. Und – ich konnte es kaum fassen – er musste dieses Gedicht schon vorbereitet haben, denn so schnell konnte ja wohl kein Mensch dichten. Es waren nicht mal zwei Minuten vergangen, seit ich meine Antwort gesendet hatte.

Ich schickte ein großes DANKE zurück, dann schrieb ich Elli – nicht ohne Häme: Du täuschst dich.

Mann, freute ich mich auf morgen! Auf den Trampo-Park. Auf das nächste Wiedersehen mit Ben. Auf die ganze Welt!

#

Mir wird ganz kalt, wenn ich lese, was ich gerade geschrieben habe, und ich bekomme eine Gänsehaut. Die Erinnerungen an diesen glücklichen Tag … Von wegen, alle Wünsche werden wahr! Wie konnte ich nur so blind sein und denken, es wäre das Glück, das es gut mit mir meinte? Es war nicht Glück, es war alles Berechnung. Nur war ich zu blind, um es zu bemerken, wie der Kaiserschmarrn in der Mensa mit romantischen Gedichten und dem Trampo-Park zusammenhing.

Bens Augen schmuggeln sich schon wieder auf das Papier. Wie glühende Kohlen brennen sie Löcher hinein, und ich versuche, sie wegzustreichen, wieder und wieder und wieder, bis ich tatsächlich mit meinem Füller ein Loch ins Papier gekratzt habe.

Aus meinem Geist kann ich seine Augen nicht streichen. Ich werde ihn wohl für immer vor mir sehen, wie er mich anschaut und lächelt, wie ich die Eisenstange hebe, die schwere Eisenstange, zum Zuschlagen bereit, und ich schreie …

DONNERSTAG, 14. MAI

Ben war echt der Hammer: Er hatte Marc einen nagelneuen Fußball mitgebracht, mit Unterschriften vom ganzen FC Bayern. Als ich morgens ins Klassenzimmer kam, standen alle um den Ball herum, auch die Mädels, und sahen aus wie kleine Kinder an Weihnachten und strichen mit spitzen Fingern über die Autogramme. Ich kapierte zuerst gar nicht, was so besonders daran war. Meine Güte, ich mache mir einfach nichts aus Fußball! Aber dann brachte Ninja mich auf den Stand der Dinge und ich staunte ebenso.

»Diese Bälle gibt's gerade im FC-Bayern-Online-Shop, kostet jeder nur 99 Euro«, sagte Ben achselzuckend. »Ich habe ein Exemplar gratis bekommen. Passend für Marc.«

Der schüttelte nur immer wieder den Kopf. »Ben, du bist echt ein guter Kumpel. Aber du musst dich hier nicht in die Klasse einkaufen, dass das klar ist.«

»Ich kaufe gar nicht ein«, sagte Ben, und Ninja grinste, weil es so witzig klang. »Das ist ein Geschenk.«

»Den muss ich auch haben«, seufzte Jasper, aber Niko zeigte ihm einen Vogel.

»Du fällst auch auf alles rein, was?«

Unser Klassenschönling spürte wohl wirklich die Konkurrenz. »So ein Schleimer«, sagte er noch und kickte seine Sporttasche gegen die Wand.

»Ich blicke da nicht durch«, hörte ich Elli murmeln und ich wurde fast wütend.

Es war wirklich sehr gut, dass sie an diesem Nachmittag keine Zeit hatte, mit in den Trampo-Park zu gehen.

#

In Physik erwischte es Niko dann. Und er tat mir kein bisschen leid. Der Koppe holte ihn nach vorn, weil er in der letzten Stunde einer von denen gewesen war, die am lautesten und anzüglichsten gestöhnt hatten. Und nun sollte Niko der ganzen Klasse noch mal die Induktion erklären.

Der Koppe hielt ihm die Kreide hin. »Bitte schön. Da ist die Tafel.«

Niko stand da und zögerte, schließlich malte er einen Kreis.

»Schon mal ein Anfang«, sagte der Koppe. »Können Sie auch noch erklären, was das sein soll?«

»Ein Kreis«, sagte Niko.

»Gut, dass Sie es sagen«, meinte der Koppe. »Sonst hätte ich es nicht erkannt. Weiter?«

»Das wird eine Spule«, sagte Niko.

»Aha«, wiederholte der Koppe. »Eine Spule.«

»Ja.« Niko versuchte, aus dem Kreis eine Spule werden zu lassen. Tim prustete los und Niko musste schließlich selbst über sein missratenes Kunstwerk lachen.

»Und wofür brauchen wir diese wunderhübsche Spule?«, fragte der Koppe und tat extra geduldig, dabei konnte jeder sehen, wie sehr er sich zusammenreißen musste.

Niko grinste blöde. »Da muss man was reinstecken und rausziehen.«

Jetzt wieherte die ganze Klasse los.

»Danke für diese Einschätzung«, sagte der Koppe. »Ich hasse die Pubertät. Was ich brauche, ist ein Jahr Sonderurlaub.«

Die Klasse brüllte, und ich hörte, wie Tim murmelte: »Was ICH brauche, ist ein Erdbeerjoghurt.«

»Erdbeerjoghurt gibt's im Automaten«, sagte Ben von hinten. »Aber ich mag auch den neuen mit Maracuja und Kokos.«

Ich kicherte.

Hinterher zog Niko über den Koppe her, was das Zeug hielt. Dieser Depp, sagte er, dass er ihn vor der ganzen Klasse so bloßstellen musste, sei gemein gewesen, von wegen Pubertät, so war das doch gar nicht gemeint gewesen, das war physikalisch gemeint!

»He, reg dich ab«, meinte Leon und zog seine Sonnenbrille auf. »Lass uns chillen.«

»Ich will nicht chillen«, brauste Niko noch mal auf, »ich will den Koppe GRILLEN! Gib mir Grillanzünder, gib mir ein Feuerzeug, dann kann ich für nichts mehr garantieren! Dann mach ich dem Koppe Feuer unterm Arsch.«

Meine Güte, Jungs!

Ich konnte an nichts anderes denken als an den Trampo-Park und dass ich dann endlich mal länger Zeit zum Quatschen hätte und Ben mir nicht ständig wieder entwischen konnte. Und wer weiß, vielleicht würde sich aus dem Gruppendate ja doch noch ein privates Date entwickeln …

#

Aber es kam anders.

Um es gleich zu sagen: Ben erschien gar nicht am Trampo-Park. Dabei hatte er tatsächlich zehn Eintrittskarten für uns reserviert. Man muss ja immer genau die Uhrzeit angeben und dann darf man exakt eine Stunde hüpfen.

Ich war wie vor den Kopf gestoßen, als um kurz vor vier seine Nachricht kam. Und auch noch eine Gruppennachricht.

Viel Spaß! Muss leider noch was erledigen. See U.

Doch kein Date.

Und kein Wort für mich allein.

»Ist doch gut, wenn der Affe nicht dabei ist«, sagte Niko.

»Selber Affe«, entgegnete Alina.

Niko grinste. »Jetzt mal unter uns. Wer nimmt den denn ernst? Immer angezogen wie eine Schaufensterpuppe, immer feinster Look und immer so unglaublich gut drauf. Der hat sie doch nicht mehr alle.«

Schon wieder Schaufensterpuppe! Ich war empört. »Du kennst ihn ja gar nicht!«

»Aber du, Marie, oder wie?«, gab Niko zurück. »Du kennst ihn?«

»Also, ich hab mir den Link zu seinem Klamottenshop geben lassen«, meinte Jasper.

»Du auch?«, fragte Marc überrascht.

Ninja lachte. »Niko, du siehst, du bist überstimmt.«

Niko schaute sie konsterniert an. »Findest du ihn etwa auch turbonett und ach so perfekt?«

»Nein«, sagte Ninja, »ich finde ihn einfach nur wohlerzogen und hilfsbereit. Im Gegensatz zu dir.«

»Genau«, sagte ich und hörte selbst, wie blöd das klang.

»Und immer ist er der Erste im Klassenzimmer und der Letzte, der geht«, murmelte Niko. »So ein Streber. Und was der für ein Zeug daherredet!«

»Los, Leute, die Zeit läuft«, beendete Josh die Diskussion und wir gingen in die Halle.

Zugegeben, es machte auch mit den anderen Spaß, von Niko mal abgesehen. Zehn Minuten hüpfte ich mit Josh im Takt auf einem Supersofttrampolin, und er erzählte mir, dass er hier schon zweimal mit seinem kleinen Bruder gewesen war.

»Du kannst ja mal ein NUR-FÜR-MÄDELS-Video hier drehen«, schlug ich vor.

»DU guckst meine Videos?«, fragte Josh überrascht.

»Tut doch jeder«, sagte ich.

»Na ja, ist ja nur so Quatsch«, erwiderte er, und jetzt war ich überrascht, weil er so abfällig darüber sprach. »Aber cool, dass du Quatsch magst.«

Hinterher kauften wir uns alle noch Eis und Limo. Der Ausflug war insgesamt ganz schön teuer, aber Spaß kostet ja immer Geld.

Zu Hause wischte ich die Rosen beiseite, doch Ben hatte nicht noch mal geschrieben. Nur die anderen waren schon bei der Nachbesprechung.

Ninja: War echt nice. @Tim: Machst du mir noch mal den Grashüpfer? 😄
Leon: Soll er dich bespringen, oder was?
Alina: Du Schwein.
Tim: Ich soll nur den Grashüpfer machen. Nix Schwein. 😆
Niko: Wollen wir es mal wieder machen? Alle zusammen?
Elli: Hä? Was habt ihr denn da auf den Trampos getrieben?
Ninja: Es heißt, wollen wir mal wieder WAS machen. Nicht, wollen wir ES mal wieder machen. Niko, Note sechs in Deutsch.
Tim: Note Sex meinst du. 😝
Elli: Männerfantasien.
Niko: Sry. Wollen wir MAL WIEDER WAS ZUSAMMEN MACHEN?

Ich zuckte zusammen, als ich sah, dass Ben sich doch einmischte.

Ben: Ich kann gern noch mal was raussuchen, wenn es euch heute gefallen hat. Es gibt einen Hochseilklettergarten hinter Vohburg. Andere, die im Trampo-Park waren, waren auch noch auf der

Altmühl paddeln. Oder in Fürth im Schwimmbad. Und im Juni gibt's jeden Samstag am Baggersee eine Schaumparty.
Ninja: Schaumparty! 👍
Tim: 👍👍👍
Marc: Lieber klettern.
Leon: Ich will Hochseil.
Elli: Lern Deutsch, sonst du runterfällst.
Ninja: 😄 Hahaha!

Das klang immerhin so, als täte es Ben leid, dass er nicht dabei gewesen war. Und es konnte einem ja auch wirklich immer mal was dazwischenkommen. Die Eltern zum Beispiel.

Schade, dass du heute nicht da warst, Ben, schrieb ich ihm schließlich. Keine Ahnung, woher ich den Mut dazu nahm. Der Text kam mitten aus meinem Herzen.

Er antwortete tatsächlich SOFORT.

Liebe Marie! Total schade, dass ich nicht da war. Wir sehen uns morgen. See U, Ben

Wow. Immerhin.

Morgen, so beschloss ich, musste etwas geschehen. Morgen würde ich mich mit Ben verabreden. Egal zu was. Ich war ja wohl auf keine Gruppenorganisation angewiesen.

FREITAG, 15. MAI

Ich packte zum siebten Mal mein Federmäppchen ein und wieder aus.

»Tschau!« Josh nickte mir zu und ging.

Ich kramte weiter in meinem Rucksack, obwohl es nichts zu kramen gab.

»Bis Montag«, sagte Pia, »morgen koche ich mal nichts, da bin ich auf einer Party eingeladen.«

Ich nickte. Es war mir egal, weil morgen Samstag war und ich ja sowieso nichts von ihrem Online-Menü abbekommen würde, und außerdem hatte mich der Kaiserschmarrn vorgestern mit der Mensa versöhnt.

»Kommst du jetzt oder willst du hier übernachten?«, fragte Elli ungeduldig.

»Äh – gleich. Geh schon mal vor.«

Ich bückte mich und öffnete die Schnalle an meiner Sandale, um sie gleich darauf wieder zu schließen. Elli grinste mich wissend an und verließ wortlos das Klassenzimmer. Jetzt waren nur noch Niko und Tim da. Und natürlich Ben. Der war eigentlich immer der Letzte. Ich zog mein Federmäppchen noch einmal heraus und schaute, ob der Füller drin war. War er natürlich, wo sollte er sonst sein.

»Los, die anderen warten schon«, sagte Niko schließlich mit einem Blick aus dem Fenster und die beiden verzogen sich endlich. Freitags spielten einige der Jungs meist noch Fußball hinter der Turnhalle.

Wir waren allein.

An der Tür trafen wir uns. Ben sah so umwerfend aus in seinem weit ausgeschnittenen hellblauen Hemd, über der Brust ein Medaillon, und den engen Hosen.

»Marie!«, sagte Ben.

»Nach dir«, sagte ich.

»Nein, nach DIR«, sagte er.

Ich musste lachen.

»Was ist so komisch?«, fragte er.

»Nichts«, nuschelte ich und kicherte noch mehr, weil wir wie angefroren nebeneinander im Türrahmen standen. »Du? Ben?«, fragte ich und klimperte ein wenig mit den Augen, wie Elli es immer tut, wenn sie von Jungs was will. »Was … was machst du eigentlich am Wochenende?«

»Nichts Besonderes«, sagte er. »Und du? Was machst du gerne?«

Wow. Dranbleiben.

»Äh – ich weiß auch noch nicht so genau, ich meine, ich habe noch viel Zeit«, antwortete ich rasch. »Vielleicht Eis essen gehen?«

Ich hatte es bewusst als halbe Frage formuliert.

»Welches Eis magst du am liebsten?«, fragte er zurück.

Na, das lief doch!

»Himbeer und Amaretto«, sagte ich. »Und du?«

»Ich auch«, sagte er.

»Wie lustig!«

»Wieso ist das lustig? Das ist doch selbstverständlich.«

Wie meinte er das jetzt? Weil wir sowieso gut zusammenpassten?

Wir standen immer noch nebeneinander im Türrahmen. Ich mochte eigentlich gar nicht weitergehen. Ich hätte das ganze Wochenende hier stehen bleiben können und über Eissorten reden und in seinen Augen versinken. Theoretisch zumindest. Praktisch gesehen wurde es langsam peinlich, so lange so eng nebeneinanderzustehen, und ich beschloss, den ersten Schritt zu machen. Den ersten Schritt aus dem Türrahmen.

»Äh – gehen wir jetzt?«

»Ja, der Unterricht ist ja aus«, sagte er und marschierte neben mir die Treppe runter.

Ich musste wohl doch deutlicher werden. Wenn Eis nicht zog, was dann? Da hatte ich DIE Idee.

»Äh – soll ich dir vielleicht mal die Stadt zeigen?«

»Meinst du mit Stadt Ingolstadt?«, fragte er zurück.

Ich lachte. »Logisch.«

»Super Idee«, sagte er.

Yes! Volltreffer! Weiter!

»Und?« hakte ich also nach.

»Und?«, echote er.

»Wann?«

»Heute geht es leider nicht.«

»Und was ist mit morgen?«

Ben überlegte, ich konnte es sehen, dann antwortete er: »Ich bin das ganze Wochenende nicht verfügbar.«

Zugegeben, manchmal redete er wirklich ziemlich komisch. Ziemlich sehr wohlerzogen.

»Oh.«

Hatte das etwas zu bedeuten? Ich schaute ihn an. Tat es ihm leid, dass er keine Zeit hatte?

»Leider«, fügte er hinzu, als er meinen fragenden Blick sah, und machte ein Gesicht, als hätte er ein schlechtes Gewissen. Immerhin.

»Es war nur so eine Idee von mir«, meinte ich daher versöhnlich. »Damit du dir ein Bild von der Stadt machen kannst.«

»Ich kann dir auch Bilder schicken«, schlug er vor.

Sollte das ein Witz sein? Ich lachte. »Bilder von Ingolstadt oder Bilder von dir oder von was?«

Er musste ebenfalls lachen. »Welche möchtest du denn?«

»Äh …« Ich stockte. Meinte er das ernst? »Hm, keine Ahnung – vielleicht … ein paar Bilder von deiner ersten Woche hier an der Schule.«

Er lachte wieder. »Das wären viel zu viele Fotos.«

»Hast du denn solche Mengen?«

»Logisch.«

»Dann eben … hm, fünf Witzfotos. Ungewöhnliche Perspektiven. Was auch immer. Ich habe doch keine Ahnung, welche Fotos du auf deinem Handy hast.«

»Logisch. Ich kümmere mich.«

Ich lachte ihn aus. »Das war doch nur so ein Vorschlag! Keine Hausaufgabe.«

Er lächelte unsicher zurück. »Ich meine, ich will mal sehen, was sich machen lässt.«

So was! Ich wollte ein Date und bekam Fotos versprochen. Allerdings – das konnte ich auch! So leicht würde Ben mir nicht entkommen!

»Okay«, sagte ich. »Dann schicke ich dir umgekehrt auch ein paar Fotos. Total exklusive Bilder von der Stadt. Meinen ganz persönlichen Reiseführer.«

»Gern«, nickte Ben.

Als ich zum Haupteingang abbiegen wollte, blieb Ben stehen und schaute mir noch einmal tief in die Augen. »See you, Marie!«

»Äh – Ben? Bleibst du denn hier?«, fragte ich überrascht. »In der Schule?«

»Leider«, sagte er und winkte mir zu.

Ich starrte ihm nach und wusste nicht, was ich von alldem halten sollte. Es war doch Freitag! Was wollte er da noch in der Schule? Oder – wollte er vielleicht noch mit den anderen Jungs Fußball spielen? Aber hätte er mir das nicht sagen können?

Draußen bei den Fahrrädern wartete Elli. »Na, wie war's?«

»Wir haben nur ein paar Worte gewechselt«, murmelte ich und wollte eigentlich gar nicht so kurz angebunden klingen.

»Und wo ist er jetzt?«

»Er muss noch was erledigen.«

»Was denn?«

»Sagt er nicht.«

»Mensch, Marie, der ist echt eigen. Vielleicht solltest du ihn erst mal näher kennenlernen, bevor du dich ihm gleich mit Haut und Haaren verschreibst.«

»Was meinst du, was ich eben tun wollte!«, fauchte ich. »Ihn näher kennenlernen! Aber er ist das ganze Wochenende nicht verfügbar.«

»Nicht verfügbar?«

»Sagt er.«

»Siehst du, Marie, das meine ich, wenn ich sage, er ist eigen. Er spricht auch etwas eigen.«

»Er ist eben ein Individuum.«

Ich seufzte.

Er war schon etwas merkwürdig.

Aber Menschen sind ja grundsätzlich etwas merkwürdig. Es hat doch jeder seine Macken. Oder?

#

Zu Hause lagen mehrere Pakete vom Lieferservice. Eins war an mich adressiert. Ich überlegte. Was konnte drin sein? Hatte ich gestern irgendwas Bestimmtes gegoogelt? Barcelona. Das Wetter. Witze. Hm. Daraus wird noch kein Paket. Meine Mutter war nicht da, daher hatte ich niemanden zum Wetten, aber ich war zu neugierig und riss die Verpackung auf.

Wow.

Das war wirklich der Hammer.

Drin lagen sieben Bikinis. SIEBEN! Mit Blumen drauf. Alle in einer anderen Farbe. Und jeder mit einem anderen Wochentag beschriftet. Auf dem Montags-Bikini waren Gänseblümchen. Auf dem für Dienstag Rosen und Rüschen. Für Mittwoch Fantasieblumen und Schmetterlinge. Für Donnerstag Sonnenblumen. Für Freitag lauter bunte Miniblümchen. Samstag und Sonntag fielen etwas raus. Für Samstag waren Kirschen drauf. Für Sonntag Äpfel.

Die ganze Serie gefiel mir auf den ersten Blick. Und wenn man alle behielt, stand auf dem Packzettel, musste man auch nur fünf bezahlen. Logisch, das würde ich machen! War auch gar nicht so teuer. Und es war genau das, was ich brauchte. Hatte ich nicht erst neulich zu Elli gesagt, bei meinem Bauch bräuchte ich für jeden Tag einen anderen Bikini?! Und jetzt das!

Es war wirklich wie ein Wunder.

Dieses Smartshoppen, das einem lieferte, ohne dass man bestellen musste, gefiel mir immer besser. In diesem Fall allerdings hatte ich wirklich überhaupt keine Idee, wie die darauf gekommen waren, dass ich einen neuen Bikini brauchte. Ich war mir ganz sicher, dass ich nicht danach gegoogelt hatte. Ich musste Elli schreiben! Vielleicht hatte sie heute auch noch Lust, ins Freibad zu gehen? Ich musste die Bikinis unbedingt ausprobieren – und wenn ich mich darin gut fühlte, dann würde ich mich sogar trauen, mit den Jungs – mit Ben – zum See zu gehen!

#

Die Sonne schien schon richtig heiß, doch es war noch viel Platz auf der Wiese. Elli staunte nicht schlecht, als ich mit den neuen Bikinis aufkreuzte. Sie waren zwar etwas großzügiger ausgeschnitten, als ich sie mir gekauft hätte – aber nur, weil ich immer gedacht hatte, dass so etwas sowieso nichts für mich Fluffgurke ist. War allerdings falsch gedacht. Ich entschied mich für Rosen, obwohl heute Freitag war und freitags ja eigentlich der Bikini mit den kleinen bunten Blümchen dran wäre. Elli sagte, ich sähe super aus. Und schließlich fand ich das auch.

Das Wasser war noch ganz schön frisch. Ich tastete mich vorsichtig in die Bauchnabelregion vor.

»Los, du Eiszapfen«, rief Elli und kraulte heran. Sie kann nämlich auch kraulen. Nicht nur Niko.

»Komm mir nicht zu nah«, wollte ich noch sagen, aber da spritzte sie mich schon an, genau dorthin, wo es am unangenehmsten ist, mitten auf den Bauch.

»Nein – hör auf – das ist gemein!«

»Ich war friedfertig und gut«, rezitierte Elli laut und spritzte ungerührt weiter, »das Unglück hat mich zu einem Teufel gemacht. Mach mich glücklich, dann bin ich auch wieder tugendhaft.«

Ich musste wider Willen lachen und ließ mich schließlich mit einem Schrei ins Wasser fallen. »Na, warte, ich werde dich schon glücklich machen!«

Nachher auf der Wiese schrieben wir ein bisschen mit den anderen, denn witzigerweise hatte Jasper was von der Smartshopping-Aktion bekommen, was gar nicht passte.

Jasper: Wie krass ist das denn? Ich hab einen Damenslip bekommen. Mit Spitzen! 😮

Leon: Na, wirst dich halt auf einschlägigen Seiten rumgetrieben haben. Was meinst du, wie die vom Smartshoppen auf ihre Ideen für dich kommen?!

Elli: Halbseidene Seiten. Sieh einer an.

Jasper: Mist. Meinst du, daher kommt's? 😲

Leon: Wer kommt? 😛

Jasper: Achtung. Weiber lesen mit. Machen wir 'ne Gruppe auf?

Ich lachte. »Perverse Jungs.«

»Ich finde es ganz beruhigend«, meinte Elli, »dass dieses Bestellmonster Fehler macht. Immerhin kann man alles zurückschicken.«

»Ich hab noch nichts wieder zurückgeschickt.« Ich rekelte mich in der Sonne. Dann erzählte ich ihr, wie es im Trampo-Park gewesen war. »Und was hast du gemacht?«, fragte ich schließlich. »Was hat deine Mutter denn jetzt eigentlich?«

»Ach, das mit dem Burn-out ist irgendwie schlimmer, als man denkt, und jetzt muss sie für ein paar Wochen in eine Klinik«, murmelte Elli.

Ich starrte sie an. »Äh – und du?«

»Na, eine Zeit lang kommt meine Tante. Aber tageweise bin ich allein.«

»Ab wann denn?«

»Steht noch nicht fest«, meinte Elli, und ich merkte, sie wollte nicht weiter drüber sprechen.

»Du kannst jederzeit zu uns zum Essen kommen«, schlug ich vor.

»Zu eurem NSA-Computer, der einen ausspioniert?«

»Den musst du ja nicht mitessen.«

»Ich komm schon durch«, erwiderte sie. »Ich mach mir dann halt immer Pommes im Ofen.«

Elli drehte sich auf den Bauch und ließ sich bräunen. Mein Handy zirpte.

Wahnsinn.

Ben hatte seine Hausaufgaben tatsächlich schon gemacht.

Liebe Marie, hier kommen fünf Witzfotos (ungewöhnliche Perspektiven). Gefallen sie dir? See U, Ben

Das erste Foto zeigte mich, tatsächlich MICH, wie ich über den Pausenhof laufe und der Wind mir die Haare lustig nach oben weht.

Auf dem zweiten Foto war Pia, breit grinsend in einem Dirndl. Zweifellos witzig. So hatte ich sie noch nie gesehen.

Das dritte Foto zeigte einen Teller mit Linsensuppe, in dem ein Würstchen zu einem Smiley-Mund gelegt war und zwei Kartoffelstücke die Augen darstellen. Das Foto kannte ich, das war aus dem Klassenchat und hatte Ninja vor ein paar Wochen rumgeschickt, als es Linsensuppe in der Mensa gab, und offenbar war es auch zu Ben gekommen, obwohl er damals ja noch gar nicht bei uns an der Schule gewesen war.

Das vierte Foto war das berühmte Affen-Selfie – dieses Foto, das ein Affe von sich selbst gemacht haben soll, als er ein Handy gefunden hat. Eine Weile hatte das jeder gepostet.

Das fünfte Foto zeigte Elli. Sie schaute verführerisch in die Kamera, streckte genüsslich die Zunge raus und mit irgendeiner witzigen Bildbearbeitung waren ihr Häschenohren gewachsen.

Erst musste ich lachen.

Dann stutzte ich. Ellis Ausschnitt war ganz schön weit. Woher hatte Ben denn dieses Foto? Hatte Elli ihm so was von sich geschickt? Ich schielte zu ihr rüber. Sie schnarchte leise.

Ich schrieb Ben zurück.

Ich: Super Fotos! War ja ganz witzig, deine erste Woche.
Ben: Danke.
Ich: Woher hast du denn das Foto von Elli?
Ben: Aus einer Fotoserie. Auch witzig, oder?
Ich: Ja. ☺

Ich betrachtete das Häschenfoto noch mal genauer. Es sah schon fast anzüglich aus, wie in einer schlechten Reklame. Und der Ausschnitt war wirklich sehr, sehr weit. Man sah … Hilfe, man sah beinahe die Brustwarze! Dass Elli so was rumschickte! Und wieso kannte ich das Bild eigentlich nicht? Oder … war das etwa eine Art Bewerbungsfoto, weil mit Marc Schluss war? Fand sie Ben doch gut? Fiel sie mir in den Rücken?

Ich musterte sie, wie sie neben mir in der Sonne döste. Quatsch, Elli würde mich nie anlügen! Aber irgendwie musste das Bild in den Klassenchat oder auf Instagram gelangt sein, sonst hätte Ben es ja nicht gehabt. Es war mir wohl durchgerutscht.

»Schau mal«, sagte ich und stupste sie nun doch an. »Ich wusste gar nicht, was für ein süßes Häschen du bist.«

»Hä?« Elli blinzelte gegen die Sonne.

Ich hielt ihr das Handy hin.

Elli rieb sich die Augen, setzte sich auf – und erstarrte.

Sie schaute.

Schaute.

Schaute.

»Woher hast du dieses Bild?«, sagte sie schließlich mit Grabesstimme.

»War in der Best-of-Zusammenstellung der Woche von Ben. Der hat's aus einer Fotoserie oder so was.«

Irgendwas stimmte nicht, das war mir klar.

»Ist doch witzig«, sagte ich probehalber.

Elli starrte immer noch auf das Bild.

Und dann sah ich, wie ihr Tränen aus den Augen quollen und ihr Gesicht zerfloss, und es gelang mir gerade noch, ihr mein Handy wieder wegzunehmen, bevor sie es ins Gebüsch werfen konnte.

»Elli!« Ich war ehrlich erschrocken. »Was hast du denn?«

»Was ich habe? Dieses Foto! Verstehst du denn nicht?«

»Nein, ich verstehe überhaupt nichts.«

»Das hat der Arsch gepostet!«

»Äh – also, meinst du Marc?«

»Natürlich! NUR ER hatte dieses Foto. Ich … ich habe es ihm geschickt!«

»Du?«

»Ja.« Sie schnäuzte sich. »Ich war … ich war sein Bunny.«

»Du meinst …«

»Es war … ein Spiel, weißt du.« Sie schniefte. »Jeden Tag habe ich ihm ein Bunny-Foto geschickt.«

»Jeden Tag?«

Sie nickte. »Aber – es war nur unser Spiel, verstehst du? Nur für uns. Nur so.«

»Ist doch nicht schlimm. Ist ja kein Nacktfoto. Nicht wirklich.«

»Oh Gott«, sagte sie und wurde bleich.

»Äh – gibt es da eins?«, fragte ich vorsichtig. »Das er auch posten könnte?«

Elli stöhnte. »Oh, Mist, ich weiß es nicht. Das war vielleicht nur der Anfang. Meine Güte, hat Ben am Ende noch was anderes von mir weiterverschickt?«

»Äh – nein!«

»Dieser Arsch! Oh Mann, ich habe nicht gedacht, dass er so fies sein kann.«

»Ben?«

»Nein, Marc natürlich!«

»Du hättest ihn mal besser neulich nicht so gereizt«, sagte ich.

»Spinnst du? Erstens habe ICH ihn gar nicht gereizt, sondern er mich. Zweitens ist es doch nicht meine Schuld, wenn er so ein Idiot ist und mich öffentlich bloßstellt.«

»'tschuldigung.«

»Wahrscheinlich hat dieser Vollidiot allen Jungs in der Klasse meine Love-Bunnys geschickt! Die haben sicher eine Gruppe. Mein Gott, wie peinlich! Wie scheißpeinlich. Alle werden über mich lachen. Ich als Playboy-Häschen. Und wenn ich an die anderen Fotos denke, da habe ich auch mal weniger an … Verdammt!« Sie sprang auf, packte T-Shirt und Jeans und schlüpfte hastig hinein.

»Was hast du vor?«, fragte ich verblüfft.

»Der kann was erleben«, zischte sie, während sie ihr Handtuch in ihren Rucksack knüllte. »Los, zieh dich an! Oder willst du in deinem sexy neuen Bikini bleiben?«

»Aber …?«

»Na, wenn wir uns beeilen, dann erwischen wir die Jungs noch. Bis fünf Uhr sind die doch freitags immer auf dem Sportplatz hinter der Turnhalle.« Sie richtete sich zu ihrer vollen Größe auf und ballte die Fäuste. »Der wird mich nie wieder einfach so teilen.«

#

Freitagnachmittag war auf dem Schulsportplatz kein Unterricht mehr, und die Jungs durften spielen, bis der Hausmeister, Herr Gül, kam und das Gelände abschloss. Meistens war Marc dabei. Heute natürlich auch, er musste ja seinen neuen FC-Bayern-Ball einweihen. Außerdem waren Tim und Niko da und ein paar Jungs aus der D. Am Spielfeldrand saß Josh mit noch ein paar anderen.

Elli ließ ihr Fahrrad gegen den Maschendrahtzaun fallen. »He! Komm her, du Arsch! Was fällt dir ein, du gemeines Schwein!«

Querfeldein stapfte sie über das Spielfeld auf Marc zu, der so verdattert war, dass er nicht aufpasste und den Ball in den Bauch bekam, den Tim zu ihm gepasst hatte.

»Oh, sorry«, rief Tim erschrocken, »ich hab nicht gesehen, dass dein verrücktes Bunny schon wieder da ist.«

»Ha!«, schrie Elli triumphierend. »Das ist der Beweis! BUNNY! Meinst du, ich bekomm das nicht mit, Alter, wenn du allen Leuten meine Fotos schickst?«

»Hä?« Marc richtete sich auf und schaute Elli überrascht an.

Unter ihrem T-Shirt zeichnete sich dunkel und nass ihr Bikini ab. Ihr Haar tropfte, es sah aus, als würde sie Funken sprühen. Ich versuchte, sie zurückzuhalten, aber da war nichts mehr zu halten.

»Und ich hab dir vertraut! Ich hab dir«, Elli hob theatralisch die Arme, »mein LEBEN anvertraut! Wie kannst du nur!«

»Jetzt warte mal«, versuchte Marc ihren Redeschwall zu unterbrechen. »Ich habe keine Ahnung, wovon du sprichst!«

»Ach nein?! Du Unschuldslamm! Du armes Blümchen! Hast keine Ahnung! Hirnausfall total, oder was? War wohl jemand anders, der mein Häschenfoto öffentlich gepostet hat – für wie doof hältst du mich eigentlich? Oder schlafwandelst du?«

»Ich schlafwandle nicht, und ich habe tatsächlich keine Ahnung, wovon du sprichst«, sagte Marc. Ich sah, dass er langsam wütend wurde. »Und ich mag es übrigens nicht, von dir ständig wegen nichts angegriffen zu werden.«

»Marie, zeig dein Handy«, befahl Elli. Ich zog mein Smartphone aus der Tasche, schob stockend die Sperrbildschirm-Rosen beiseite und zeigte das Häschenfoto.

Marc stutzte, wischte sich den Schweiß von der Stirn und warf mir einen erstaunten Blick zu. »Woher hast du das denn?«

»Tja«, sagte ich und versuchte, schnippisch zu klingen, »das ist mir zugespielt worden.«

»Wieso zugespielt?«, fragte Marc.

»An wen hast du das alles geschickt?«, fragte Elli drohend. »Hast du eine Gruppe aufgemacht, JUNGS UNTER SICH oder DIE WILDEN KERLE oder so was?«

Marc schluckte. »Die wilden Kerle?«

»Wo sind wilde Kerle?«, fragte Niko und schob sich neben mich. »Kann ich auch mal sehen?«

Elli riss mir das Handy aus der Hand und funkelte ihn an.

»Das hast du wohl nicht mehr nötig!«

»Weil ich schon ein wilder Kerl bin?«, fragte Niko und grinste in die Runde.

Elli schob ihn zur Seite. »Ein Scheiß-Kerl bist du! Ihr alle seid Scheiß-Kerle!«

Da platzte Marc der Kragen. Ich konnte förmlich sehen, wie er innerlich explodierte. In alle Richtungen spritzte seine Wut. »Hör mal zu, du Bitch, was soll denn das? Du bist ja krank! Verfolgungswahn, oder was? Hat deine Mutter das nicht auch?«

»Lass meine Mutter aus dem Spiel«, schrie Elli. »Du … du …« Ihr versagte die Stimme. »Kannst du mich denn nicht endlich in Ruhe lassen!?«

»Ich fass es nicht!« Marc wandte sich an die Jungs. »Ignoriert die Wahnsinnige. Die spinnen, die Weiber!«

»Bleib stehen!«, schrie Elli wild vor Wut und ich wollte ihr am liebsten den Mund zuhalten. Musste sie in letzter Zeit denn immer so empfindlich sein!

Aber Marc blieb nicht mehr stehen, er nahm Anlauf, rannte auf den Ball zu und schoss ihn mit Wucht ins Tor.

»Sorry, Ladys, macht das Feld frei«, rief einer aus der D und lief extra dicht an mir vorbei.

»Irgendwann spielen wir auch mal in gemischten Mannschaften«, sagte Niko, »dann fragen wir euch vielleicht.«

Elli stand da, bebend vor Wut und Fassungslosigkeit, und dann begann sie zu weinen. Ich legte den Arm um sie und führte sie behutsam zurück zu unseren Rädern. Im Vorbeigehen fing ich Joshs Blick auf, der immer noch am Rand der Wiese saß. Ich schaute schnell wieder weg, bückte mich und hob Ellis Fahrrad auf.

»Komm«, sagte ich leise. »Ich glaube, wir fahren nach Hause.«

Sie schluchzte und nickte und nahm ihr Fahrrad. Verdammt, war das alles Scheiße!

#

Ich hielt es nicht mehr aus. Es war schon ziemlich spät, aber ich musste es einfach wissen. Ben war online. Ich holte tief Luft. Dann schrieb ich ihm.

Ich: Hi, Ben. Alles klar?
Ben: Hi, Marie. Alles klar?
Ich: Ich wollte nur wissen: Was war denn das für eine Serie, aus der du das Häschenbild von Elli hattest?
Ben: Habe ich etwas falsch gemacht?
Ich: Na ja, du konntest ja nicht wissen, dass das Bild privat war. ☹
Ben: Es sollte lustig sein, so wie du es wolltest. Es war nur für dich.
Ich: Logisch. Hat Marc es dir direkt geschickt?
Ben: Nein. Das war eine ganze Serie.
Ich: Oh Mann, sag Elli nichts davon.
Ben: Okay.
Ich: Oder hast du es am Ende anonym bekommen?
Ben: Anonym?
Ich: Ich mein bloß. So was passiert doch. Dann kann man ja nicht wissen, von wem es kommt.
Ben: Nein. Sorry noch mal.
Ich: Geht schon klar. Dann tschüss.
Ben: Dann tschüss, Marie.

Puh. Ben hatte es auf alle Fälle nicht mit Absicht getan. Er war einfach unachtsam gewesen und hatte das Bild gar nicht genau betrachtet. Für ihn war es nur ein witziges Foto unter anderen gewesen. Nichts weiter.

SAMSTAG, 16. MAI

Ich fand meine Idee wirklich preisverdächtig. Erst mein ganz persönlicher Reiseführer durch meine Stadt, später ein gemeinsamer Spaziergang, zu zweit, um all die Orte auch in echt abzuklappern. Wenn Ben dann nicht anspringen würde, dann … dann … dann eben nicht!

Gleich nach dem Frühstück setzte ich mich aufs Fahrrad und sauste kreuz und quer durch die Stadt, um Fotos für Ben zu schießen. Elli hatte ihr Handy aus. Hoffentlich ging es ihr wieder besser. An diesem Wochenende mussten wir schließlich auch noch unser Referat fertig machen. Frankenstein wartete!

Es nieselte leise, wie meistens am Wochenende – wenn ich freihatte, machte die Sonne Pause. Am Donauufer, an dem riesigen Ring, der ein Kunstwerk sein soll und hoch in den Himmel ragt, begegnete ich Josh mit seinem kleinen Bruder Simon. Die beiden liefen wie ich mit dem Smartphone vor der Nase herum, als suchten sie das beste Fotomotiv. Aber zugleich sahen sie aus wie auf der Jagd.

Josh winkte mir zu, als er mich entdeckte. »Hey, Marie!«

Ich winkte zurück und wollte schon weitergehen, weil ich ja weder Josh noch Simon besonders gut kenne, aber Josh kam auf mich zu und fragte, ohne den Kopf zu heben: »Hast du auch 'ne Nachricht bekommen?«

Ich verstand nicht. »Welche Nachricht?«

Josh pustete sich die Haare aus der Stirn. »Offenbar nicht.«

Er schaute kurz auf und lächelte mich eine Millisekunde lang an, dann starrte er wieder auf sein Display. »Ich dachte, vielleicht spielst du auch mit. Wär ja nett. Aber du hast wohl keine kleinen Geschwister.«

»Was denn? Wo denn? Ist das hier ein Life-Rollenspiel, oder was?« Ich schaute mich um, konnte aber niemand anderen entdecken.

Simon grinste. »Wir jagen.«

Jetzt fiel es mir wie Schuppen von den Augen. »Ach! Pokémon Go?«

»Exakt«, sagte Josh. »Kleiner Spleen von Simon. Ich habe gerade eine Nachricht bekommen. Gleich muss es hier irgendwo vorbeikommen.«

»Was denn?«, fragte ich belustigt.

»Ein Sengo«, erklärte Simon eifrig.

»Die tauchen vor allem bei bedecktem Wetter auf«, nickte Josh. »Und was machst du hier mit deinem Handy?«

»Fotos«, murmelte ich.

»Einfach Fotos? Hier von dem Riesenring?«

»Na, es wird eine Serie. Ingolstadt aus besonderen Perspektiven.«

Josh pfiff durch die Zähne. »Coole Idee. Musst du mir mal zeigen, wenn's fertig ist. Ist vielleicht mal was für ein Video.«

»Ach, so toll wird das sicher nicht«, sagte ich. Ich wollte nicht verraten, dass es ein Spezialprojekt für Ben war.

»Wieso denn nicht?« Josh umkreiste das Kunstwerk, den Blick immer auf sein Display gerichtet. »Sorry, Marie, aber wir müssen wachsam sein.«

Ich folgte den beiden langsam und versuchte, einen Blick auf Joshs Display zu werfen. Ich sah den Rasen, die Bäume, den Fluss, im Hintergrund die mächtigen Mauern des Weltkriegs-Museums – alles die ganz normale Fotofunktion. Aber dann, plötzlich, tauchte es tatsächlich auf. Oder er. Oder was auch immer: eine Art Katze, auf dem Display, im Suchbild der Kamera, direkt vor uns im Gras. Automatisch zuckte ich zurück und schaute in die echte Wiese, aber ohne Handykamera war nichts zu sehen. Natürlich nicht.

»Los, du schaffst es«, sagte Josh und hielt seinem kleinen Bruder das Smartphone hin.

Simon nahm es, zielte, bewegte seinen Finger im Kreis – und schrie: »Joshi! Gefangen.«

Josh sah mich an. »Es ist wirklich ganz witzig!«

»Wow«, sagte ich. »Ihr Jäger.«

»Lach nicht«, erwiderte er. »DU suchst nach tollen Fotomotiven und WIR suchen halt nach Entons und Quapsels und Muschas und Liebiskussen, die mitten in deinen Postkartenmotiven ein und aus gehen.«

»Muschas?«

»Ja.«

»Und Liebiskusse?«

»Genau.«

Ich überlegte kurz, ob das eine schweinische Anspielung sein sollte, aber Josh sah ganz unschuldig aus.

»Ein bisschen plemplem ist es aber schon, oder?«

Josh grinste. »Wir können ja mal gemeinsam jagen gehen.«

»Ich weiß nicht«, erwiderte ich. »Ich bin nicht so der Anime-Typ.« Josh sah beinahe enttäuscht aus. »Na, vielleicht irgendwann mal«, lenkte ich ein. »Ich muss jetzt weiter.«

»Wir auch«, rief Simon und zerrte seinen Bruder am Arm.

»Wir gehen ja schon.« Josh zwinkerte mir zu. »Und nicht vergessen! Einschalten, weitersagen, Daumen hoch!« So enden immer seine Videos. »Du hast mich doch abonniert, hast du gesagt?«

»Schon«, gab ich zurück. »Aber das interessiert dich ja eigentlich gar nicht, oder? Du hast doch jetzt genügend Fake-Fans von Ebay, da brauchst du mich ja gar nicht mehr.«

Er sah mich peinlich berührt an. »Das … äh, ist nicht so, wie du denkst. Ich meine, das eine ist das Geschäft, da zählen die Zahlen. Das andere ist das Leben. Und da interessiert es mich schon, was jemand wie du dazu sagt.«

»Echt?«

Simon zog ihn entschlossen weiter, aber Josh drehte sich noch einmal um. »Echt.«

»Nicht nur, weil ich eine weitere Nummer in deinem YouTube-Universum bin?«, rief ich ihm hinterher.

»Wir sind alle eine Nummer im großen digitalen Universum«, hörte ich ihn noch, dann verschwand er zwischen den Büschen.

Ich hätte eigentlich schon Lust gehabt, mit den beiden zu jagen. Aber das merkte ich erst jetzt.

Na ja. Ni fu ni fa. So lala. Man muss Prioritäten setzen. Und meine Priorität war meine Foto-Stadtführung für Ben. Sie könnte ja über mein weiteres Leben entscheiden – oder zumindest darüber, ob es mit Ben und mir klappen würde. Oder?

Ich stieg auf mein Fahrrad. Zehn Orte wollte ich mindestens einfangen.

#

Eine halbe Stunde später hatte ich einen Platten. Auch noch hinten. Typisch. Der ganze Weg war mit Scherben übersät gewesen. Und ich war mittendurch gefahren.

Ich war leider am anderen Ende der Stadt. Hinter dem Industriegebiet mit dem Elektromarkt und dem Outlet und alldem. Denn dahinter lagen die ganzen leeren Hallen, dort hatten sie über Jahrzehnte Benzin hergestellt. Riesige Raffinerie-Anlagen standen früher hier, und nachts hatten die Flammen an den Schornsteinen geleuchtet wie Drachenköpfe, hat mein Vater mir erzählt. Das ist jetzt Geschichte. Doch eine meiner eindrücklichsten Erinnerungen an dieses Industriegebiet ist der Tag, an dem meine Eltern und ich an einer Absperrung standen und zusahen, wie einer der rot-weiß gestreiften Fabrikschornsteine gesprengt wurde. In einer riesigen Staubwolke war er versunken, zerfallen zu nichts als Erinnerung.

Und von dieser Geschichte und dieser Erinnerung schoss ich jetzt mein letztes Foto für Ben. Als Highlight. Obwohl es natürlich nichts mehr zu sehen gab hier, aber das fand ich gerade den Witz dabei.

Bild 10: DER ORT, DEN ES NICHT GIBT

Klang doch gut, oder?

Allerdings stand ich nun irgendwo im Niemandsland zwischen Scherben und Schrauben und hatte einen Platten.

Alles für die Liebe.

Ich hatte nicht mal eine Luftpumpe dabei. Bis nach Hause würde ich sicher eine Stunde schieben müssen. Mindestens. Ich versuchte, meine Eltern anzurufen. Wir haben drei Autos (obwohl bei uns nur zwei Familienmitglieder Auto fahren können, solange ich noch keinen Führerschein habe). Eins davon ist ein Van. Da passte mein Fahrrad locker hinten rein.

Mist.

Kein Empfang.

Kein einziger Balken war zu sehen. Auch keine mobilen Daten. Nichts. Echtes Niemandsland. Eben ein Ort, den es nicht gibt.

Ich kam mir vor wie in einem dieser Träume, in denen man durch Straßen läuft, die man zuerst zu kennen meint, und dann aber in irgendwelchen Querstraßen und Sackgassen landet, die dort eigentlich gar nicht sein dürften. Hinter mir leere Hallen, eingeschlagene Fensterscheiben, Stahlträger und halb offene Werkstore, die keiner mehr braucht. Vor mir der Auwald, wie ein Dschungel an die Industrieuinen herangewuchert, einige wild krächzende Vögel – und kein Empfang … nichts.

Mir wurde fast ein bisschen unheimlich. Ich erinnerte mich, dass ein paar von den Jungs damit angegeben hatten, nachts durch diese Hallen gegangen zu sein. Obwohl die Polizei schon mehrfach davor gewarnt hatte, die Gebäude zu betreten. Einsturzgefahr.

Die Wege in Ingolstadt sind weit, wenn man zu Fuß laufen muss. Und es regnete immer stärker. Ich trat wütend gegen mein Fahrrad und begann zu schieben.

#

Zu Hause wischte ich meine Handy-Rosen beiseite und schaute nach, ob Elli wieder online war.

Immer noch nicht.

Dafür ging es im Klassenchat hoch her. Ich setzte mich an den Küchentisch.

Niko: Scheiße, Alter, wer war das? 😨

Er hatte ein Foto mitgeschickt. Ein Feuerzeug und Grillanzünder in einem Postpaket.

Ninja: Woher hast du das?
Niko: Kam mit der Post. Wir machen bei einem neuen Smartshopping-Service mit, die liefern von selbst.
Ich: Wir auch.
Josh: Wir auch.
Ninja: Aber das hat doch damit nix zu tun! Da hat sich jemand einen Scherz erlaubt und das Zeug an deine Adresse liefern lassen.

Niko: Hey, WER WAR DAS? Der soll's sagen. Finde ich sonst echt unheimlich.
Ich: Das finde ich auch unheimlich.
Ninja: Und – wirst du dem Koppe jetzt einheizen?
Niko: Hör auf, das ist unheimlich. Ich könnte, aber ich tu es nicht. 👻 👻 👻
Leon: Wo du doch jetzt das Werkzeug hast. 😆
Niko: Das nächste Mal vielleicht.
Elif: Wie krass ist das denn, da schickt jemand Niko die Aufforderung zur Brandstiftung. Voll spooky!
Katie: Das ist doch selbst schon Brandstiftung, oder?
Josh: Niko soll es zurückschicken.
Niko: Nö. Wo es schon mal da ist. @Leon: Wir können ja mal chillen UND grillen. 😎

Ich konnte nicht ganz glauben, was ich da gelesen hatte. Das war ja wirklich eine Aufforderung zu einem Anschlag auf den Koppe! Da musste doch jemand mitgehört haben, wie Niko sich nach der Physikstunde über den Koppe aufgeregt hatte! Vielleicht ein Scherz von Yun? Dem traute ich so was zu.

»Marie, ich habe dich was gefragt«, hörte ich die Stimme meines Vaters aus der Ferne.

Ich versuchte, wieder am Tisch in unserer Küche zu landen.

»Ja? Was?«

»Ob du auch einen Kaffee magst.«

»Hm?«

Mein Handy surrte schon wieder. Eine Nachricht von Elli. Endlich!

Elli: Wann machen wir das Referat fertig?
Ich: Bist du wieder fit?

Elli: Muss ja.
Ich: Schau mal in den Klassenchat, was Niko passiert ist.
Elli: Niko interessiert mich einen Scheiß. Die Jungs interessieren mich alle einen Scheiß.

»Also?«, fragte mein Vater ungeduldig.

»Äh – ja, gern. Aber mit viel Milch und Zucker.«

Eigentlich mochte ich keinen Kaffee. Aber langsam gewöhnte ich mich an den Geschmack.

Ich: Nimm dir das doch nicht so zu Herzen. Es war nur ein Foto.
Elli: Das verstehst du nicht.
Ich: Sry. ☹ Magst du nachher vorbeikommen?
Elli: Heute Nachmittag kann ich nicht. Da haben wir Theaterprobe.
Ich: Heute ist Samstag! 😦
Elli: Pech.
Ich: Wann dann?
Elli: Morgen?

Wir verabredeten uns für Sonntagnachmittag. Anschließend verbrachte ich zwei Stunden damit, die besten Fotos meines Spaziergangs auszuwählen und den Text darunter perfekt zu machen. Und dann schickte ich Ben die ultimative Stadtführung. Das Foto von dem kleinen Steinlöwen bei uns an der Ecke, dem jemand die Nase rot angesprüht hat. Oder das von der spiegelnden Glasfront an der Kirche, in der ich vor zwei Jahren konfirmiert worden bin. Ein Blick von der Zugbrücke durch das Schlosstor, wo die Kanonen aufgereiht stehen. Ein Bild von den Liebesschlössern (!) am Geländer des Donaustegs, der sich unterhalb der Stadt, gleich bei dem Ring, über den Fluss spannt. Und natürlich das Highlight, den Ort, den es nicht gibt. Mein Nimmerland.

So.
Jetzt war er am Zug.
Drei Minuten später kam schon die Antwort.

Ben: Liebe Marie! Danke!
Ich: Wie findest du denn #myprivateingolstadt? 😘
Ben: Toll. Kennst du Schloss Neuschwanstein? Schloss Hohenschwangau? Schloss Linderhof? Schloss Herrenchiemsee? Wäre was für dich. Kennst du Peter Pan? Das Buch spielt in Nimmerland. Ich schick dir den Link.

Hä?
HÄ?
HÄÄÄ?!?
Da schickte er noch ein Smiley mit Herzchenbussi hinterher.
Er ist schon wirklich sehr eigen, dachte ich. Manchmal zumindest. Aber süß.

AN: Sokrates59@gmail.com
Betreff: Re: Re: Re: Re: Neuigkeiten

Lieber Sokrates,

klingt ja toll, was du erzählst, Chilikrebse habe ich noch nie gegessen! Ich finde aber, du übertreibst. Von wegen, dass ich nicht mehr Herr im eigenen Haus bin. Ich habe ja schließlich eine Keycard für den Sicherheitsbereich. Und in die Zentrale muss ich gar nicht rein, ehrlich gesagt, mir reicht ein Blick durch das Sichtfenster in der Tür. Nicht, dass ich dort drinnen was kaputt mache.

Du fragst, warum ich mich darauf eingelassen habe. Na ja, du hast ja mitbekommen, wie viele Jahre ich Anträge gestellt habe, wieder und wieder, und nie habe ich das Geld bekommen für die Modernisierung. Wenn der Staat nicht will, dann machen wir es jetzt eben auf diese Weise! Das willst du gar nicht wissen, was die für die Schule lockermachen, insofern tue ich wirklich dem Gemeinwesen etwas Gutes. Übers Wochenende werden die Smartboards eingebaut. Dafür schauen sie uns eben ein bisschen über die Schulter.

Und, wie haben wir es gelernt, Sokrates: Pecunia non olet. Geld stinkt nicht. Meine Güte, wozu haben wir mal Latein und Griechisch studiert?! Die Sprachen, die heute zählen, sind die Programmiersprachen. Hast du gelesen, dass der Konzern Google sich umbenannt hat? In Alphabet Inc.? Prudentia potentia est. Wissen ist Macht.

Aber nein, sie wollen gar keinen Einfluss auf den Lehrplan oder so, keine Sorge. Wenn sie das wollen würden, dann würde ich sofort aussteigen.

Schick mir doch mal ein paar Fotos, das wär toll!

LG, Michi

SONNTAG, 17. MAI

Eine halbe Ewigkeit brütete ich über den Mathehausaufgaben, dann kam Elli und wir schrieben an unserem Referat weiter. Sie hatte ihre Augen heute tiefschwarz umrandet. Aber sonst sah sie wieder einigermaßen entspannt aus.

»Kannst du dir vorstellen, wie es sich anfühlt, ein Monster zu sein – und das auch zu bemerken?«, fragte Elli nachdenklich. »Es zu wissen? Zu fühlen, ein Wesen zu sein, das nicht ist wie alle anderen ringsum?«

»Ja«, erwiderte ich und grinste. »So komme ich mir auch manchmal vor.«

»Im Ernst, Marie!«

»Nein«, korrigierte ich mich folgsam, »das muss krass sein!«

»Hat das Monster Gefühle?«, tippte Elli in den Laptop.

»Und: Wird Frankenstein sein Monster überhaupt vernichten können?«, diktierte ich ihr. »Schließlich ist es ja von seiner Hand entstanden, also quasi sein Kind.«

Und so ging es weiter. Lauter Dinge, die recht schlau klangen, wie wir fanden. Zum Schluss unseres Referats würden wir noch verschiedene Monsterdarstellungen aus diversen Verfilmungen zeigen und ganz am Ende, ich bestand darauf, Bens Frankenstein-Comic.

Schließlich reckte Elli sich. »Kommst du mit raus? Ich würde gern eine rauchen.«

»Du bist ja schon voll süchtig«, meckerte ich, aber Elli winkte ab.

»Blödsinn«, sagte sie.

Wir traten auf die Terrasse.

»Wie war es denn gestern auf der Theaterprobe?«, fragte ich. »Hast du schon jemanden küssen müssen?«

»Ja«, sagte Elli.

»Und? Wer war's?«

Elli schnitt eine Grimasse. »Das Wunderkind aus der Neunten.«

»Der so gut Klavier spielt?«

»Genau.«

»Und?«

»Na, es war ein Bühnenkuss, verstehst du?«

»Verstehe.« Ich machte eine Pause.

»Und er hat sich beschwert, weil ich angeblich nach Rauch gestunken habe.«

»Siehst du, das bringt dir nichts. Und … hat noch jemand was gesagt wegen dem Bunny-Bild?«, fragte ich vorsichtig.

Elli schüttelte den Kopf. »Nö.«

»So ein Glück.«

Damals dachte ich tatsächlich, damit wäre es vergessen und jetzt würde wieder Alltag einkehren.

Der kehrte aber nicht ein. Im Gegenteil. Der Alltag würde nie wieder Alltag werden.

»Übrigens«, sagte Elli, »Ben war auch da!«

»Wo?«

»Na, auf der Probe!«

»WAS?!«

Ich glaubte, nicht richtig zu hören! Ben war bei der Schultheatertruppe gewesen, und ich hatte die Chance meines Lebens verpasst, weil ich die verdammte Rolle abgelehnt hatte …? Ich war für ihn im Regen unterwegs gewesen, während er die ganze Zeit in der Schule war?!

»Er hat aber hauptsächlich zugeschaut«, versuchte Elli, mich zu beschwichtigen. »Ich glaube, er soll bei der Technik mitmachen, bei der Beleuchtung oder so was.«

Ich schnaubte. Warum hatte Ben denn nicht gesagt, dass er Probe hatte? Stattdessen hatte er kryptisch irgendwas von »nicht verfügbar« gefaselt.

»Jetzt schau nicht so.«

»Ich schau überhaupt nicht so.«

Mist, ich hatte mal wieder mein Gesicht nicht unter Kontrolle!

»Er ist schon echt ein Besserwisser«, fügte Elli schließlich hinzu. »Vielleicht ist es ganz gut, dass du nicht da gewesen bist.«

»Wie meinst du das jetzt schon wieder?«, knurrte ich.

»Na, er gibt überall Tipps. Wie es besser geht. Oder was auch noch passen würde oder so.«

»Du magst ihn nicht, stimmt's?«

»Doch, doch«, machte Elli. »Ich will dich nur warnen. Ich bin auch gerade voll auf die Schnauze gefallen. Da muss es dir ja nicht genauso gehen.«

»Jeder Mensch hat Vorzüge und Nachteile«, erwiderte ich trotzig. »Und ich finde, Ben hat ziemlich viele Vorzüge. Außerdem – er sieht mich.«

»Er sieht dich?«

»Ach, ich weiß auch nicht, wie ich es ausdrücken soll.«

»Er sieht dich!« Sie schüttelte den Kopf. »Die Frage ist doch, ob DU ihn richtig siehst.«

MONTAG, 18. MAI

Irgendetwas war heute anders im Klassenzimmer, und zuerst bemerkte ich nicht, was es war, aber dann staunte ich nicht schlecht.

Unsere Tafel war weg. Oder vielmehr ausgetauscht.

Statt der dunkelgrauen Klapptafel hing ein überdimensionaler Bildschirm mit matt glänzender Oberfläche vorn über dem Lehrerpult.

»Ach, das haben sie gemacht«, murmelte Elli neben mir. Sie war mit undurchdringlichem Gesicht und Sonnenbrille aufgekreuzt und hatte bisher alle anderen ignoriert.

»Was ist das, ein Riesenfernseher, oder was?«, fragte ich ungläubig.

»Ja, aber ich glaube, man kann auch darauf schreiben«, erwiderte Elli. »Ich habe mich schon gewundert, warum so viele Handwerker am Samstag in der Schule waren.«

Mir fiel die neue undurchsichtige Tür im Gang hinter dem Büro vom Direktor wieder ein. »Es wird ja gerade viel umgebaut«, bemerkte ich. »Hast du gesehen, dass man die Hintertreppe vom ersten Stock aus nicht mehr erreichen kann? Hinter dem Büro vom Öckenberger ist jetzt Sperrzone.«

»So was Verrücktes«, erwiderte Elli. Sie gab sich große Mühe, Marc auszublenden, der eben mit Tim ins Klassenzimmer kam. »Aber die Treppe hab ich eh selten benutzt.«

»Das war eine super Abkürzung!«

»Was genau meinst du denn mit Sperrzone?«

»Keine Ahnung, da ist der Durchgang nur mit einer Karte möglich, so wie an den Eingängen der Schule nach Schulschluss, du weißt schon. Ist doch echt merkwürdig.«

Elli schaute mich leicht belustigt an. »Hä? Ich verstehe kein Wort. Und du wirfst MIR vor, Verschwörungstheorien zu verbreiten?«

Ich packte mein Französischbuch aus. »Ich weiß auch nicht, irgendwas war da komisch. Wer baut denn mitten in die Schule eine Sicherheitsschleuse?«

Die Französisch-Gayer quittierte das aufgeregte Gemurmel im Klassenzimmer mit stolzem Grinsen.

»Unsere Schule wird endlich aufgerüstet«, sagte sie und redete ausnahmsweise sogar deutsch mit uns. »So. Moment. Mal sehen, ob ich es noch kann. Ich hatte heute früh eine kurze Einführung.«

Sie holte ein kleines Tablet aus der Tasche, drückte darauf herum und mit leisem Piepsen erwachte das Smartboard zum Leben. Als Erstes erschien allerdings Werbung. Werbung für Französisch-Übungsbücher.

»Gehört das zum Unterricht?«, fragte Jasper. »Oder ist das etwa echte Werbung?!«

»Krass«, echote Ninja. »Werbung! In der Schule!«

»Nicht wundern«, meinte die Gayer, »das dauert nicht lang. Das ist immer am Anfang. Wie bei YouTube. Ah – und in diesem Fall ist es eine wirklich gute Erinnerung für mich. Ich würde nämlich gern von diesen Übungsbüchern einen Klassensatz bestellen, sagen Sie Ihren Eltern Bescheid, damit Sie Geld mitbringen.«

»Mann«, schimpfte Elli leise. »Jetzt müssen wir noch ein weiteres Übungsbuch kaufen. So ein Müll! Warum bitte schön haben wir denn jetzt auch noch Werbung in der Klasse?!«

Aber dann konnte es endlich losgehen. Auf dem Smartboard erschien der Eiffelturm. Ein Ah und ein Oh schwirrten durch die Klasse. Sogar Yun schaute interessiert.

»Aujourd'hui on va à Paris ...«, begann die Gayer.

»Ich war schon mal auf dem Eiffelturm«, meldete sich Elif.

»En français, s'il vous plaît!«, forderte die Gayer.

Hätte mich auch gewundert, wenn sie geduldet hätte, dass wir in ihrem hochwertigen Französischunterricht auf Deutsch redeten, und Elif stöpselte etwas zusammen, das ebenfalls bedeuten sollte, dass sie schon mal auf dem Eiffelturm – PARDON, auf dem TOUR EIFFEL – gewesen war.

Ich warf einen Blick über die Schulter zu Ben. War er zufällig wieder »verfügbar«? Zumindest schien er sich nicht allzu sehr für Paris zu interessieren, weder für Notre Dame noch für den Montmartre oder die Seine.

Unsere Blicke trafen sich und verhakten sich ein bisschen zu lang und in mir ging mal wieder die Sonne auf. Ich merkte, dass ich nicht auf Ellis Stimme in meinem Kopf hören wollte. Von wegen besserwisserisch! Von wegen eigen! Es spielte keine Rolle. Es spielte nicht mal eine Rolle, dass er am Wochenende lieber an der Schule rumgehangen hatte, als mit mir durch die Stadt zu gehen. Es konnte ja alles noch werden. Wir mussten uns erst mal kennenlernen.

»Vielleicht bekommt ja jeder Schüler zum Smartboard auch noch ein eigenes Tablet«, sagte Tim leise. »DAS wär mal modern.«

Die Gayer warf ihm einen missbilligenden Blick zu, aber in diesem Moment ging die Tür auf und der Öckenberger kam herein.

Die Gayer machte eine überraschte Pause in ihrem Vortrag.

»Schön, schön«, sagte der Öckenberger ohne Begrüßung, »ich will gar nicht lang stören, ich wollte nur wissen, ob das Smartboard auch gut ankommt.«

Zustimmendes Murmeln.

Nur Elli rief: »Da war Werbung dabei!«

Doch der Öckenberger überhörte den Zwischenruf. Er ignorierte auch die Sonnenbrille auf ihrer Nase.

»Ich freue mich, dass das Ministerium endlich ein Einsehen hatte«, sagte die Gayer und schob ihren Busen nach vorn.

Der Öckenberger schaute kurz auf den Busen, dann wieder aufs Smartboard, dann der Gayer ins Gesicht. »Es war zwar nicht das Ministerium, sondern ein Sponsor«, korrigierte er sie, woraufhin sie zerknirscht den Mund verzog. »Aber ansonsten stimmt's. Endlich können wir ein bisschen mit der Zeit gehen. Sol lucet omnibus. Die Sonne scheint für alle. Tafelkreide ist von gestern.«

Er grinste in die Runde. Kam es mir nur so vor oder lächelte er Ben ganz besonders an?

»Deshalb die Werbung«, murrte Elli halblaut. »Die Sponsoren wollen natürlich was haben für ihre Großzügigkeit, uns solche Dinger zu spenden.«

Der Öckenberger rieb sich die Hände und sah auf einmal aus wie ein zufriedener Geschäftsmann. »In den Sommerferien kann sogar unsere Mensa erneuert werden«, verkündete er und das schien alle noch mehr zu begeistern als die neuen Smartboards.

»Was war denn das für ein Auftritt?«, fragte Elli spöttisch, als der Öckenberger sich verabschiedet hatte. Doch darauf wusste ich auch keine Antwort.

Jetzt wüsste ich sie natürlich, aber damals hatte ich keine Ahnung. Und dieses Gefühl ist das Schlimmste, finde ich, dass dir von allen Seiten die Dinge auf die Pelle rücken, näher und näher kommen, und du bemerkst es gar nicht. Du siehst nicht die unsichtbaren Fäden, die alles zusammenbinden, du siehst nur die glänzende Oberfläche. Ich habe mich viel zu lang von der glänzenden Oberfläche blenden lassen.

Als wir uns endlich wieder dem Smartboard zuwandten, war es gerade auf Stand-by gegangen – und als die Gayer es erneut aktivierte, kam schon wieder Werbung. Diesmal ging es um Veranstaltungstipps in der Umgebung, irgendwelche Schönheitswettbewerbe mit einer großen Maiköniginnen-Show, komplett mit Programm und Anfahrt.

»Das wär doch was für dich, Jasper«, rief Leon.

»Zum Zuschauen oder Mitmachen?«, fragte Ninja gehässig.

Die halbe Klasse lachte, aber Jasper nahm es cool und sagte: »Ich steh voll auf Krönchen.«

Und er wackelte mit seinem wabbeligen Bauch.

#

In der Pause hatte ich endlich wieder Gelegenheit, mit Ben zu sprechen. Er kam sogar selbst zu mir.

»Diese Fotoführung durch die Stadt war toll.«

»Äh – danke!«

ENDLICH.

Wir schlenderten gemeinsam auf den Pausenhof hinaus.

Ich holte tief Luft. »Ich kann dir all diese Plätze mal … also … wenn du Lust hast, dann zeige ich dir alles. Zu jedem dieser Fotos gibt es eine Geschichte. Ich weiß nicht, ob du es gemerkt hast, aber das sind alles ganz persönliche Fotos, mein persönlicher Blick auf Ingolstadt, verstehst du?«

»Logisch – hey, Josh! Hast du gesehen, was ich dir geschickt habe?«

»Du hast schon was geschickt?«, fragte Josh, der uns entgegengekommen war, überrascht zurück. Er zückte sein Handy. »Tatsächlich. Danke! Und, alles im Kasten, Marie?«

Ich nickte. »Wie war die Jagd noch?«

»Perfekt.«

Ben hatte offenbar nicht bemerkt, dass ich bei Josh stehen geblieben war, und war schon weitergegangen. Ich wollte gerade hinterher, da hörte ich Josh neben mir sagen: »Das ist doch echt komisch.

Ich habe Ben noch nie mit einem Handy gesehen. Und trotzdem schickt er mir immer sofort irgendwelche Links, über die wir uns gerade unterhalten haben.«

»Im Unterricht darf man eben kein Handy haben, außer es ist explizit erlaubt«, verteidigte ich Ben.

»Ja, aber wir haben vor zehn Minuten über lustige YouTuber gesprochen und ich habe jetzt schon eine Liste von ihm bekommen. Irgendwann muss er das Ganze doch auch noch googeln.«

»Er ist halt echt schnell«, sagte ich.

»Hat sich die Sache mit Elli klären lassen?«, fragte Josh und biss in einen Apfel.

»Klären? Wie denn? Marc streitet ja ab, dass er das Foto gepostet hat«, meinte ich aggressiver, als sich es eigentlich wollte.

Ich sah, wie Ben sich zu Pia stellte. Mist. Ich hatte mich abhängen lassen. Und ausgerechnet Pia! Ich sah, wie sie ihn anlächelte. Oh Mann!

»Also ich weiß ja nicht genau, was auf diesem … äh, Bunny-Foto zu sehen ist«, sagte Josh. »Aber – eigentlich glaube ich Marc.«

Ich seufzte. »Was glaubst du ihm?«

»Dass er dieses Foto nicht in Umlauf gebracht hat. Er war doch wirklich erschüttert.«

»Wer soll es denn sonst gepostet haben?«, fragte ich erstaunt zurück. »Es hatte ja kein anderer. Er hat es sicher aus Rache mit allen Jungs in der Klasse geteilt. Um Elli zu ärgern.«

»Also, ICH zumindest habe das Bild nirgends gesehen«, sagte Josh nachdenklich. »Ich bin extra noch mal die letzten Tage durchgegangen, weil mich das Ganze irgendwie beschäftigt hat.«

»Dann bist du wohl auch nicht in der richtigen Gruppe«, meinte ich. »Ben sagt, er hat es aus einer Serie.«

»Ben?«

»Ja. Er hat es mir geschickt, weil er dachte, es sei lustig.«

»Hm.«

»Ich habe ihn direkt gefragt, woher er es hat, und er hat geantwortet, dass er nichts falsch machen wollte und nicht gewusst hat, dass das Foto privat war«, sagte ich schnell.

»Hm. Woher hatte es Ben bloß?« Josh schüttelte den Kopf.

»Meine Güte, Marc lügt halt«, antwortete ich ungeduldig. »Und wenn so ein Bild erst mal in der Welt ist, verteilt es sich eben. Oder? Es kann ihm ja keiner das Bild geklaut haben.«

Josh schaute mich nicht überzeugt an. Aber dann gongte es, und so kamen wir nicht dazu, unsere Gedanken zu Ende zu denken.

#

Beim Bachmann sollte Leon heute »Pygmalion« vorstellen, zuerst die griechische Sage und dann verschiedene Bearbeitungen. Er hatte ein Plakat dabei, weil er ja nicht hatte ahnen können, dass wir ein richtiges Smartboard haben würden. Auf dem Plakat war ein Öl-Gemälde von Pygmalion und der Marmorstatue. Deren Füße waren noch aus Stein, doch wenn man mit dem Blick die Beine nach oben verfolgte, dann färbte sich das Weiß zur Haut einer nackten Frau. Obenrum war die Statue lebendig, das sah man sogar von hinten an ihrem Nacken.

Leon hatte rote Flecken im Gesicht, als er uns erklärte, wie der Bildhauer Pygmalion sich in seine Statue verliebt und wie er anfängt, sie zu streicheln und zu liebkosen. An dieser Stelle hatte die halbe Klasse rote Flecken im Gesicht. Jedenfalls geschieht dann das Wunder und die Statue wird eine echte Frau!

»Vielleicht sollte Josh die Story in seinen Channel aufnehmen«, flüsterte Niko. »Nach dem Motto, warum auch Jungs gern mit Puppen spielen … Das wär mal nice.«

Ich war mir die ganze Zeit über bewusst, dass Ben von der letzten Reihe aus meinen Nacken sehen konnte, und ich kam mir am Ende der Stunde selbst beinahe vor wie eine Statue, weil ich mich so bemüht hatte, möglichst aufrecht und perfekt dazusitzen und mir nicht anmerken zu lassen, wie sehr es mich verletzt hatte, dass Ben mich in der Pause einfach stehen lassen hatte.

#

In der Mensa gerieten Elli und Marc schon wieder aneinander. Marc saß neben einem Mädchen aus der Neunten, das ich nicht kannte, und unterhielt sich ziemlich intensiv mit ihr. Als Elli mit mir im Schlepptau an ihrem Tisch vorbeiging, schnappten wir ein paar Worte aus ihrer Unterhaltung auf.

»… ja, das ist die Irre aus meiner Klasse. Sie meint, ich würde anzügliche Fotos von ihr rumschicken, aber so was würde ich nie machen …«

Elli fuhr herum und stieß mit dem Ellbogen an mein Tablett. Ich konnte meins retten, rempelte dabei jedoch gegen sie und ihre Nudeln mit Tomatensoße ergossen sich über Marc.

Der sprang auf und stieß dabei den Stuhl um. »Scheiße, was soll denn das schon wieder?«

Ich war ganz erschrocken, aber Elli dachte nicht daran, sich zu entschuldigen. »Da hat es wenigstens den Richtigen erwischt. Wie siehst du denn aus? Du isst ja wie ein Schwein!«

Marc wischte sich den Ärmel ab. »Halt die Fresse!«

Das Mädchen neben ihm sah entgeistert von einem zum anderen.

»Pass nur auf«, wandte Elli sich jetzt an sie. »Alle Männer sind Schweine – und dieser ganz besonders! Private Bilder rumschicken, so ist der drauf. Wie habe ich nur denken können, dass es einen gibt, der anders ist!«

Marc dampfte vor Wut. »Hey, verpiss dich! Lass deine Fantasien an jemand anderem aus! Und wenn du mit Männern nicht kannst, dann geh doch zu Marie und knutsch mit der rum, aber lass mich endlich in Ruhe, du verkappte Lesbe!«

Ich zuckte zusammen, als ich meinen Namen hörte.

»Du weißt genau, dass das nicht stimmt, du Arschloch!«, schrie Elli.

»Stimmt wohl, du Lesbe!«, brüllte Marc zurück, sichtlich froh darüber, einen wunden Punkt gefunden zu haben. »Geh mit Marie knutschen!«

Irgendwie lief das alles aus dem Ruder. Ich drehte mich mit brennendem Gesicht zu Ben um, der zwei Tische weiter saß. Er schaute zu uns rüber.

»Zeig doch allen, was Sache ist«, brüllte Marc inzwischen weiter, »du und Marie, DAS wäre mal ein schönes Foto! So was gehört auf Insta! Niemand interessiert sich für deine blöden Bunny-Bilder. Wir wollen wilde Küsse sehen. Frauenpower. Busengrapscher. DAS Foto muss ich haben!«

»Du perverses Schwein!«, schrie Elli so laut, dass alle ringsum zu kauen aufhörten.

»Tja, Scheiße, wenn man so verleumdet wird, oder?!«, rief Marc hämisch. »Da siehst du's mal. So geht's mir auch gerade!«

»Lüg doch nicht!« Mit hocherhobenem Kopf rauschte Elli aus der Mensa, ohne sich um das verschüttete Essen zu kümmern.

Ich starrte ihr nach, mein Tablett in der Hand, und wusste nicht, was ich sagen sollte.

»Na, willst du deiner Liebsten nicht hinterherlaufen?«, ätzte Marc weiter.

»Halt's Maul«, sagte ich leise.

Mein Tablett zitterte leicht, als ich es wegbrachte. Ich warf noch einen Blick zu Ben hinüber. Was musste er von mir denken? Aber er war mit Josh ins Gespräch vertieft und sah ganz unbeteiligt aus. Ich beeilte mich, aus der Mensa zu kommen, um Elli zu suchen. Doch sie war nicht zu sehen und so setzte ich mich draußen auf die Wiese vor die Turnhalle, lehnte mich mit dem Rücken an die alte Birke neben dem Eingang und fühlte mich sehr allein.

#

Als ich nach dem Nachmittagsunterricht nach Hause fahren wollte, verfing sich das Bändel meiner Regenjacke so dumm in meinen Speichen, dass ich fast vom Rad gefallen wäre. Ich hatte mir die Jacke wohl zu locker um den Bauch gebunden. Ich konnte gerade noch bremsen und schleppte mich mitsamt Fahrrad verheddert und verdreht auf den Gehsteig.

Auch das noch.

Den restlichen Unterricht hatte Elli stumm vor sich hin gestarrt. Marc auf der anderen Seite der Klasse hatte ebenfalls stumm vor sich hin gestarrt. Schließlich hatte auch ich nur noch vor mich hin gestarrt.

Ungeduldig zerrte ich an dem dummen Bändel und innerhalb von Sekunden waren meine Finger schwarz von der Schmiere. Ich ärgerte mich über mein frisch repariertes Fahrrad, das schon wieder nicht tat, was ich wollte, und riss und zog und riss noch mehr … da hörte ich Joshs Stimme.

»Öha«, sagte er und seine Nase schob sich in mein Gesichtsfeld.

Ich gab mir größte Mühe, nicht zu fluchen, weil ich so ungeschickt war und mir jetzt auch noch Josh dabei zuschaute. Am Ende machte er ein Foto von mir und postete es unter #freundinvonverrücktemhäschen oder so was.

Machte er aber nicht, sondern er half mir von der anderen Seite des Fahrrads, das Bändel aus der Radnabe zu ziehen. Er ruckelte sogar noch an der hinteren Bremse, damit alles wieder rundlief, und ich war ihm schließlich echt dankbar.

»Nicht dein Tag heute, was?«, fragte Josh.

»Ni fu ni fa«, erwiderte ich und Josh lachte.

»Hey, Simon, hier bin ich.« Er winkte seinem Bruder, der gerade um die Ecke an der Turnhalle bog.

»Jagt ihr wieder Muschis?«, fragte ich und versuchte, mir die Haare aus der Stirn zu streichen, ohne sie ölig zu machen. Wie ich diesen Geruch nach Fahrradschmiere hasste!

»Was?«

Josh schaute mich etwas verwirrt an, und in diesem Moment fiel mir auf, was ich gesagt hatte, und mir schoss die Hitze ins Gesicht. Es gibt ja diese Freud'schen Versprecher. Das war garantiert einer!

»Ich meinte«, stotterte ich peinlich berührt, »diese … äh …«

»Muschas heißen die.«

Wir sahen uns an und dann prusteten wir beide los. Obwohl wir uns eigentlich gar nicht weiter kannten. Na ja, mittlerweile kannten wir uns natürlich schon ein bisschen.

»Nein«, sagte Josh schließlich. »Simon und ich jagen uns jetzt ein Abendessen. Wir holen uns einen Schülerdöner, was, Simon?«

In diesem Moment rumpelte es in dem silbergrauen Auto direkt neben uns. Wir schauten uns an und mussten wieder lachen.

»Da ist jemand«, flüsterte ich und versuchte, durch die verdunkelten Scheiben zu sehen. Was mir aber nicht gelang.

Josh nickte. »Ich habe vorhin schon Stimmen drin gehört.«

»Meinst du, wir wurden die ganze Zeit beobachtet?«, fragte ich.

»Wir haben ja nichts Schlimmes gesagt«, grinste Josh. »Muschis und Muschas sind nicht verboten.«

Ich spürte, wie mir wieder die Röte ins Gesicht stieg. Eilig wischte ich mir die schwarzen Finger an ein paar Löwenzahnblättern ab und stieg auf mein Fahrrad. »Ich will euch nicht aufhalten.«

»Machst du nicht«, sagte Josh. »Ich habe übrigens noch total geile Accessoires zugeschickt bekommen, du weißt schon, von dem smarten Lieferservice. Für meinen YouTube-Kanal. Lauter Sachen NUR FÜR MÄDELS. Ich hab neulich mit irgendwem über neue Ideen geredet, und das Zeug, was ich jetzt bekommen habe, passt wie die Faust aufs Auge: Ein Glätteisen und einen Epilierer. Witzig, oder? Hätte ich mir nie bestellt, viel zu teuer und viel zu aufwendig, danach zu suchen. Aber jetzt, wo es da ist, behalte ich's! Mein nächstes Video lohnt sich auf jeden Fall.«

»Sicher«, erwiderte ich und grinste mein doofes Spangengrinsen. »Ist doch gut, dass es nicht jedem so geht wie Niko mit seinem Grillanzünder. Schon cool, wie die das rausfinden, was zu einem passt.«

Von meinen Bikinis erzählte ich lieber nichts. Das fand ich zu privat.

»Joshi, ich hab schon einen Bärenhunger«, sagte Simon ungeduldig. »Flirten kannst du später.«

»Kleiner, ganz ruhig«, erwiderte Josh grinsend und winkte mir noch mal zu. »Sorry, der Magen hat Vorrang. Das Zeug in der Mensa war ja wirklich Müll. Tschau!«

Ich schaute den beiden nach. FLIRTEN KANNST DU SPÄTER.

Hatten wir geflirtet?

AN: Sokrates59@gmail.com
Betreff: Re: Re: Re: Re: Re: Re: Neuigkeiten

Lieber Sokrates,

na, so was, du trauerst der Tafelkreide hinterher? Ich dachte immer, wir wären uns einig darin gewesen, dass wir die Schulen moderni-

sieren müssen. Dazu gehört doch auch, die Klassenzimmer zu digitalisieren. Europa muss mithalten! Und ich glaube, die Sache ist richtig gut angelaufen. Wegen der Werbung gab es keine Beschwerden. Die meisten rechnen sie einfach raus, denke ich. Tun wir ja beim Surfen im Internet auch, oder?
Digitale Klassenzimmer und digitale Forschung – das lass ich mir von dir nicht schlechtreden! Man muss beides im Blick behalten, die digitale Welt und die reale Welt. Gibt ja sowieso keine Trennung mehr zwischen beidem, oder? Tempora mutantur, nos et mutamur in illis. Die Zeiten ändern sich, und wir ändern uns mit ihnen.
Übrigens, kennst du noch die Grit? Die hat mich über Facebook gefunden. Ich soll schön grüßen! Und ja, ich schau mal nach einem Flug. In den Herbstferien vielleicht. Auf alle Fälle können wir ja mailen.

LG, Michi

DIENSTAG, 19. MAI

Was ist heute schon wieder los?, dachte ich, als ich die Treppe zum Klassenzimmer hinauflief. Bildete ich mir das alles nur ein oder schauten mich die anderen komisch an? Nein, sie schauten nicht, sie glotzten! Sie tuschelten, sie zeigten auf mich – und auf mich zeigte doch sonst keiner! Kurz überlegte ich, ob ich noch träumte, denn manchmal habe ich Träume, in denen ich durchs Schulhaus irre, aber den Eingang zum Klassenzimmer nicht finde, oder merke, dass ich vergessen habe, meine Hose anzuziehen, obwohl ich ein Referat halten muss, oder dass sich meine Zahnspange so blöd an einem der Jungs verhakt, dass ich demjenigen gebückt hinterherlaufen muss und dabei inständig hoffe, dass er mich mit meiner Monsterspange nicht bemerkt … Solche Sachen eben.

Aber heute träumte ich natürlich nicht. Es war Dienstag und Mai, die Sonne schien, die Vögel draußen brüllten regelrecht und ich war wach.

Was um Gottes willen war dann los? Tim, der mich noch nie in seinem Leben zuvor angesehen hatte, stierte von der Garderobe zu mir herüber, als hätte ich Pickel auf der Nase – nein, als hätte ich Pestbeulen im Gesicht oder karierte Haare oder ein peinliches Loch in der Bluse, und ganz automatisch wand ich mich unter seinem Blick, obwohl ich sicher war, dass nichts von alledem zutraf. Niko, der cool wie immer an der Wand lehnte, grinste mich frech an, schaute dann aber schnell wieder weg, und ich sprintete ins Klassenzimmer. Jasper warf mir eine Kusshand zu – igitt!

Tuschel, tuschel, tuschel.

Ich atmete tief durch, um mich zu beruhigen. Als ich strammen Schritts zu meinem Platz marschierte, traf mich Alinas Blick. Ein ganz kurzer, peinlich berührter, mitleidiger Blick. Ich wurde immer verwirrter.

Tuschel, flüster, grummel, murmel – was wollten die alle von mir? Ich konnte immer noch nichts entdecken, das heute anders an mir war. Alles normal. Kein Fleck auf meiner grünen Frühlingsjacke, der All-you-need-is-me-Pulli, den ich heute früh extra für Ben angezogen hatte, fiel locker und wie es sein sollte, kein peinlicher Ausschnitt, aus dem mein BH heraushing, keine Unterhose und keine Haut zu sehen. Nur mein Gesicht war mittlerweile rot, vermutlich kochend, brodelnd, knalltütenrot angelaufen, obwohl es ja eigentlich keinen vernünftigen Grund dafür gab.

Wussten die anderen etwas, das ich nicht wusste? Gab es neue Häschenbilder – oder Schlimmeres? War irgendwas anderes auf Instagram oder im Klassenchat aufgetaucht? Ich überlegte fieberhaft, ob ich etwas Peinliches gepostet haben könnte, aber mir fiel nichts ein.

»Hi«, sagte ich möglichst locker zu Ninja, die noch schnell irgendwas in ihr Bioheft kritzelte, wahrscheinlich die Hausaufgabe.

»Morgen«, nuschelte sie zurück.

Es klang nicht unfreundlich, es klang nicht freundlich, aber es klang auch nicht natürlich. Es klang unnatürlich natürlich. Gespielt natürlich. Und sie schaute nicht auf, sondern kritzelte überkonzentriert weiter.

»Äh – alles klar?«, versuchte ich es noch einmal, aber ich erntete nur ein Nicken, während ihr Füller weiter über das Bioheft raste.

Wenn nur Elli endlich käme! Aber die würde heute vermutlich nicht wesentlich besser drauf sein als gestern.

»Marie hat …«

Ich hörte meinen Namen auf der anderen Seite des Klassenzimmers. Pia und Alina flüsterten.

»Marie und Elli haben …«

Als ich zu ihnen hinüberschaute, beugten sie sich über ihre Handys und schienen in irgendwas sehr vertieft zu sein.

So hatte ich mir das nicht vorgestellt. Ich war ja schon oft frustriert darüber gewesen, dass mir nie so was Lustiges einfällt wie Elli oder Ninja oder Josh. Dass ich, wenn die anderen feiern, meistens das Gefühl habe, in der Wand zu verschwinden, übersehbar, als wär ich selbst weiß gestrichen. Aber SO hatte ich mir das nicht vorgestellt, wenn ich mir gelegentlich gewünscht hatte, die anderen würden mich endlich sehen. Ich wollte so gesehen werden, wie Ben mich SIEHT.

Wann kommst du denn endlich, Elli, ich brauche dich!

Ich warf einen vorsichtigen Blick in die hintere Reihe. Ben zwinkerte mir zu. Heute hatte er ein weit ausgeschnittenes Shirt und eine schwarz-weiß gestreifte Jacke an, eine dunkelgrüne Hose und Schuhe mit Stahlkappe. Er sah cool aus. Ich wollte schon aufstehen und zu ihm hingehen, denn vielleicht hatte er irgendwas mitbekommen, da sagte jemand ganz nah: »Marie.«

Josh.

Er sah geradezu besorgt aus. In der Hand hielt er sein Smartphone.

»Ja?«

»Äh – ich glaube, ich sollte dir was zeigen.«

»Was denn?« Langsam bekam ich wirklich Angst.

»Soll ich es dir draußen zeigen? Auf dem Gang? Wir haben noch fünf Minuten, bevor die Stunde losgeht.«

Auf dem Gang.

Ich nickte stumm.

Dann folgte ich ihm mechanisch aus dem Klassenzimmer, während ich die Blicke der anderen in meinem Rücken spürte. Ninja, die plötzlich ganz schnell das Bioheft zugeklappt hatte. Pia und Alina, die mich aus den Augenwinkeln verfolgten, der dicke Jasper, der coole Niko … Schritt für Schritt tastete ich mich durch das Klassenzimmer, als würde ich auf einem Seil balancieren, rechts und links der Abgrund.

»Was ist los?«, fragte ich leise, als wir vor der Tür standen.

»Schau dir das mal an«, sagte er.

Er drückte mir sein Smartphone in die Hand und führte mich auf Instagram, zu unserem Hashtag #10aingolstadt …

… und dann sah ich es.

Das Foto.

Unter dem Namen »the_true_frankenstein99« war es hochgeladen worden, dieses Foto, mit dem sich alles, was in den vergangenen Tagen schon passiert war, neu zusammenzufügen begann. Ich sah dieses Foto, und alles fing an, sich um mich zu drehen, und ich war Josh so dankbar, so unendlich dankbar, dass er mich aus dem Klassenzimmer gelotst hatte, raus aus der Manege des tuschelnden Publikums, denn in diesem Moment rutschte ich vom Seil und fiel …

… und fiel …

… und fiel …

Auf dem Foto waren Elli und ich zu sehen. Wie wir unter einem blühenden Apfelbaum sitzen. Ihre Hand liegt auf meinem Knie.

Meine Hand streichelt über ihre Brust.

Wir knutschen.

Leidenschaftlich.

Das sah man, auch ohne dass sich das Bild bewegte.

Jetzt muss ich mal was erklären, damit alles nicht noch komplizierter wird, als es sowieso schon ist: Meinetwegen kann jeder jeden küssen, den er oder sie mag. Von mir aus darf Tim Jasper küssen, wenn er es will, obwohl ich nicht glaube, dass er schwul ist, und Pia darf Alina küssen, obwohl ich nicht glaube, dass sie lesbisch ist, das ist alles okay! Und ich darf natürlich auch Elli küssen und sie mich, wenn wir das so wollen – aber: WIR WOLLEN DAS NICHT!

Wir sind beste Freundinnen.

Wir sind kein Liebespaar.

Dieses Foto gibt es eigentlich gar nicht.

Und doch existierte es. Vor meinen Augen. Bei Instagram. Ben schmuggelte sich zwischen meine Gedanken. Ben. Oh Gott! Wenn er das Foto auch gesehen hatte? Was würde er dann von mir denken?

»Hey, cool bleiben«, hörte ich Josh wie durch einen Nebel sagen.

Ich versuchte, ihn zu fokussieren. Seine grüngrauen Augen tauchten vor mir auf. »Das«, hörte ich mich krächzen, »ist nicht wahr!«

Er schaute mich ernst an, dann nickte er. »Hab ich es mir doch gedacht. Das ist ein Fake, stimmt's?«

Ich nickte, fassungslos.

»Ihr seid kein Paar, stimmt's?«

»Wir sind kein Paar, nein«, stammelte ich.

Ich musste Elli schreiben. Ich musste sie warnen! Mist, mein Handy war in meiner Tasche und meine Tasche lag an meinem Platz und mein Platz … war im Augenblick für mich so weit weg wie der Mars. Ich konnte da nicht einfach wieder reingehen. Ich konnte mich da überhaupt nicht mehr blicken lassen, nirgends mehr. Wie sollte ich jemals mein Abitur machen? Ich musste die Schule verlassen, vorzeitig abbrechen, ich musste umziehen, aus der Stadt fliehen!

Nein, natürlich musste ich das nicht, aber all das schoss mir in diesem Augenblick durch den Kopf. Ich wagte noch einen Blick auf das Foto. Es sah mega-echt aus. Ein Apfelbaum. Elli und Marie. Knutschend. Meine Hand auf ihrer Brust. Ihr Ausschnitt aufreizend weit.

»Wie … wie kann das sein? Es gibt überhaupt kein solches Foto von uns. Es kann gar keines geben! Und doch sind es eindeutig wir, die da drauf sind. Oh Gott! Wer macht denn so was?!«

Josh nahm mir das Smartphone aus der Hand und betrachtete seinerseits das Bild. Er pustete sich die Haare aus der Stirn. »Das sollten wir möglichst bald herausbekommen, finde ich.«

Hatte er WIR gesagt?

»Hilfst du mir?«, fragte ich und verbesserte mich rasch: »Also – uns?«

»Logisch. Das ist etwas ganz Großes, was da gerade passiert.«

»Was Großes?«

Er senkte die Stimme. »Etwas Unheimliches. So vieles war merkwürdig in den vergangenen Tagen, meinst du nicht? Das kann doch kein Zufall sein.«

»Hi, du Ei!« In diesem Moment kam Elli die Treppe hochgerast und hielt abrupt inne. »Ist was?«

»Ja«, sagte ich und sah, dass sie ihre Augen heute wieder total schwarz geschminkt hatte, was nichts Gutes bedeutete.

Josh reichte ihr wortlos sein Smartphone.

Ein Apfelbaum. Elli und ich. Knutschend. Meine Hand auf ihrer Brust.

Elli schaute.

Elli schwieg.

Elli schaute noch einmal.

»Diese Arschlöcher!!«, schrie sie endlich, als sie begriffen hatte.

Und dann spie sie Feuer, und wenn sie so drauf ist, geht echt nichts mehr, und sie packte ihre Schultasche, machte auf dem Absatz kehrt und rannte die Treppe hinunter, aus dem Schulhaus hinaus. Ich rannte ihr hinterher und rief ihr nach, aber sie hörte mich nicht oder wollte mich nicht hören und ihre Schritte verhallten.

Jetzt stand ich allein da, allein mit meiner Wut und meiner Ratlosigkeit. Ich spürte, wie mir die Tränen über das Gesicht liefen.

Niemand durfte Elli und mich einfach so erfinden und dann auf Instagram posten! Niemand durfte sich Lügen über uns ausdenken und sie verbreiten! Am liebsten wäre ich auch nach Hause gegangen und hätte mich in mein Bett verkrochen und niemanden mehr angesehen.

Aber weil ich so bin, wie ICH bin und nicht wie Elli, ging ich langsam ins Klassenzimmer zurück. Besser gesagt, ich TAUCHTE zu meinem Platz zurück. Ich fühlte mich wie unter einer Taucherglocke, und um mich herum blubberten Gedanken und Tuschelworte, denn jetzt wussten die anderen ja, dass ich wusste, dass sie das Foto gesehen hatten.

Aber was ich NICHT wusste, war: Wer von ihnen glaubte, dass das Bild echt war? Wer ahnte, dass es ein Fake war? Ich wagte die anderen nicht anzublicken, so allein und verlassen, wie ich auf meinem Platz saß, nur zu Ben spähte ich kurz hinüber und sah, wie er mich ganz normal anschaute, so wie immer, als wäre nichts gewesen. Vielleicht hatte er das Bild ja tatsächlich noch nicht gesehen? Das wäre ein großes Glück …

Wer war das gewesen?

Wer hatte das getan?!

Josh, drüben auf der anderen Seite des Gangs, wollte uns helfen, er schied natürlich aus. Aber was war mit Leon? Er sah heute übrigens total verändert aus – er hatte genau so ein weißes Hemd an, wie Ben letztens getragen hatte, und in seinem Haar steckte eine Sonnenbrille. Was war mit Tim, Jasper, Niko, Marc, Yun? Mit Ninja, Katie, Elif, Pia, Alina, was war mit …?

»… ist jetzt vielleicht mal Ruhe?« Der Bachmann war hereingekommen, hatte seine Ledertasche aufs Pult geschmissen und versuchte, gegen das Gerede anzukommen. »Was ist denn so wichtig? Gibt's ein Sonderangebot, oder warum hat hier jeder sein Handy auf dem Tisch liegen?«

»Es gibt ein SonderFOTO«, sagte Niko und ich hätte ihm eine reinschlagen können. »Von Elli und Marie. Wollen Sie mal sehen?«

Die Zeit stand still.

Wenn ich nicht schon so starr dagesessen hätte wie Pygmalions Statue, wäre ich spätestens jetzt zu ihr geworden, so einsam und verraten fühlte ich mich in diesem Moment. Ich hatte gar nicht gewusst, wie sehr ich Niko hasste.

Zu meinem großen Glück ließ der Bachmann sich auf keine Sonderdiskussionen ein. »Ich mag ja gern Fotos und ich schau mir meinetwegen auch eine ganze Fotoserie von Marie und Elli an«, sagte er. »Aber ich mag auch Blumen und Radieschen oder Spargel und trotzdem gehe ich jetzt nicht in meinen Schrebergarten. Denn JETZT ist bekanntlich Unterricht. Und deshalb werden wir nun endlich dieses nagelneue Smartboard ausprobieren, nicht wahr, Pia und Alina?«

Es klang spöttisch, als wäre er alles andere als zufrieden mit dem Smartboard und als wäre er auch nicht besonders erfreut darüber, dass Alina und Pia für ihr Referat über den Golem eine ausgefeilte Präsentation mitgebracht hatten, extra für dieses nagelneue Smartboard. Ihr Vater habe ihr gestern noch geholfen, erklärte Alina, denn es sei ganz schön viel Arbeit gewesen. Es sei nicht nur eine Powerpoint-Präsentation, sagte sie, sondern fast schon ein Film.

Der Bachmann bekommt manchmal Wutanfälle und an diesem Tag bahnte sich einer an, das spürte ich. Aber anders als sonst war mir das alles gleichgültig, weil sich in meinem Kopf immer nur der eine Gedanke drehte, der Gedanke, wer war das, wer war das, wer war das …?

Pia und Alina gingen nach vorn. Von weit weg hörte ich, wie sie erklärten, dass der Golem ein Typ aus Lehm sei, aus Erde geformt so wie Adam in der Bibel. Über das Smartboard rollte eine Kugel aus Lehm oder Ton und einige kicherten.

WER, WER, WER macht so etwas Fieses und bastelt Fake-Pornobilder von Elli und mir?, dachte ich.

Elli und ich.

Knutschend unterm Apfelbaum.

Nur ganz leise drang der Lärm der Klasse zu mir, wie durch tiefes, tiefes Wasser. Jaspers Stimme, die »Pferdeäpfel« rief, Ninjas Stimme, die »Kuhfladen« kreischte, und jetzt machten sich alle über die Lehmknödel auf dem Smartboard lustig, die in Alinas Präsentation aus allen Ecken ins Bild strömten.

Scheiße, dachte ich unter meiner Taucherglocke, was war denn mit unserer Klasse los? Jetzt, wo sie einmal angefangen hatten, sich über andere lustig zu machen, schien es kein Halten mehr zu geben. Das war doch früher nicht so gewesen!

Yun starrte mich schon wieder unverwandt an. Jasper schaukelte mit seinem Stuhl und grinste mir zu. Und alle johlten wie verrückt.

… aber wer, wer, WER hatte das getan?

Elli und ich, Elli und ich, Elli und ich … knutschend unterm Apfelbaum …

Elif?

Leon?

Yun?

Yun.

Der mit seinem Handy dauernd Fotos machte. Ich kniff die Augen zusammen und fixierte ihn. Er senkte schnell den Blick.

Yun!

Eine neue Gelächterwelle schwappte über mich hinweg, bis der Bachmann es nicht mehr aushielt und endlich seinen Wutschrei losließ. »Können Sie sich nicht einmal wie Zehntklässler benehmen? Das ist ja hier die reinste Krabbelgruppe!« Und dann rannte er nach vorn, als wollte er gleich das schöne neue Smartboard von der Wand reißen. »Diese verdammten Präsentationen! Kein Mensch hört mehr zu und dann geht es nur noch um Effekte und nicht mehr um den Inhalt!«

Es wurde mucksmäuschenstill in der Klasse. Der Bachmann atmete ein paar Mal tief ein und aus, nahm seine rote Brille ab, wischte sich die Stirn und knurrte dann: »Na bitte, geht doch.«

Ben meldete sich und sagte, dass er die Präsentation wirklich cool gefunden habe und dass es doch eine gute Idee sei, wenn wir mal gemeinsam töpfern gehen würden. Mit Ton ließen sich so tolle Sachen machen und er kenne eine Töpferei in der Nähe, da könnten wir doch mal eine Führung buchen.

Der Bachmann schaute ihn völlig verdattert an, dann fiel sein Blick auf den leeren Stuhl neben mir und er fragte: »Wo ist eigentlich Elli?«

»Der – ging es heute nicht so gut«, blubberte ich leise von irgendwo tief unten im Wasser.

»Morgen haben SIE Ihr Referat«, sagte der Bachmann und setzte seine Brille wieder auf. »Meinen Sie, dass Sie das hinbekommen?«

Ich schluckte und hörte meine Stimme, fremd und klein: »Wir haben alles vorbereitet, ja.«

Auch wenn ich keine Ahnung hatte, wie ich morgen vor der tuschelnden, grinsenden, hämischen Meute stehen und etwas von Frankenstein erzählen sollte …

Der Bachmann seufzte. »Gut. Eine wichtige Geschichte. Und bitte beachten Sie, Sie brauchen keinen durchgestylten Film mitzubringen, es reichen Herz und Verstand.«

Ich nickte beklommen.

#

Die ganze Pause hindurch trieb ich willenlos durch die Schule, immer noch umgab mich die Taucherglocke aus unendlicher Peinlichkeit, Hilflosigkeit und Wut. Marc schwamm an mir vorbei, schnappte kurz nach Luft und blubberte irgendetwas von wegen, er sei es nicht gewesen.

»Kannst du das Elli auch sagen, wenn du sie siehst?«, bat er, und ich nickte automatisch, obwohl ich mir sicher war, dass sie ihm kein Wort glauben würde. Doch Marc schien Mut geschöpft zu haben, denn er redete weiter: »Ich war das wirklich nicht mit dem Häschenfoto, das musst du mir glauben.«

»Muss ich?«

»Ja.«

»Aber wie soll es dann zu Ben gekommen sein, der es mir geschickt hat?«

»Keine Ahnung! Bin ich dafür verantwortlich, was der auf seinem Handy hat?«

Ich schaute Marc nach, der mit hängenden Schultern davontrieb, und gleich darauf blubberte Ben in mein Gesichtsfeld.

Ben.

Ich straffte meine Schultern.

Ich versuchte ein Lächeln.

»Hey, Marie, es tut mir leid für dich, dass du Ärger hast.«

»Äh … danke.«

Ben sah mich aufmunternd an. »Ich finde, es ist ein schönes Foto geworden.«

Fast hätte ich mich verschluckt. Konnte man es auch so sehen? Sollte ich es einfach locker nehmen? Schönes Foto, cooler Fake, nice to see you?

Ich hob den Kopf. »Nett, dass du das sagst. Aber es ist eben nicht wahr.«

»Nein.« Er zögerte. »Das weiß ich doch.«

Uff. Ben war also schon mal nicht drauf reingefallen.

»Also …« Ich räusperte mich. »Es ist so, ich habe natürlich überhaupt nichts gegen … du weißt schon, soll doch jeder lieben, wen er mag, und jetzt dürfen ja auch zwei Frauen heiraten, oder zwei Männer … oder wie stehst du dazu?«

»Ich finde auch, zwei Männer dürfen heiraten, und zwei Frauen auch.«

Ich bekam einen Schreck. Wie meinte Ben das jetzt? Sprach er am Ende von sich und wollte mir ein Zeichen geben?

»Aber … findest du es auch gut, dass Männer und Frauen, also … Mädchen und Jungen …?«

»Ich finde auch«, nickte er, »dass Männer und Frauen heiraten dürfen.«

Puh. Mein Kopf hielt das alles kaum aus. Ich stotterte wie verrückt, doch ich musste es unbedingt aussprechen: »Ich bin nämlich … also … ich bin … hetero.«

»Ich bin auch hetero«, erwiderte Ben.

Er sagte es ganz ruhig, als wäre es ganz selbstverständlich, über so etwas in der großen Pause zu reden. Ich atmete tief durch. Es ist ja noch keine Liebeserklärung zuzugeben, dass man hetero ist.

Aber nah dran.

In diesem Fall. Oder?

Ich konnte schon wieder etwas lächeln. Immerhin. Und ich fühlte mich ein bisschen näher an der Wasseroberfläche.

»Na, Ben«, hörte ich in diesem Moment Niko gehässig rufen. »Vercheckst du wieder deine Klamotten? Leon hast du ja schon ausgestattet … und Marie steht bestimmt auch auf Jungskram.«

Ich hätte mich am liebsten auf ihn gestürzt.

Aber Ben blieb ganz locker und wandte sich um. »Hi, Niko. Brauchst du was?«

Niko streifte mich mit einem herablassenden Blick, und ich schwamm rasch davon, ehe ich mir noch mehr dumme Sprüche anhören musste.

Ich wollte gar nicht wissen, wer sich das Foto inzwischen alles angesehen hatte und irgendwas von mir zu wissen glaubte. Aber ich wollte endlich wieder auftauchen können und Luft holen. Ich beschloss, Josh suchen zu gehen. Er hatte mir helfen wollen.

#

Draußen auf dem Pausenhof stand eine Traube aus Eltern, Lehrern und Schülern bei den Löchern, die die Fünftklässler neben der Turnhalle für die Bäume ausgehoben hatten. Ich erkannte den Oberbürgermeister, der gerade mit wehender Krawatte eine Rede hielt. Leider hatte ich jetzt wirklich keine Zeit für so einen Kram, sonst hätte ich es womöglich sogar toll gefunden.

Ich reckte den Kopf. Kein Josh zu sehen. Hastig drängelte ich mich durchs Publikum.

»… und so tragen sie die Idee weiter. Oder nicht nur die Idee, auch die Mahnung, die uns alle angeht, dass wir auf unser schönes Land aufpassen müssen …«

Sicher ist er nicht mit dem Rad gekommen, der Oberbürgermeister, dachte ich kurz, während ich mich durch die Leute schob, sondern mit einem fetten Dienstwagen. Wer in Ingolstadt Oberbürgermeister wird, muss was für Autos übrighaben. Schließlich lebt die halbe Stadt davon. Wahrscheinlich war er heilfroh, dass es ein paar Kinder gab, die Bäume gegen den Klimawandel pflanzten und denen er ein paar Euro spenden konnte, damit alle dachten, super, da wird was getan. Wenn ich Sven und Simon richtig verstanden hatte, ging es dabei jedoch nicht um unser schönes Land allein. Sondern ums Ganze.

Aber auch fürs große Ganze hatte ich jetzt keine Zeit, denn ich musste Josh finden. Ich wollte wissen, was er damit gemeint hatte, dass in den vergangenen Tagen viele seltsame Dinge passiert seien.

»… danke ich natürlich auch noch Herrn Direktor Öckenberger für sein Engagement. Sie sind ja auf Erfolgskurs, nicht wahr«, der Oberbürgermeister schüttelte dem Öckenberger die Hand, »die Quelle müssen Sie mir mal verraten, die Sie da zum Sprudeln gebracht haben für die komplette Schulsanierung, Sie sind ja ein wahrer Fundraising-Spezialist. Aber er rückt ja nicht raus, welche Firma die Millionen lockergemacht hat … nicht wahr, Herr Öckenberger?«

Der Öckenberger räusperte sich und schaute geschmeichelt in die Runde. Schon komisch, dachte ich mit der einen Hälfte meines Hirns, dass man als Direktor sammeln gehen muss, wenn man eine Schule renovieren will. Doch die andere Hälfte meines Hirns rief immer noch WER WAR DAS WER WAR DAS WER WAR DAS und meine Augen suchten den Pausenhof fieberhaft nach Josh ab.

Der Oberbürgermeister griff nach einem Spaten. »Der erste Baum, der heute gepflanzt wird, ist ein Ahorn.«

»Eine Linde!«, rief die Bio-Schnepse von hinten.

»Äh – also dann eben eine Linde«, sagte der Oberbürgermeister und die Kinder lachten. Die Eltern auch, aber mir war es reichlich egal, ob es eine Linde oder ein Ahorn oder sonst was war, ich suchte einen Pornobildbetrüger, und ich suchte Josh, und ich eilte zurück in die Schule, vielleicht war er ja da irgendwo.

DENN ICH WOLLTE, DASS ES AUFHÖRTE.

Ich entdeckte Josh erst, als es gongte, und wir gingen gemeinsam ins Klassenzimmer. Aber bevor ich mit ihm etwas besprechen konnte, passierte schon das Nächste … Ich dachte erst, dass sie immer noch über mich und Elli tuschelten, aber dann sah ich, dass sich inzwischen alle immer wieder zu Pia umdrehten, und Pia schaute auch schon ganz irritiert und nach und nach immer sorgenvoller und rieb sich nervös die Nase, bis sie ganz rot war.

Ich fragte mich kurz, ob sie etwa immer noch über den Golem

und die Kuhfladen von vorhin lästerten, da ließ Niko die Bombe platzen. »Wusstet ihr schon, was Pia in ihrer Freizeit macht?«

Pia wurde puterrot.

»Sie macht bei Schönheitswettbewerben mit«, sagte Niko triumphierend.

»Stimmt nicht«, entgegnete Pia und wollte am liebsten im Erdboden verschwinden, ich konnte es genau sehen, aber der war auch bei ihr nicht so gnädig, sich zu öffnen. Warum sollte es ihr besser gehen als Elli und mir?

Aber jetzt wurde mir meine ganze Klasse wirklich unheimlich, was um Himmels willen war denn heute in alle gefahren? Jeder gegen jeden, oder was?

»Stimmt wohl«, feixte Niko. »Ich habe sie auf einem Foto bei Facebook gesehen, bei der Wahl zur Maikönigin in Neuburg, unsere schöne Pia!«

»Das ist gar kein richtiger Schönheitswettbewerb«, flüsterte Pia, und wer weiß, wäre ich nicht noch in meiner Taucherglocke gefangen gewesen, hätte ich jetzt vielleicht etwas gesagt, aber mein Mund machte immer noch nicht das, was ich wollte.

»Wow«, sagte Jasper und schwitzte noch mehr als sonst. »Bist du Königin? Ist das Porno?«

»Wau, wau, wau«, machte Niko und hechelte wie ein Hund und Jaspers Miene verfinsterte sich. »Ja, nix Wau, was, Pia?«

»Warum hast du nichts davon gesagt, dass du bei dem Wettbewerb mitmachst?«, fragte jetzt auch Alina. »Nicht mal mir! War das einer der Wettbewerbe aus der Werbung im Unterricht?«

Yun hob sein Handy und schoss ein Foto von Pia. Als sie es merkte, hob sie abwehrend die Hände.

»Stopp! Hör auf damit!« Sie sah genau so verzweifelt und unglücklich aus, wie ich mich fühlte.

Yun lächelte dünn. »Ich sammle Maiköniginnen.«

Yun, dachte ich.

Schon wieder Yun.

Vielleicht sammelte er ja nicht nur Maiköniginnen. Sondern bearbeitete auch Bilder …

Niko lachte, obwohl er sonst nie auf irgendetwas reagiert, was Yun sagt oder tut.

Josh warf mir einen Blick zu und fragte dann laut: »Hey, Niko, bist du etwa durch die Werbung bei der Gayer drauf aufmerksam geworden?«

Niko bleckte die Zähne. »Na, ich dachte, ich schau mal, was dahintersteckt. Schöne Weiber interessieren mich.«

»So ein Zufall«, hörte ich Josh murmeln, »dass ausgerechnet in unserem Unterricht Werbung für eine Maiköniginnen-Show kam. Wo wir ja tatsächlich jemanden in der Klasse haben, der da mitgemacht hat.«

»Also, ich hab nichts damit zu tun«, sagte Marc und grinste schief. »Nur für den Fall, dass das jemand vermuten sollte.«

Er schielte zu mir und Ellis leerem Platz herüber. Pia saß immer noch da wie vom Donner gerührt.

»Mir würde das nicht im Traum einfallen, mich öffentlich so vorzuführen«, meinte Leon. »Maikönigin, krass!«

»Weiber«, sagte Niko, »die brauchen das.«

»Jetzt mal ehrlich, was wird denn da bewertet?«, mischte sich Tim ein, wackelte mit dem Hintern und malte riesige Busen in die Luft. »Die Proportionen?«

»Wie in Mathe«, rief Leon. »Kurvendiskussionen!«

Alle lachten, sogar die Mädchen. Außer Pia natürlich.

»Welchen Platz hat sie denn gemacht?« Leon schaute über Pias Kopf hinweg zu Niko.

Der grinste breit. »Ratet!«

»Nein«, sagte Pia hastig, »ich sag's euch.«

»Nein«, sagte Niko, »ICH sag's euch. Aufgepasst! Den letzten.«

Einen Augenblick herrschte Stille. Zuerst sprang niemand Pia bei, die höchstwahrscheinlich extra und mit Bedacht zehn Kilometer weit weg in Neuburg und nicht in Ingolstadt beim Maikönigin-Wettbewerb mitgemacht hatte, damit niemand es mitbekam, und vielleicht hatte sie es sich auch anders vorgestellt, dieses Sich-bewerten-Lassen, und wer weiß, vielleicht musste man da ja tatsächlich seine Oberweite messen lassen und den Po, keine Ahnung, auf alle Fälle wird sie gute Gründe gehabt haben, nicht damit hausieren zu gehen. Sie tat mir so leid!

Aber ich wusste nicht, wie ich ihr helfen sollte. Wenn ich es tun würde, würden die anderen nur wieder auf MIR herumhacken, oder?

»Das ist doch mutig, bei einem solchen Wettbewerb mitzumachen«, hörte ich in diesem Moment Ben.

Oh! Ich hätte ihn auf der Stelle umarmen können!

Pia hob den Kopf.

»Das stelle ich mir nicht leicht vor«, sagte Ben und Pia nickte langsam.

»Was waren denn die Kriterien?«, fragte er weiter.

»Ist doch egal«, erwiderte Pia leise.

»Würde mich aber wirklich auch interessieren«, meinte Jasper jetzt ebenfalls und extra freundlich, aber ihm traute ich nicht. »Ganz ohne Scheiß.«

Pia schwieg stoisch.

Dann kam die Gayer rein und rief »Bonjour« und den Rest der Stunde wurde nur noch auf Französisch gemobbt. Übrigens, Mobbing heißt auf Französisch auch Mobbing.

Le Mobbing.

#

So einen Schultag hatte ich noch nie erlebt. So einen gemeinen, verwirrenden, ekelhaften. Und er wollte immer noch kein Ende nehmen.

»Lass sie doch reden«, meinte Alina mittags und schob ihre Cocktailtomaten auf dem Plastikteller hin und her.

Pia antwortete nicht. Sie saß vor ihrer zugeklappten Brotbox und sagte nichts. Ich wusste natürlich, was drin war, Lachsröllchen, ich hatte das Foto gestern schon gesehen.

»Jungs sind halt so«, versuchte Alina es noch mal. »So ein Maikönigin-Wettbewerb ist doch keine Peepshow, dafür brauchst du dich wirklich nicht zu schämen.«

Wir Taucher hatten uns an einem Tisch gefunden. Ringsum rauschten immer noch die Wellen, die unsere Bilder geschlagen hatten.

»Maikönigin, das ist doch eher Brauchtum«, murmelte ich und schaute mich wieder nach Josh um, denn ich wollte wirklich dringend mit ihm sprechen. Ich hoffte, er hatte nicht nur so heldenhaft dahergeredet und das echte Leben mit seinen Videos verwechselt.

»Brauchtum heißt Brauchtum, weil man da ein Dirndl braucht«, hörte ich Alina.

Dirndl. Irgendetwas klackerte in meinem Hirn. Hatte ich Pia nicht kürzlich in einem Dirndl gesehen?

»Sei doch einfach still«, murmelte sie jetzt und schaute giftig. »Um das zu verstehen, bist du viel zu vegan.«

Alina schloss den Mund um ihre Tomate und sagte nichts mehr.

»Bei dir war es immerhin kein gefaktes Bild, Pia«, warf ich ein.

»Wer sagt denn überhaupt, dass EUER Bild gefakt ist?«, gab Pia bitter zurück.

Ich starrte sie entgeistert an. »Na … WIR!«

»Ja, klar, das würde ich an deiner Stelle auch behaupten, wenn so was öffentlich wird. Wer ist schon gern lesbisch.«

Ich war fassungslos. Wie konnte Pia so was sagen? Wieso glaubte sie mir nicht?

Mir schossen erneut die Tränen in die Augen. Nicht mal Pia war mehr zu trauen. Wortlos stand ich auf. Zum Glück entdeckte ich Josh in diesem Moment auf der anderen Seite der Mensa.

»He – Josh!«

Er drehte sich um. »Oh, Marie, da bist du ja.«

Ich wischte mir möglichst unauffällig über die Augen und holte tief Luft. »Gilt dein Angebot noch?«

»Logisch.«

»Hast du … hast du schon einen Verdacht?«

»Na ja«, sagte er und senkte die Stimme. »Nichts Konkretes, aber ich glaube, dass jemand eure Handys gehackt hat.«

»Gehackt?«

»Das geht ganz einfach, wenn man entsprechende Spyware hat.«

»Jemand kann lesen, was ich auf dem Handy mache?«

Josh nickte. »Die Frage ist nur, wer. Und warum. Und wieso macht er sich außerdem die Mühe und fakt ein Knutsch-Pornofoto von euch?«

Ich zog mein Smartphone heraus und schaute es misstrauisch an. Las da jemand mit?

»Es passiert so viel Seltsames«, wiederholte Josh. »Wir bekommen Werbung für die Maiköniginnen-Show ins Klassenzimmer, und das, obwohl Pia sich offenbar heimlich dafür beworben hat. Jemand schickt Niko Feuerzeug und Zunder, bloß weil er im Spaß gesagt hat, dass er dem Koppe Feuer unterm Arsch machen will. Und dann euer Fake-Foto. Es ist ja fast so, als würde jemand mit Absicht die Klasse aufmischen!«

»Mit Absicht?«

»Na ja … kennst du Asterix?«

»Logisch.«

»Jemand erzeugt grüne Sprechblasen.« So hatte ich das noch nicht gesehen. »Hast du heute Abend Zeit?«, fragte Josh unvermittelt. »Ich muss nach der Schule noch was für mein nächstes Video aufnehmen, aber dann geht's.«

Ich schaute ihn erleichtert an. »Bei mir auch.«

So schnell hat man ein Date. Leider bloß mit dem Falschen, dachte ich. Wir hatten ja gestern nicht wirklich geflirtet, oder? Wir hatten uns nur gut verstanden.

»Ob Elli auch kann, weiß ich aber nicht«, fügte ich noch hinzu, damit gleich klar war, dass das Treffen nicht total privat sein würde.

»Funk sie an. Wir müssen systematisch vorgehen. Sonst hocken alle nur rum und leiden und sind arme Opfer. Sagen wir, um 19 Uhr, ja?« Ich nickte. Er grinste. »Da, wo wir uns immer treffen – am großen Ring an der Donau.«

Mit großen Zügen schwamm ich aus der Mensa und schrieb sofort an Elli, aber sie war offline.

#

Ich stand unschlüssig bei den Fahrradständern und überlegte, das Smartphone in der Hand. Was, wenn wirklich jemand mitlas, was ich schrieb oder googelte? Aber ich konnte das Handy ja schlecht auslassen, oder? Ich MUSSTE nachschauen, was die anderen schrieben. Sicher was über Elli und mich. Oder über Pia.

Mein Finger hinterließ eine schwitzige Spur auf dem Display. Ich sah sofort, dass Niko das Maiköniginnen-Foto geschickt hatte. Es war ein Bild der Kandidatinnen für die »Maikönigin von Neuburg an der Donau«, das der Verein auf seiner Facebook-Seite veröffentlicht hatte. Tatsächlich, Pia war klar zu erkennen, sie hatte ihre Haare zu einem Kranz geflochten und lächelte in die Kamera. Und sie trug ein Dirndl.

Unter dem Foto hatten sich schon eine Menge Kommentare angesammelt.

Jasper: Wow, sieht doch gut aus!
Ninja: @Niko: Hör endlich auf mit dem Nachtreten! Hast du nicht gemerkt, dass es Pia peinlich war?! Jungs sind echt so sensibel wie Kohlrabi.
Tim: Ich mag Kohlrabi. Lasst das arme Gemüse in Ruhe! 😜

Lauter so Schotter stand unter Pias Foto, aber sie selbst schwieg standhaft. Wahrscheinlich wusste sie, dass dieses Foto nie wieder aus der Welt zu schaffen sein würde. Internetgesetz.

Yun hatte außerdem die Aufnahme, die er in der Klasse von Pia gemacht hatte, geschickt. »Maikönigin, privat«, stand darunter. Und Leon hatte das Spargelbild geschickt, das Pia vor ein paar Tagen unter #mylovelymeal gepostet hatte, aber diesmal stand nicht das Rezept darunter, sondern Leon schrieb, das sei der Gruß des Spargelkönigs an die Maikönigin und hurra, hurra, sein Spargel wächst.

Mann. Das Bild war geklaut. Mit neuem Kommentar bedeutete es gleich was total anderes. Ich schaute mit zittrigen Fingern weiter.

Unser Knutschbild war mittlerweile auch unter dem Hashtag #loveme, #bestgirlfriends, #queer, #traudich und noch ein paar mehr zu finden. Als hätten die anderen in der Klasse nichts Besseres zu tun.

Kommentare gab's auch jede Menge dazu. Hier eine Auswahl, mir wird jetzt noch schlecht davon:

duffyduck2.0: Geiles Schnittchen, Zeit, dich zu bekehren! Meiner steht bereit.
elfchenmitfluegeln: Wow! Mutig! Ich finde es beeindruckend, wie ihr euch traut, damit an die Öffentlichkeit zu gehen! ♡

bigfat_jasper: Hey Babes, cool bleiben!
holyfather2: Ihr seid mir ein echtes Vorbild, und wäre ich queer, weiß ich nicht, ob ich so offensiv damit umgehen könnte. 👍
anakonda: Hey, hier spricht Anakonda. Warum meldest du dich nicht?! Ich hätte da was für dich. Klick hier.

Ich wollte gar nicht lesen, was in den anderen Kommentaren alles stand, aber natürlich scrollte ich weiter und weiter und fluchte und fluchte …

alice_im_wunderland: Wer hat denn das schöne Foto geschossen? Ihr seid doch zu dritt … 😄

Und auch irgendein Ortsverband hatte geschrieben, irgendeine Lesben- und Schwulen-Community, und wollte, dass ich Mitglied werde, weil sie mich dann wirklich gut vertreten könnten. Alles Müll. Mich sollte keiner vertreten, der mich nicht mal kannte!

Und dann schrieb auch noch jemand, der sich tatsächlich »the_true_elli« nannte, dass wir zwei Hübschen es gleich noch mal machen sollten, es sei doch so schön gewesen …

Unterschrift: IN LIEBE, ELLI.

Ich fühlte mich ganz zittrig, hundeelend – und absolut unentschlossen, was ich machen sollte. Elli war immer noch offline. Von ihr konnte ich keine Hilfe erwarten. Wahrscheinlich war ihr Handy auch voller Müll. Wegen diesem ganzen Schweinkram war das Ding im Grunde nicht mehr zu gebrauchen, das war doch verrückt!

Nachdem ich gefühlte zehn Minuten auf mein Display gestarrt hatte, gab ich mir einen Ruck und entschied mich. Ich würde sie alle zur Schnecke machen, diese Duffyducks und True_Ellis, egal ob sie echte Menschen oder Bots oder Werbefuzzis oder sonst was waren. Getrieben von einer wahnsinnigen Verteidigungsverleumdungsnotwehrwut, schrieb ich, was sie für Arschlöcher seien … und Wichser … und dass sie mich ja gar nicht wirklich kennen würden, sondern nur das beschissene Foto sähen und darauf reinfielen – aber wer sieht einen Menschen schon richtig, wenn er ihn nur nach einem Foto beurteilt!

Ich wurde immer wütender und wütender. Gesagt hätte ich das alles nie, aber beim Schreiben ging mir das Fluchen erstaunlich leicht von der Hand.

Danach ekelte ich mich vor meinem Handy. Als sei es vollgestopft mit Scheiße. Und mich hatte es zu einem ekelhaften Monster gemacht. Wenn irgendjemand tatsächlich heimlich mitlesen sollte, was ich alles geschrieben hatte, was musste der für einen Eindruck von mir bekommen …

#

War ich froh, als ich endlich zu Hause war! Ich wollte nichts mehr sehen, hören, denken müssen. Ich wollte mal ein paar Minuten einfach nur SEIN. Man müsste seine Gedanken zwischenspeichern und für später ablegen können, damit man mal denkfrei hat.

Ich brauchte eine Pause. Gedacht würde am Abend wieder werden, wenn ich mich mit Josh traf.

Ich holte mir eines der alten Asterix-Hefte aus dem Regal und schmiss mich auf mein Bett. »Der Seher.« Ich begann zu lesen. Das heißt, ich las eigentlich gar nicht, denn natürlich kannte ich das Heft schon. Ich ging nur ein bisschen in den Bildern und den altbekannten Witzen spazieren und fühlte mich so, wie ich mich früher gefühlt hatte, als das Bett und Asterix und ein paar Gummibärchen noch völlig für einen glücklichen Nachmittag gereicht hatten. Grüne Sprechblasen. So wie bei uns in der Klasse. Lag Josh richtig und jemand wollte uns alle ärgern?

»Hast du einen Weltschmerz?«, fragte meine Mutter, als sie den Kopf zu meiner Tür hereinstreckte.

Ich wusste, dass sie natürlich auf Liebeskummer tippte, wenn sie Weltschmerz sagte, es aber nicht direkt ansprechen wollte. Liebeskummer hatte ich allerdings nicht – oder? Ein bisschen vielleicht, Sehnsucht zumindest. Sehnsucht nach einem Date mit dem Richtigen. Weltschmerz traf es dagegen ziemlich genau.

»In der Schule gibt's Streit«, murmelte ich.

»Aha«, erwiderte meine Mutter und hockte sich auf mein Bett. »Worüber denn?«

»Ach – es geht um den Klassenchat und dass da Sachen rumgeschickt werden, die niemanden etwas angehen.«

Ich wollte es nicht näher erklären. Ich wollte nicht, dass meine Mutter das Foto sah.

»Hm.«

Hatte sie zugehört? Ich war mir nicht sicher.

»Man soll nicht so viel Zeit mit dem Handy verbringen«, sagte sie schließlich. »Schon gar nicht mit Fotos.«

Sie hatte leicht reden. Alle posten alles. Wer eine Frage zu den Hausaufgaben hat, fragt im Klassenchat. Wer etwas Witziges sieht, schickt es in den Klassenchat. Wer nicht jeden Tag ein Bild von sich ins Netz stellte, hatte den Anschluss verpasst.

Überhaupt. Meine Mutter verbrachte selbst ganze Nachmittage mit ihren Fotos am Laptop. War das besser? Man konnte doch nicht dem Handy die Schuld geben, nur weil irgendein Arsch damit Blödsinn trieb!

»Du sitzt ja auch ständig am Computer«, sagte ich daher mürrisch.

Meine Mutter seufzte und ließ mich allein und ich blätterte meinen Asterix um und wollte am liebsten alle Römer dieser Welt verkloppen, aber dazu bräuchte ich erst mal einen Zaubertrank.

Und Elli meldete sich immer noch nicht.

Ich hatte es sogar auf dem Festnetz probiert, doch sie ging nicht dran. Ich brauchte sie heute Abend doch, wenn wir uns mit Josh treffen würden! Ich gab mir noch eine halbe Stunde, wenn Elli bis dahin nicht geantwortet hatte, würde ich zu ihr radeln.

#

Ellis Mutter machte auf.

»Oh«, sagte sie und schaute mich aus müden Augen an. »Marie, wie nett.«

Aus Ellis Zimmer drang Musik. Ich warf ihrer Mutter einen fragenden Blick zu.

»Geh nur rein«, meinte sie und ich klopfte.

»Was gibt's?«

»Ich bin's.«

Elli öffnete. »Mensch, Marie.«

Sie hatte ihre Augen wieder tiefschwarz umrahmt. Ich hielt ihr eine Tafel Schokolade hin: »Da, für dich.«

Sie zog mich in ihr Zimmer und stellte die Bluetooth-Box leiser.

»Wie geht's?«, fragte ich und fand, es klang ziemlich albern.

»Ich könnte jederzeit kotzen.«

»Ja … aber nur mental, oder?«

»Was heißt denn hier NUR mental?«, widersprach Elli. Sie brach ein Stück Schokolade ab und schob es sich in den Mund.

Ich nahm mir auch eins. »Schokolade soll gerade bei mentaler Grippe helfen.«

»Mentale Grippe, das ist gut«, sagte sie kauend. »Das soll mir meine Mutter auf die Entschuldigung schreiben. Für die Schule.«

»Du hast nicht geantwortet«, sagte ich. »Da musste ich vorbeikommen.«

»Ich habe beschlossen, das Handy für immer auszulassen«, erwiderte Elli. »Ich will nicht wissen, was die da über mich erzählen.«

»Für immer? Dann kannst du es ja gleich wegschmeißen.«

»Na ja, zumindest bis heute Abend. Bis das Schlimmste vorbei ist. Hast du die ganzen Kommentare gelesen? Alice_im_Wunderland und so?«

»Ja. Ich habe sogar gelesen, was the_true_Elli schreibt.«

Sie schnaubte. »Will ich nicht wissen.«

»Ist auch egal. Wir treffen uns heute Abend mit Josh«, sagte ich. »Der ist unser Verbündeter.«

»Hast du jetzt vor, Detektiv zu spielen?«

»Ja«, murmelte ich. »Ich will, dass es aufhört.«

»Meinst du, ich nicht?« Elli seufzte und hielt mir die Schokolade hin. »Nimm noch was, sonst ist sie weg.«

Wir schwiegen und kauten.

»Bald sind Ferien«, sagte ich schließlich. »Dann haben wir mal eine Auszeit von der Klasse.«

»Ja. Und übermorgen kommt meine Mutter in die Klinik.« Elli seufzte noch einmal.

»Burn-out ist DIE Krankheit unserer Zeit, sagt meine Mutter«, versuchte ich Elli zu trösten. »Da gibt's sicher Fachärzte.«

Elli zuckte mit den Schultern. »Gestern kam sie wieder vom Einkaufen nach Hause und hatte nichts im Korb. Sie hat sich einfach nicht entscheiden können. Sie hat gesagt, dass sie die ganze Zeit nur dagestanden und vor sich hin gestarrt hat.«

Ich musste daran denken, wie ich am Mittag bei den Fahrrädern gestanden und auf mein Handy mit den ganzen Kommentaren gestarrt hatte, unfähig, mich zu bewegen … Ging es mir auch schon so wie Ellis Mutter?

Wir radelten gemeinsam durch den Abend zur Donau. Kleine Mücken tanzten im Sonnenlicht, vom Fluss roch es feucht herauf.

Auf den Steintreppen an der Bühne vorn saßen Leute, ein leiser Beat war zu hören, dann das Klirren von Bierflaschen. Mein Handy schnurrte die ganze Zeit. Da drinnen tobte immer noch ein Sturm.

Ohne etwas dagegen tun zu können, hielt ich Ausschau nach Ben. Aber ich konnte ihn natürlich nirgends entdecken. Wäre ja auch ein Riesenzufall gewesen – ich war ihm noch nie außerhalb des Schulgeländes begegnet, fiel mir auf.

Als wir beim großen Ring ankamen, war Josh noch nicht zu sehen. Dafür beobachteten wir eine etwa Dreißigjährige, die mit dem Smartphone vor der Nase durch die Wiese stapfte, als wäre sie magnetisch angezogen von etwas. Pokémon Go. Eindeutig. Noch eine Jägerin.

»Wusstest du, dass Josh mit seinem kleinen Bruder auf die Jagd geht?«, fragte ich Elli.

»Nein«, meinte sie. »Was jagen sie denn?«

»Muschis!«

»Muschis?!!«

Ich musste wieder lachen, als ich an Josh dachte, und noch mehr musste ich über Ellis verdutztes Gesicht lachen. »Nein, nicht, was du denkst. Es heißt eigentlich MUSCHAS. Das sind Pokémons. Ich finde es nett, dass er das mit seinem kleinen Bruder macht.«

»Das finde ich auch«, meinte Elli. »Das klingt einfach normal. Nicht so angeberisch wie ICH ORGANISIER MAL FÜR DIE GANZE KLASSE DIES und FÜR DIE GANZE KLASSE DAS und DARF ICH DIR EINEN LINK SCHICKEN und so.«

Ich ging nicht darauf ein. Obwohl ich natürlich genau wusste, dass sie auf Ben anspielte. Aber wenn Elli schlecht drauf ist, dann macht sie jeden fertig.

Es klingelte hinter uns und Josh rauschte mit seinem Fahrrad im Affenzahn über die Wiese, bremste scharf und sprang ab. »Hey, Marie! Hey, Elli!«

Ich versuchte, cool zu sein. »Na, hast du dein Video im Kasten?«

Er grinste und zog sein Smartphone aus der Tasche. »Klar. Wollt ihr einen Ausschnitt sehen?«

»Ich benutze kein Handy mehr«, knurrte Elli. »Nicht, solange darin nur gequirlte Kacke verbreitet wird.«

Wir erzählten von den ganzen beschissenen Kommentaren.

»War zu erwarten«, meinte Josh.

»Ist das alles, was du dazu zu sagen hast?«, fauchte Elli. »WAR ZU ERWARTEN?«

Er kramte in seiner Hosentasche. »Da hilft nur, Kopf einziehen und warten, bis der Sturm weitergezogen ist. Mag jemand einen Kaugummi?«

»Danke«, sagte ich und nahm einen.

»Danke, nein.« Elli zückte stattdessen ihre Zigaretten und zündete sich eine an.

»Also«, sagte sie schließlich und versuchte, einen Rauchring zu paffen. »Was soll jetzt unser Treffen? Josh, du machst uns den Detektiv, habe ich gehört.«

Josh verzog das Gesicht. »Hast du etwa schon aufgegeben, bevor wir loslegen?«

»Nein, nein«, murmelte Elli. »Mich nervt das nur alles kolossal.«

»Ich frage mich die ganze Zeit«, begann ich und ignorierte Ellis Gemaule, »WARUM dieser Frankenstein99 das gemacht hat? Was will er? Haben wir ihm was getan?«

»Das Motiv fehlt«, nickte Josh.

»Auf alle Fälle muss er Zugriff auf Bilder von uns beiden gehabt haben«, meinte ich. »Denn das braucht man ja für so eine Fake-App auf alle Fälle, oder?«

»Klar«, sagte er. »Dann kannst du heute so ziemlich alles faken, sogar Videos. Denk an den Obama, der über Trump schimpft.«

Ich erinnerte mich an ein Video, das vor einiger Zeit herumgeschickt worden war. Darin zog Obama über Trump her und nannte ihn einen Vollidioten, aber es war alles nur gefakt, und später erkannte man, dass ein Schauspieler die ganze Obama-Rede gehalten und der Computer das umgerechnet hatte.

»Voll gruselig«, sagte Elli. »Mit so was könnte jemand den dritten Weltkrieg auslösen.«

»Wenn du nur genügend Bildmaterial von einer Person hast«, fuhr Josh fort, »kannst du Mundbewegungen austauschen und Stimmen imitieren.«

»Dann können Elli und ich also froh sein, dass über uns nur ein Porno-Foto kursiert und kein Porno-Video«, warf ich ein. »Hey, Elli, Glück gehabt!«

Elli paffte schweigend.

Josh zwinkerte mir zu. »Wäre vielleicht ganz reizvoll.«

»He!«

»'tschuldigung.«

»Marc hat genügend Fotos von mir«, murmelte Elli. »Und er hat schon gezeigt, wie viel kriminelle Energie in ihm steckt.«

»Marc sagt, er war es nicht«, sagte ich. »Hat er heute extra noch mal betont. Und warum sollte er das auch tun? Dieses Bild faken? Aus Rache dafür, dass du auf ihn losgegangen bist?«

»Ich bin nicht auf ihn losgegangen!«, fuhr Elli mich an. »Ich habe mich nur verteidigt.«

»Wenn ich was sagen darf«, mischte sich Josh ein. »Ich glaube, wir sollten Marc wirklich mal beiseitelassen. Er wirkte ehrlich zerknirscht. Und wenn er es nicht war, dann muss jemand anders Fotos von euch haben.«

»Im Klassenchat sind sicher ein paar«, meinte ich.

»Das Bunny-Bild war nicht im Klassenchat«, sagte Elli düster.

Josh nickte. »Genau. Und wahrscheinlich auch nicht so viele Fotos von euch beiden, die für so eine App tauglich wären. Und das hieße – Achtung, euer Detektiv kombiniert … Das hieße, dass eben tatsächlich jemand eure Handys gehackt hat.« Er warf mir einen Blick zu. »Du findest das doch auch denkbar, oder?«

»Das bedeutet«, fragte ich noch einmal sicherheitshalber, »jemand kann nicht nur mitlesen, was ich schreibe, sondern auch meinen Speicher sehen?«

»Ja«, sagte Josh. »Alle deine Bilder. Und orten kann er dich auch.«

Elli drückte ihre Zigarette aus. »Wer macht so was, Josh?«

Er grinste. »Jetzt scheinst du endlich auch ein wenig motiviert zu sein.«

»Yun schießt heimlich Fotos von uns«, überlegte ich. »Sogar während des Unterrichts. Heute hat er das Foto von Pia gleich nach Nikos Maiköniginnen-Bild geschickt.«

»Yun wäre eine Möglichkeit«, sagte Josh. »Yun saß gestern auch in der Mensa und hat Ellis Szene mitbekommen.«

»Yun? Den hab ich gar nicht bemerkt«, meinte ich überrascht.

Josh nickte. »Doch. Und wisst ihr, was mir aufgefallen ist?«

»Nein«, sagte Elli, »aber ich frage mich, was genau ELLIS SZENE gewesen sein soll.«

Josh grinste wieder. »Komm schon, du weißt, wie ich es meine. Also, mir ist aufgefallen, dass Marc sich dieses Knutschfoto von euch geradezu, hm … gewünscht hat.«

»Was?«, fragte Elli ehrlich überrascht. »Gewünscht?«

»Na klar«, fiel es mir ein, »er hat doch was gebrüllt von wegen Lesben und uns müsste man mal knutschen sehen und so.«

»Genau.« Josh legte sich ins Gras und starrte nachdenklich in den Himmel. »Dieses Foto wurde quasi bestellt. Irgendjemand hört Marc und kommt deshalb auf die Idee, so was in die Tat umzusetzen. Yun zum Beispiel. Wie klingt das?«

»Der?«, fragte Elli. »Der ist doch zu schüchtern, um auch nur was zu sagen.«

»Ja, aber vielleicht braucht er deshalb sein Smartphone«, meinte Josh. »Kann doch sein, dass er damit irgendwas kompensiert.«

»He, du Psychologe!«, sagte Elli.

»Psychologie ist wichtig, wenn man ermitteln will. Außerdem …« Josh machte eine Pause, dann setzte er wieder an. »… außerdem fand er dich mal gut, Elli, da bin ich mir ganz sicher – so, wie er dich immer angeschaut hat.«

»Habe ich gar nicht bemerkt«, stöhnte Elli.

»Mich starrt er aber auch an«, warf ich ein.

»Vielleicht findet er ja jetzt dich gut«, sagte Josh.

»Mich? Warum denn das?«

»Aber wäre das denn schon ein Motiv, um uns fertigmachen zu wollen?«, fragte Elli mit zweifelndem Blick.

»Nein«, gab Josh zu. »Oder zumindest sehen wir es noch nicht.«

»Ninja?«, überlegte ich. »Was ist mit der? Die hat voll Probleme zu Hause. Die Mutter ist doch ausgezogen. Vielleicht will sie auch was – äh – kompensieren?«

»Sie hatte auch mal eine anonyme App«, meinte Elli. »So einen Chat, ganz anonym. Da kann man sich gegenseitig so richtig die Meinung sagen, und keiner weiß, wer dahintersteckt.«

»The_true_frankenstein99«, murmelte Josh. »Das ist auf jeden Fall ein cooler Name.«

»Vielleicht macht sie es auch einfach aus Frust?«, grübelte Elli weiter. »Aus Langeweile?«

»Was ist mit Leon?«, fragte ich. »Der war ja mal ganz nett, aber seit diesem Schuljahr ist er komisch drauf.«

»Der kifft doch nur«, wandte Elli ein. »Da wird man sanft, nicht aggro.«

»Stimmt. Puh. Ich trau es eigentlich keinem aus unserer Klasse zu«, sagte ich schließlich. »Ich meine, wir waren doch erst am Donnerstag so nett zusammen im Trampo-Park.«

Josh ließ eine Kaugummiblase platzen. »Vielleicht müssen wir größer denken. Überlegt doch mal: Jemand hat Niko ein Feuerzeug und Zunder zuschicken lassen, nachdem der so wütend auf den Koppe war. Wie passt das dazu?«

»Ja und? Jasper hat neulich einen Damenslip bekommen«, grinste Elli. »Dieses neue Bestellsystem ist eben noch nicht ausgereizt. Soll das etwa auch was mit unserem Fall zu tun haben?«

Josh richtete sich auf. »Wow, Elli, nicht schlecht!«

»Was denn?«, fragte sie überrascht zurück.

»Na ... das mit dem Bestellsystem! Marc hat euer Knutschfoto ja, wie wir gesagt hatten, quasi auch bestellt – und bekommen. Und Niko wollte dem Koppe Feuer unterm Hintern machen – und hat das Material dafür ebenfalls geliefert bekommen.«

»Ja, aber ... das war doch immer nur so dahingesagt«, meinte ich.

»Sicher«, erwiderte Josh. »Aber offenbar hat das jemand wörtlich genommen. Als wäre es eine echte Bestellung gewesen. Dann wäre Marc zwar der Auftraggeber für dieses Bild, aber er ist nicht der Täter. Das liegt meiner Ansicht nach klar auf der Hand. Irgendeiner macht Wünsche wahr.«

Irgendetwas klingelte in meinem Hirn. Irgendetwas an diesem Gedanken kam mir bekannt vor. Aber ich kam nicht drauf.

Elli schaute uns an. »Wenn es so wäre, dann ist das doch total pervers.«

»Ich weiß nicht, ob das wirklich zusammenhängt«, meinte ich schließlich zweifelnd. »Dieser Frankenstein nimmt vielleicht irgendwas wörtlich. Aber die anderen Bestellungen, wie du sie nennst, liegen doch einfach an der neuen App, die uns auf gut Glück was verkaufen will.«

»Nichts geht auf gut Glück«, widersprach Josh energisch. »Wir bekommen das Zeug aufgrund unseres Profils, was sonst!«

»Na gut«, meinte Elli. »Gehen wir also davon aus, dass derjenige, der Niko das Zündzeug geschickt hat, um ihn zu ärgern, auch unser Foto gebastelt hat. Was will der? Die Klasse spalten?«

»So kommen wir nicht weiter«, murmelte ich.

Josh lachte. »Ich weiß, dass ich nichts weiß. Wer hat das gesagt?«

»Keine Ahnung«, erwiderte ich. »Kann ich aber googeln.«

»Wir halten die Augen auf, gehen akribisch unsere Mails, Posts oder sonstige Nachrichten durch und morgen tauschen wir uns noch mal aus«, schlug Josh vor. »Mehr fällt mir auch nicht ein. Aber ich rate euch echt, nichts Vertrauliches mehr zu schreiben. Denn wenn meine These stimmt, dann kann immer jemand mitlesen.«

Ich traute mich kaum, mein Smartphone in die Hand zu nehmen. Mir kam es mit einem Mal vergiftet vor.

»Aye, aye, Käpt'n«, machte Elli. »Keine Nacktfotos mehr. Wir haben verstanden.« Sie grinste ihn schief an. »Mensch, Josh, du kannst einem echt Angst machen.«

Josh zuckte die Achseln. »Sorry.«

»Stell dir vor«, meinte ich, »deine Fake-People posten Fake-Filme von dir. Da würdest du doch auch Panik kriegen!«

Er wurde fast ein bisschen rot. »Wenn du so weitermachst, mag ich meine teuer erstandenen Abonnenten gar nicht mehr haben.«

»Gut so«, entgegnete ich. »Ist doch auch Verarschung.«

»War ein Tipp von meinem großen Bruder«, sagte Josh und wirkte immer noch ein wenig verlegen. »Er macht gerade ein Volontariat beim Rundfunk in Nürnberg, und weil er cool in so was ist, darf er bei einer Nachrichten-App mitmachen und beschäftigt sich damit, wie man am meisten Aufmerksamkeit bekommt.«

»Mit Fakes«, sagte Elli bitter. »Toll.«

Josh sah von ihr zu mir, dann sagte er mit gespielter Verzweiflung: »Mädels, ich tue es nicht wieder, ja? Sind wir jetzt wieder Freunde?«

»Schon okay«, erwiderte Elli, »keine Selbstzerfleischung.«
»Wir sind die Guten«, fügte ich hinzu.

#

Spätabends, ich lag schon im Bett, schrieb mir Josh noch einmal.

Josh: Es könnte natürlich auch Ben gewesen sein.
Ich: Nope.
Josh: Du kennst ihn besser, oder?
Ich: Ich glaube, ja.
Josh: Er ist schon ein Nerd. Ist morgens als Erstes da und geht nachmittags als Letzter.
Ich: Ja, ich weiß.
Josh: So viele Wahlkurse kann er doch gar nicht belegt haben. Und er trifft sich auch mit niemandem.
Ich: Er ist eben neu.

Ich fand es unmöglich, dass Josh Ben verdächtigte. Ausgerechnet Ben! Nur, weil er einige seltsame Angewohnheiten hatte. Nur, weil er besonders höflich war. Elli machte ihn schon dauernd schlecht, jetzt auch noch Josh.

Josh: Marie, nur so unter uns und noch mal ganz ernsthaft: Ich habe Ben noch nie mit einem Handy gesehen – und dabei schickt er ständig was rum. Wir haben doch in der Pause schon drüber geredet.
Ich: ??????HÄ?????????
Josh: Ich finde es selbst lächerlich, aber es ist, als ob er eine Hirn-Chat-Schnittstelle hätte.
Ich: Eine was?!

Josh: Ach, nichts. War Blödsinn. Gute Nacht.

Ich zögerte.

Dann schrieb ich auch Gute Nacht.

Eine Hirn-Chat-Schnittstelle? Wollte Josh am Ende andeuten, dass Ben ein Handy IMPLANTIERT hatte? Wie sollte denn das gehen?

Meine Güte, der hatte wirklich zu viel Pokémon gespielt!

MITTWOCH, 20. MAI

Ben hatte ein super iPhone. Gleich am nächsten Morgen fiel es mir auf. Er hielt es in der Hand, als er vor mir das Klassenzimmer betrat – und zwar NICHT als Erster! Ich fragte ihn, was er für Apps drauf hatte, und er zeigte mir alles bereitwillig. Es war nichts anderes drauf als bei mir.

»Hast du auch eine App, um Fotos zu faken?«, fragte ich vorsichtig, denn auch wenn ich Ben aus alldem am liebsten raushalten wollte, hatten wir uns ja vorgenommen, in alle Richtungen zu ermitteln.

»Nein«, sagte er und nahm sein iPhone zurück. Mann, wie gut er wieder aussah! Heute hatte er einen geringelten Pulli an, um den Hals trug er ein Kettchen mit Kreuz. »Aber ich weiß, welche super funktionieren«, fuhr er fort. »Soll ich dir einen Link schicken?«

»Nein danke, wirklich nicht«, erwiderte ich schnell. Sollte das ein Witz sein? Wahrscheinlich. »Nach allem, was gestern passiert ist, brauch ich ganz bestimmt keine Fake-App.«

»Stimmt«, sagte er und streichelte mir sanft über den Arm.

Der fing sofort an zu kribbeln.

Von wegen Hirn-Chat-Schnittstelle, dachte ich. Ben hatte ein Handy wie jeder von uns. Er war eben einfach einer von der schnellen Sorte. Wollte Josh ihn etwa vor mir schlechtmachen, weil er … Ich hatte da so einen kleinen Verdacht – den Verdacht, dass Josh mich vielleicht auch ganz nett fand. Und wenn Ben nicht wäre, wer weiß … möglicherweise würde ich ihn dann auch ganz nett finden?

Mein Blick fiel auf Yun, der auf seinem Platz in der ersten Reihe saß. Wie immer, bevor die Stunde losging, starrte er auf sein Smartphone. Hm. Mir fiel leider absolut nichts ein, was ich zu ihm sagen könnte, sonst hätte ich ihn vielleicht ein wenig aushorchen können. Die anderen in der Klasse schienen immerhin heute keine besondere Notiz von mir zu nehmen. Vielleicht war die große Jagd ja schon vorbei. Vielleicht hatte Josh recht und man musste einfach den Kopf einziehen und abwarten.

Wo blieb Elli?

Ich spürte die Aufregung in meinem Bauch, weil Elli und ich gleich das Frankenstein-Referat halten sollten. Aber ich fühlte mich nicht mehr wie unter einer Taucherglocke.

Ich hatte Verbündete.

Elli.

Josh.

Und natürlich Ben.

Elli und ich hatten uns gestern Abend noch ganz schön Sorgen wegen unseres Referats gemacht. Doch wir hatten beschlossen, uns auf keinen Fall irritieren zu lassen, von nichts und niemandem. Knutschfoto hin oder her. Augen zu und durch.

»Mindestens die Hälfte der Klasse nimmt das doch sowieso nicht ernst«, hatte Josh gemeint und das hatte gutgetan. »Und außerdem, was soll's, die einen sind hetero, die anderen homo, so ist das Leben eben.«

»Darum geht es doch nicht«, hatte ich trotzdem versucht, das Problem noch mal zu erklären. »Es geht ums Wahrhaftig-Sein. Um … um Echtheit. Darum, dass niemand anders mich erfinden darf.«

Elli hatte genickt und zugestimmt und dann hatte sie etwas Merkwürdiges gesagt und deshalb machte ich mir an diesem Morgen noch zusätzliche Sorgen um sie.

»Wartet nur ab«, hatte sie gesagt. »Morgen werde ich mich selbst erfinden! Wartet es nur ab …«

In diesem Augenblick kam sie hereingerauscht – und das war wirklich ein Auftritt! Elli hatte ihre Haare zu Häschenohren hochgebunden. Und sie hatte sich ein kleines Schnäuzchen auf die Nasenspitze gemalt.

Ich suchte nach Worten und fand keine.

»Notwehr«, zischte sie mit zusammengekniffenen Lippen. »Ich habe es doch gesagt: Ich lasse mich nicht erfinden, ich erfinde mich schon selbst.«

Jasper glotzte sie mit offenem Mund an.

»Sollen wir jetzt etwa noch öffentlich knutschen, aus Notwehr?«, fragte ich leise zurück.

Aber in Wahrheit bewunderte ich Elli zutiefst. Sie tauchte ab, wenn sie nicht mehr weiterwusste, doch ebenso schnell tauchte sie wieder auf und kämpfte.

»Nur in der allergrößten Not«, gab sie zurück und grinste. »Bist du fit for fun?«

»Meinst du für unser Referat?«

Sie nickte. »Yes, Baby. Jetzt zeigen wir den Idioten mal echte Frauenpower.«

Ich musste lachen, weil ihre Ohren wackelten. »Du kommst mir vor wie ein Pokémon. Völlig irreal.«

»Danke. Bin aber echt.« Sie zwickte mich.

»Au!«

»Siehst du. Völlig real.« Sie holte ihre Stichwortkarten für das Referat aus dem Rucksack. »Freitagabend übernachte ich übrigens in der Schule.«

»Wieso das denn?«

»Na, mit der Theatertruppe. Wir schlafen im Musikraum. Auf Isomatten. Wir proben bis spätabends, dann schauen wir den Film

›My Fair Lady‹ an und dann proben wir am Samstagvormittag gleich weiter. Nach den Pfingstferien sind ja schon bald die Aufführungen.«

»Und was, wenn bei der Probe auch der Verrückte ist, den wir suchen? Ich könnte mich da nicht entspannen.«

»Ja, so richtig prickelnd finde ich das auch nicht«, meinte Elli. »Deswegen wollte ich dich auch fragen, ob du nicht vielleicht doch mitmachen willst. Dann wären wir wenigstens zu zweit. Könntest du nicht als Maskenbildnerin oder so einsteigen?«

»Ich kann nicht so gut Lidstriche ziehen wie du«, wehrte ich ab.

Aber insgeheim fand ich die Idee gar nicht so übel. Mein Arm, über den Ben gestreichelt hatte, kribbelte immer noch … und vielleicht würde Ben ja auch wieder bei der Probe sein!

»Na gut«, sagte ich also. »Wir können die Bause ja mal fragen.«

»Marie, du bist eine echte Freundin«, sagte Elli und legte die Karteikarten auf den Tisch. »So, von mir aus kann es losgehen.«

Der Bachmann kam herein wie aufs Stichwort. Allerdings schaute er finster vor sich hin. Irgendwas stimmte schon wieder nicht mit ihm. Das konnte ja was werden! Ausgerechnet heute, wenn wir unser Referat hielten, hatte er schlechte Laune!

Wir gaben dem Bachmann unseren USB-Stick, denn obwohl er gesagt hatte, dass wir keine große Präsentation vorbereiten sollten, wollten wir natürlich doch unsere Bilder zeigen. Und am Ende Bens Comic. Der Bachmann schaute Elli mit ihrer Hasenfrisur kurz irritiert an, dann lud er schweigend unsere Präsentation. Und dann gongte es.

»Also, Frankenstein«, begann der Bachmann schließlich und wir wollten schon aufstehen und nach vorn gehen, aber er winkte uns zu, uns wieder zu setzen. »Frankenstein muss noch etwas warten. Vorher möchte ich Folgendes erzählen.«

Er strich sich über seinen Dreitagebart und blickte ernst in die

Runde. Dann suchte er etwas auf seinem Handy und hielt es demonstrativ hoch.

»Ich habe da eine Bildergalerie geschickt bekommen, die mich, gelinde gesagt, etwas irritiert. Als Absender lese ich ›the_true_frankenstein111‹. Kennt den Account vielleicht jemand?«

Wieder wanderte sein durchdringender Blick durch die Reihen. Elli und mich schaute er nicht an und mir schwante Schlimmstes.

Josh sah fragend zu mir rüber. »Hä?«

Ich zuckte die Schultern, denn ich hatte ja auch keine Ahnung, was jetzt kommen würde.

»Es sind ... wie soll ich sagen, leicht bekleidete Schülerinnen AUS DIESER KLASSE auf den Fotos zu sehen, außerdem Spargel mit obszönen Anspielungen«, fuhr der Bachmann fort. »Deshalb möchte ich eins klarstellen: So was schickt man nicht herum. Das ist Pornografie.«

»Spargel ist Porno?«, fragte Pia und guckte ganz schuldbewusst.

Klar, an welches Foto sie dachte, und vielleicht hatte sie auch gesehen, mit welch doofem Motto es mittlerweile kursierte.

»Nein, an den Spargel dachte ich dabei gerade nicht. Ich kann mir auch nicht erklären, warum manche Schülerinnen«, der Bachmann schaute uns immer noch nicht an, »ihre sexuellen Vorlieben öffentlich im Internet zur Schau stellen, aber so ist es nun mal, und jetzt ist das alles bei mir gelandet.«

Ich wollte etwas sagen, aber meine Kehle war wie zugeschnürt. Elli scharrte unruhig mit den Füßen. Das war so unfassbar gemein.

SEXUELLE VORLIEBEN!

Musste ich mich jetzt auch noch vorm Bachmann rechtfertigen, obwohl ich doch wirklich überhaupt nichts damit zu tun hatte? Ich sah, wie Elli gerade Luft holte und Anlauf nahm, doch da ging die Tür auf, und der Öckenberger kam herein, wie immer ohne anzuklopfen.

»Na, funktioniert das Smartboard heute?«, fragte er ohne Begrüßung. »Ich habe gehört, Sie hatten damit Probleme?«

Der Bachmann lief tiefrot an. Wahrscheinlich überlegte er, wer dem Direktor seinen Wutausbruch beim Golem-Referat gesteckt hatte, und auch, dass er dabei ganz schön über die Smartboards hergezogen hatte.

»Alles in bester Ordnung«, würgte er hervor.

Er tat mir richtig leid.

»Gut, gut«, fuhr der Öckenberger fort, »die Zeiten ändern sich und wir uns mit ihnen, nicht wahr? Ich habe den Eindruck, dass nicht jeder die Vorzüge dieses Geräts erkennt. Sie wissen, dass Sie sogar vom Handy aus etwas an die Wand werfen können?« Er deutete auf das Smartphone in Bachmanns Hand.

»Äh – nein«, gab der überrumpelt zurück. »Vom Handy aus?«

»Geben Sie mal her«, sagte der Öckenberger und nahm ihm das Gerät ab. »Oben runterziehen und dann auf Bluetooth klicken, so, jetzt ist Bluetooth aktiviert und schon hat das Handy die Verbindung hergestellt …« Das Smartboard wurde hell, und ein kurzer Werbefilm startete, in dem es um Frankensteinführungen in Ingolstadt ging, die jeden Samstagabend stattfanden.

»Gehört das schon zum Referat der Ladys?«, fragte Tim.

»Nein, das ist der Werbeblock, du Ei«, fuhr Elli ihn an.

»Passt aber wieder erstaunlich gut«, murmelte ich beunruhigt und musste an Joshs Worte denken. Und daran, dass in den vergangenen Tagen so viel Seltsames passiert war.

»Das können wir in zwei Sekunden überspringen«, sagte der Öckenberger eifrig, »sehen Sie, so – jetzt. Alles ganz einfach.«

Er klickte weiter, die Werbung brach ab und auf dem Smartboard erschien ein Foto. Die ganze Klasse hielt den Atem an.

Unter einem Apfelbaum sitzen zwei Mädchen. Sie küssen sich und gehen sich an die Wäsche.

Und diese zwei Mädchen sind natürlich Elli und ich, und das Foto war natürlich DAS Foto.

Jemand in der Klasse schrie spitz auf. Niko und Leon pfiffen, bis sich peinliches Gelächter ausbreitete. Mir stand der kalte Schweiß auf der Stirn und meine Knie waren weich wie Butter. Elli neben mir war knallrot geworden vor Wut und ballte die Fäuste.

»Was – äh – was haben Sie denn da auf Ihrem Smartphone, Kollege?«

Der Öckenberger war beinahe so blass wie seine weißen Haare und blinzelte nervös.

»Porno«, flüsterte Yun, aber weil es totenstill geworden war, hörte es jeder. »Und Spargel.«

Wieder wieherten einige los, aber der Öckenberger schrie plötzlich: »Das ist kein Spaß!«

Alle zuckten zusammen.

Der Bachmann schaute völlig entgeistert vom Smartboard zum Direktor und zu Yun. »Äh – das kann ich erklären, es ist so …«

»Ruhe.« Der Öckenberger fixierte Elli und mich und glich uns mit dem Foto auf dem Smartboard ab. »Das sind ja … wie soll ich sagen, Sie haben da ja Ihre eigenen Schülerinnen in … nun ja, prekärer Stellung aufgenommen.«

Ich wollte nur noch im Boden versinken. Hörte das denn nie mehr auf? Elli räusperte sich, aber der Öckenberger ließ sie nicht zu Wort kommen.

»Ruhe.«

»Ich habe überhaupt nichts aufgenommen«, sagte der Bachmann und wischte sich die Stirn. Jeder konnte hören, dass er sich nur mit Mühe beherrschen konnte. »Wir wollten gerade genau dieses Foto besprechen, aber ohne dass ich es an die Wand beame und ohne dass ich Schülerinnen damit bloßstelle.«

Er warf Elli und mir einen raschen Blick zu.

»Bloßstellen?« Der Öckenberger fuhr sich durchs zerzauste Haar und schwieg.

Stille.

Niemand traute sich, etwas zu sagen.

»Und jetzt«, fuhr der Bachmann endlich fort, »würde ich gern mit meinem Unterricht weitermachen. Oder brauchen Sie mich noch?«

Da schien der Öckenberger einen Entschluss zu fassen und richtete sich zu seiner vollen Größe auf: »Äh – Kollege, verstehen Sie mich nicht falsch, aber darf ich Ihr Handy mal kurz behalten?«

»Behalten?«

»Oder wollen Sie bitte gleich mal mitkommen?«

»Mitkommen?«

In diesem Moment meldete sich Ben und sagte, ohne aufgerufen zu werden: »Entschuldigung, aber Herr Bachmann wollte uns wirklich gerade etwas an diesem Foto demonstrieren.«

Der Öckenberger musterte ihn, als käme er von einem anderen Stern. »Ben, das ist sehr nett, dass Sie sich einmischen, aber in diesem Fall nicht nötig. Das klären wir von Mensch zu Mensch.«

Ich wunderte mich kurz, dass der Rektor Ben mit Namen kannte, aber dann hatte ich keine Zeit mehr, mich zu wundern, denn der Öckenberger führte den Bachmann regelrecht ab.

»Was haben Sie denn«, protestierte der Bachmann, »hören Sie doch mal zu, was ich sage …«

»Besitz von kinderpornografischem Material ist strafbar«, murmelte Elli neben mir. »Scheiße.«

Was? Würde jetzt am Ende meinem Lieblingslehrer ein Strick daraus gedreht werden? Obwohl ihm das Foto nur zugespielt worden war? Ich spürte, wie mir die Tränen in die Augen stiegen. Ich war so unendlich wütend!

»Er hat die Fotos doch nur geschickt bekommen«, krächzte ich.

»Die Frage ist aber, ob der Öckenberger ihm das glaubt«, murmelte Elli düster.

HILFE! Das durfte doch alles nicht wahr sein!

»Kinder«, sagte der Öckenberger, »Sie haben nichts gesehen und vergessen dieses obszöne Bild wieder. Ich werde mich mit dem Kollegen zurückziehen. Das – äh – hat gar nichts zu bedeuten, es ist nur meine Pflicht. Es wird gleich eine Vertretung erscheinen.«

Er nickte uns zu und führte den Bachmann am Ellenbogen ab. In der anderen Hand hielt er dessen Handy wie eine Jagdtrophäe.

»Lassen Sie das«, hörten wir den Bachmann fassungslos protestieren. »Da haben Sie etwas gründlich missverstanden, und es ist überhaupt kein Problem, es Ihnen zu erläutern, gern vor der ganzen Klasse …«

Die beiden verschwanden auf dem Gang. Die Tür ließen sie offen stehen und wir hörten noch ewig die Stimme vom Bachmann. Sie klang immer hilfloser.

Einen Augenblick lang waren alle still. Ich glaube, keiner hatte so recht verstanden, was gerade passiert war. Da begann Elif zu weinen. Ninja nahm sie in den Arm. Auch mir liefen die Tränen die Wangen hinunter, wütend wischte ich sie weg.

Die spinnen doch alle!

»Alter, das war 'ne krasse Vorstellung«, murmelte Marc.

Josh stand auf und schaute auf den Gang raus. »Das ist echt Pech. Musste der Öckenberger denn gerade jetzt reinkommen!«

»Was ist eigentlich mit unserer Klasse los?«, fragte ich tonlos. »Was soll das alles? Hört das nie auf?«

Elli richtete sich neben mir auf. »He, Leute, welches Arschloch dieses Lügenfoto gefakt hat, soll sich jetzt endlich melden! Und wer es dem Bachmann geschickt hat, noch dazu! Verdammt, einer muss runtergehen ins Direktorat und ihn raushauen, das kostet ihn sonst noch seine Stelle!«

»Pff«, machte Leon, aber selbst er machte ein betroffenes Gesicht. »Ich hab's dem Bachmann nicht geschickt.«

»Und ich hab es nicht gefakt«, sagte Jasper.

»Wenn es überhaupt ein Fake ist«, setzte Ninja nach. »Ich lass mich doch von dir nicht anfiesen!«

Elif schluchzte noch einmal auf, aber dann kam, wie angekündigt, eine Vertretungslehrerin, und die tat so, als würde sie nicht bemerken, dass die ganze Klasse völlig durcheinander war.

#

Als es zur Pause gongte, waren immer noch alle wie vor den Kopf geschlagen.

»Was passiert wohl morgen?«, fragte Elli bitter. »Jeden Tag ein neuer Schock.«

»Und warum passiert so was überhaupt?«, murmelte ich. »Wir haben uns doch eigentlich so gut verstanden in der Klasse. Es war doch alles ganz normal.«

»Jetzt gehen wenigstens wir zwei runter ins Sekretariat und versuchen, mit dem Öckenberger zu sprechen«, sagte Elli bestimmt. »Es ist unser Foto. Und wir müssen erklären, warum der Bachmann nichts damit zu tun hat.«

»Aber erst musst du die Hasenohren rausmachen«, bat ich.

»Scheiße, die habe ich ja immer noch drin!« Hastig zog Elli die Haargummis heraus und schüttelte ihren Kopf hin und her. Dann wischte sie sich mit dem Handrücken über die Nase. »Besser?«

»Definitiv«, sagte ich.

Wir hasteten zur Treppe.

»Wartet!« Josh war uns gefolgt. »Wollt ihr zum Öckenberger? Ich komme mit.«

»Je mehr, desto besser«, sagte Elli. »Los.«

Ich schaute mich schnell um, ob vielleicht auch Ben mitgehen wollte, aber der war schon raus.

»Was schätzt ihr«, fragte Josh und senkte die Stimme, als wir an ein paar anderen vorbeikamen. »Ist der neue Frankenstein derselbe wie der alte?«

»Ich würde sagen, ein Nachmacher«, mutmaßte ich. »Warum sollte Frankenstein99 seinen Usernamen ändern?«

»Um sein wahres Wesen zu verschleiern«, grunzte Elli. »Aber bevor wir Frankenstein fangen, müssen wir erst mal sein Opfer retten.«

Wir eilten entschlossen die Treppe runter und nahmen den Gang zum Direktorat.

»Dann hätte er sich aber jetzt Pumuckl oder so nennen müssen …« Josh ließ nicht locker. »Von Frankenstein99 auf Frankenstein111 ist es kein wahnsinnig großer Unterschied.«

»Keine Ahnung«, sagte ich und versuchte, ihn einzuholen. »Ben hat übrigens doch ein Handy, hast du gesehen, Josh? Er hatte es die ganze Zeit in der Hand.«

Josh nickte. »Aber das ist doch auch komisch, oder?«

»Wieso denn das jetzt schon wieder?«, fragte ich genervt.

»Na, das kommt doch wie aufs Stichwort.«

»Mann, du bist aber schwer zufriedenzustellen.«

Wir schlängelten uns durch einige Grüppchen von Schülern, die auf dem Gang herumstanden.

»Es kommt so viel wie aufs Stichwort«, sagte Josh. »Ist euch aufgefallen, dass die Werbung auf dem Smartboard schon wieder genau auf uns zugeschnitten war? Genau wie bei Pia und dem Maikönigin-Wettbewerb. Heute eben Frankenstein, weil wir zwei Frankenstein-Expertinnen unter uns haben, die heute eigentlich ein Referat halten sollten. Oder natürlich einen, der sich als Frankenstein ausgibt!«

Elli lachte trocken. »Du bist ja genauso ein Verschwörungstheoretiker wie ich.«

»Ich beginne, alles zu glauben«, sagte ich leise. Und das war kein gutes Gefühl. Alles kam mir plötzlich verdächtig vor. Niemandem konnte man mehr vertrauen. Nicht mehr meinem Handy. Und jetzt nicht mal mehr der Schule.

Wir standen vor dem Sekretariat.

»Sollen wir klopfen?«, fragte ich unsicher.

Elli atmete tief durch. »Hoffentlich nimmt er uns ernst, vielleicht denkt er ja wirklich, wir hätten was mit dem Bachmann.«

»Igitt«, sagte ich. »So was denkt man besser gar nicht erst.«

»Ich komme natürlich mit rein«, meinte Josh. »Als Unparteiischer.«

Doch der Öckenberger war nicht in seinem Büro und die Wandinger hatte ihn auch nicht gesehen.

»Mist!«, knurrte Elli. »Am Ende ruft er schon die Polizei.«

Unschlüssig traten wir wieder raus auf den Gang, aber bevor wir überlegen konnten, was wir jetzt tun sollten, kam uns der Rektor entgegen – in Begleitung von Ben.

Ben war uns zuvorgekommen! Er war wirklich schnell. Sicher hatte er schon alles aufklären können. Ich spürte eine warme Welle der Liebe in mir aufsteigen. Ben, mein Ben!

»… sonst kommt der Kollege Bachmann in Teufels Küche«, hörten wir den Öckenberger sagen.

»In Teufels Küche«, wiederholte Ben. Sie blieben ein paar Meter von uns entfernt stehen.

Wir schauten uns unschlüssig an, dann näherten wir uns ihnen langsam. Ben sollte merken, dass er Unterstützung hatte. Doch da hörten wir den Öckenberger etwas sehr, sehr Merkwürdiges sagen.

Instinktiv hielten wir inne.

Und dann lauschten wir.

»Es ist ja jetzt schon Halbzeit«, sagte der Öckenberger und legte seinen Arm väterlich um Ben.

Halbzeit?

Wir wechselten einen erstaunten Blick. Aber Ben war offenbar genauso erstaunt wie wir.

»Halbzeit?«, wiederholte er überrascht. »Was soll das heißen?«

»Na ja«, sagte der Öckenberger, »zehn Tage sind ja nun schon rum von deinem Einsatz. Sei also so gut und hilf mir, das ist doch ein einfacher Fall für dich. Du hast doch sicher etwas mitbekommen, woher diese pornografischen Fotos stammen, oder? So was lässt sich doch herausfinden. Ich würde den Kollegen gern entlasten.«

Ben schaute ihn unverwandt an. »Halbzeit? Was passiert nach ZWANZIG Tagen?«

In diesem Moment fuhr der Öckenberger herum und fixierte uns: »Was – was wollt denn ihr hier?«

»Es geht um Herrn Bachmann«, sagte Elli schnell.

Ben nickte uns zu. »Darüber sprechen wir auch gerade.«

»Ja?«, fragte der Öckenberger und sah plötzlich sehr wütend aus. »Was könnt ihr dazu denn bitte beitragen? Ihr seid doch die – die Nämlichen.«

»Also, es ist nicht so, wie Sie denken«, stammelte ich und wechselte einen Blick mit Ben.

»Nein?«, fragte der Öckenberger.

»Nein! Es ist – also, es ist so, dass jemand dieses Bild von Marie und mir gefakt hat, und irgendjemand anders hat es dann Herrn Bachmann geschickt, um uns zu ärgern«, erklärte Elli.

Der Öckenberger zog die Augenbrauen hoch. »Hört euch doch mal selbst zu. Das klingt doch wie ein Märchen. Dabei seid ihr in der zehnten Klasse!«

»Ich kann das bestätigen«, mischte Josh sich ein. »Das Bild ist nicht echt.«

»Darum geht es leider gar nicht«, sagte der Öckenberger. »Solche Fotos mögen ja bearbeitet sein, damit sie noch, äh … – reizvoller sind, aber das entschuldigt gar nichts. Die Sache ist für den Kollegen sehr, sehr ernst.«

»Aber deshalb wollen wir ja alles aufklären«, rief Elli verzweifelt.

»Schreien Sie mich bitte nicht an«, unterbrach der Öckenberger sie unwirsch. »Wenn es um die Aufklärung geht, dann werden wir Sie gern als Zeugen anhören. Aber, ehrlich gesagt, finde ich es unwürdig, dass Sie überhaupt herkommen, um den Kollegen zu verteidigen. Wer solche Bilder von sich ins Netz stellt, bearbeitet oder nicht, der muss ganz still sein.«

»Verdammt noch mal, wir haben dieses Foto nicht ins Netz gestellt!«, schrie Elli.

Der Öckenberger zuckte zurück. »Es geht nicht darum, ob Sie das ins Netz gestellt haben oder nicht, es geht darum, was der Kollege auf seinem Smartphone hat«, zischte er und stierte uns durch seine Hornbrille an.

»Würden Sie auch gern so etwas auf dem Smartphone haben?«, meldete sich nun Ben wieder zu Wort.

Ich hielt die Luft an. Ob es klug war, den Öckenberger auch noch zu provozieren?

Eine Sekunde lang waren alle still.

Dann drehte der Öckenberger sich wutschnaubend um und ging in sein Büro. Über die Schulter rief er: »Du bist mir wirklich keine Hilfe, Ben.«

Hä?!

WAS BEDEUTETE DAS?!?

Den Rest des Vormittags waren wir hauptsächlich geschockt. Und zu den ganzen Fragen in meinem Kopf kam jetzt auch noch das, was der Öckenberger gesagt hatte. Dass jetzt HALBZEIT war. Dass er sich doch irgendwie für den Bachmann EINSETZEN könnte. Oder hatte der Öckenberger von einem EINSATZ gesprochen? Und dass das ein FALL für Ben sei? Da hatte ich doch sicher etwas falsch verstanden, oder?

AN: Sokrates59@gmail.com
Betreff: Foto

Lieber Sokrates,

danke, dass du dich gleich gemeldet hat – trotz Zeitverschiebung. Ich habe dem Bachmann immer vertraut, er ist ja länger an der Schule als ich und hat mir schon oft geholfen.
Und jetzt das.
Seine Ausrede ist doch lachhaft!
Ich habe mir die Fotos angeschaut, eins schicke ich dir mal mit (siehe Anhang). Die Starkgeschminkte war heute mit so einer Art Häschenfrisur im Unterricht. Das Bild hat schon fast Playboy-Niveau. Da wird mir jetzt noch ganz heiß, wenn ich dran denke. So was schaut sich der Bachmann an!
Es gab noch andere Fotos von den Mädchen, auch unverfängliche, eins vor einem Flieder, eins mit wilder Frisur. Die brauche ich dir nicht zu schicken, aber meine Frage an dich ist: Darf ein Lehrer solche Fotos von seinen Schülerinnen auf seinem Handy haben? Ich brauche deinen Rat!

Salute, Amice!
Michi

Nach der Schule fuhr ich nicht direkt nach Hause, sondern holte mir einen Schülerdöner. Echter Luxus.

Simon und Josh waren allerdings nicht da.

Schade.

Ich setzte mich auf die Stufen vor dem Stadttheater am Viktualienmarkt und fühlte mich vor allem überfordert. Einige Tauben pickten Brösel vor meinen Füßen auf. Bei den Buden gegenüber stellten sie Bierbänke auf, sicher für morgen, denn da war ja Feiertag. Christi Himmelfahrt. Oder Vatertag.

Mein Handy zirpte pausenlos.

Elif: Ich fass es nicht, der Arme! ☹

Ninja: Es reicht, den ganzen Heimweg zu heulen.

Elif: Aber das ist doch total krass. Wenn dir das passieren würde!

Niko: Was, wenn der Bachmann wirklich diese Fotos auf seinem Handy hatte. Und noch mehr?

Leon: Der ist doch selbst schuld. Und uns wollte er ein schlechtes Gewissen machen!

Pia: Wieso ist Spargel eigentlich Porno?

Jasper: Ich kann es dir zeigen, wenn du willst. 😜

Niko: Die beiden Ladys sind so still. Vielleicht haben die dem Bachmann ja selbst ihr Lesbenfoto geschickt. Hallo? Ladys?

Josh: Lass sie in Ruhe, die haben damit nichts zu tun.

Niko: Frauenversteher, oder was?

Ich könnte platzen vor Wut. Aber egal, was ich schreiben würde, es hätte sowieso keinen Zweck. Da sah ich, dass Elli geantwortet hatte.

Elli: Ihr Schweine, ihr checkt es echt nicht, oder? Irgendjemand hat den armen Bachmann reingeritten.

Elif: Am Ende war es einer aus der Klasse. 🙄

Josh: Na logisch, wer sonst? Wer's war, soll es zugeben, ganz einfach.

Alina: Meine Mutter sagt, sie geht in die Sprechstunde, wenn sich das nicht klärt. Wir glauben dem Bachmann. ☹

Niko: Schon. Aber kann doch sein, dass er trotzdem noch andere Nacktfotos hat.

Elif: Oh Gott. 😨 😨 😨

Pia: Scheiße.

Ninja: Hoffentlich nicht von mir. Voll eklig.

Elli: Hört endlich auf, der Bachmann ist doch immer korrekt gewesen!

Niko: Du solltest besser still sein. Von dir hat ja jeder ein Nacktfoto.

Elli: Halt's Maul. Es ist ein FAKE!!!

Das brachte doch alles nichts. Sie glaubten, was sie wollten. Und was sie glaubten, machte alles nur noch schlimmer. Sie glaubten einem Bild mehr als einem Menschen. Mein Kopf war ganz leer. Wenn ich die Augen schloss, sah ich immer nur den Bachmann vor mir. Und den Öckenberger. Und Ben.

Und da war sie wieder, schon wieder, diese Frage, was das für eine seltsame Szene gewesen war, vorhin, im Gang vor dem Sekretariat.

Der Öckenberger hatte ganz eindeutig gesagt, jetzt sei HALBZEIT. Und so etwas wäre doch ein FALL für Ben und seinen EINSATZ. Hatte Ben irgendwelche Sonderaufgaben? War er vielleicht besonders gut ausgebildet als Streitschlichter oder Mediator oder so? Er fand ja wirklich immer ein freundliches Wort, wenn Streit war, oder? Verschwand Ben deswegen nach der Schule noch irgendwohin? Aber hätte er uns dann nicht davon erzählen können?

HALBZEIT.

Ben hatte so erstaunt geschaut, als habe er bisher auch nichts von der Halbzeit gewusst. Würde Ben in zehn Tagen die Schule etwa schon wieder verlassen?

Bitte nicht!

Aus meinem Hinterkopf heraus hörte ich zu allem Überfluss auch noch Joshs Stimme, wie er sagte, dass Ben vielleicht eine Hirn-Chat-Schnittstelle habe, weil er angeblich immer sofort antwortete, ohne sein Handy zu zücken.

Mein eigenes Handy zirpte immer weiter. Ich hatte Angst, die Rosen zur Seite zu wischen. Wer konnte schon wissen, was ich jetzt schon wieder zu lesen bekam! Das Ding war eine Frustrationsmaschine geworden. Und vielleicht las ein Monster mit …

Schon wieder dreizehn beschissene neue Nachrichten. Aber eine Nachricht war von Ben.

An mich direkt.

Liebe Marie! Jetzt endlich! Ich habe Zeit. Und ich würde gern dein Angebot annehmen und mich von dir durch Ingolstadt führen lassen. Denn ich bin neugierig darauf, wie es sich hier so lebt.
See U, dein Ben

Wow! Vorgestern wäre ich in die Luft gesprungen und hätte für den Rest des Tages über den Dächern der Stadt geschwebt. Aber heute?

Ich starrte auf die Nachricht und merkte, dass etwas anders war als sonst. Zum ersten Mal freute ich mich nicht darüber. Oder, na gut, vielleicht ein bisschen. Aber ich freute mich mit Vorbehalt. Ich fürchtete mich eben auch. All diese Fragen ohne Antworten in meinem Kopf, all diese Zufälle und Seltsamkeiten. Hatte Ben am Ende doch etwas damit zu tun? Ich fühlte mich mal wieder ni fu ni fa.

Und dann gab es noch diese Stimme in mir, die ich bisher gar nicht gekannt hatte, die mir nahelegte, mal Ben und Josh zu vergleichen, und die mir zuraunte, dass man mit Josh ja sehr gut lachen konnte – wann hatte ich denn mit Ben gelacht? Ich verscheuchte diese Stimme schnell.

Ich las Bens Text noch einmal und beschloss, mit dem Grübeln aufzuhören. Und als ich das beschlossen hatte, fing ich doch noch leicht zu schweben an. Mit Vorbehalt, aber immerhin.

Lieber Ben! Super! Ich kann sofort. ☺

Klang das zu willig? Man sollte doch Jungs immer hinhalten, oder?

Ben antwortete wie immer prompt: Morgen? Um 10 Uhr? Das ist besser.
Ich: Super! Ja! Wie nett! 😄😄😄 Wo treffen wir uns?
Ben: Hinter der Schule? Ausgang Pestalozzi-Straße?
Ich: Ich werde da sein!

Ich würde da sein. Ich würde da sein, wo ich schon seit Tagen sein wollte. An Bens Seite. Und vielleicht würde ich herausfinden, warum er so komisch geschaut hatte, als der Öckenberger was von Halbzeit gesagt hatte, und vielleicht würde sich dann jeder Vorbehalt in Luft auflösen ... Morgen war der 21. Mai. VATERTAG. Würden wir eines fernen Tages dastehen und lachen und sagen: Am Vatertag sind wir zusammengekommen, weißt du noch ...?!

Ich weiß, es klingt kindisch, was ich da alles aufschreibe, und es ist mir auch ein wenig peinlich, dass ich mir gleich solche Gedanken machte, bloß weil sich ein männliches Wesen mit mir treffen wollte, das sich freute, dass ich heterosexuell bin.

Aber ich will die ganze Geschichte erzählen und irgendwie gehört das dann auch dazu. Der ganze Kinderkram. Nicht nur das Brutale. Im Leben ist es doch am spannendsten, wenn alles durcheinandergeht, oder?

Ab jetzt geht es auf alle Fälle so was von durcheinander. Der Strudel dreht sich schneller und immer schneller.

Ich schwebte also – mit leichtem Vorbehalt – zum Mülleimer, warf die Serviette weg, tanzte im Dieselduft eines Lastwagens und flatterte mit meinem Fahrrad nach Hause. Klingt das nicht wie ein romantisches Gedicht?

Na gut, ich muss wohl noch üben.

#

Als ich zu Hause ankam, stand mein Vater vor der Garage und winkte. Ich winkte zurück. Ich winkte, aber mein Vater schien mich nicht zu bemerken.

»Paps?«, sagte ich daher zaghaft, denn er sah fast ein wenig besessen aus, wie er vor der Garage stand und vor sich hin winkte.

»Oh, meine Kleine«, murmelte er geistesabwesend und winkte weiter.

»Äh – wem winkst du denn da?«, fragte ich vorsichtig. Es reichte ja, wenn Ellis Mama in die Klinik musste.

»Dem Winkassistenten. Ich muss ihn auf mich einstellen.«

»Dem was?«

»Na, siehst du die Sensoren hier?« Jetzt fielen mir zwei kleine Sensoren an der Garagenwand auf. »Sie müssen auf meine Handzeichen programmiert werden. Nach oben heißt: Garagentür auf. So. Hallo?«

Er winkte schon wieder ins Leere und es sah total schräg aus.

»Jetzt«, sagte er zufrieden, »hast du es gesehen?«

»Nein«, erwiderte ich, »was hätte ich sehen sollen?«

»Der eine Sensor hat ganz kurz aufgeblinkt. Das heißt, er hat mein Botschaft empfangen.«

»Aha.«

Mein Vater war mir unglaublich peinlich. Obwohl gerade niemand in der Nähe war, vor dem ich mich hätte schämen können. Ich ging zum Haus. Die Fliederblüten lagen wie Schnee auf dem Weg neben der Terrasse, an der Hecke wuchsen einige Pusteblumen.

»Es ist übrigens wieder was für dich gekommen«, rief mein Vater mir nach. »Ich habe das Päckchen auf die Fensterbank gelegt.«

Ich nickte und schloss die Haustür auf.

Es waren zwei Ingolstadt-Führer.

Hm. Ich starrte sie an. Sie kamen wieder mal wie gerufen. Wenn Ben Fragen hatte, die ich nicht beantworten konnte, würde ich hier nachlesen können. Eigentlich wirklich cool. Ich wog die Reiseführer in der Hand. Ein Reiseführer ist kein Zunder. Nicht so wie bei Niko. Aber der smarte Lieferservice musste ja irgendwie mitbekommen haben, dass ich eine Stadtführung plante. Vielleicht war er darauf gekommen, weil ich ungewöhnlich viele Ingolstadt-Fotos gemacht hatte?

War das nun unheimlich oder nicht? Hatte es etwas mit unserer verrückten Klasse zu tun oder nicht? Meine Güte, sah ich schon Gespenster?

Ich würde sie behalten, die beiden Bücher.

»Was ist eigentlich aus dem Foto geworden?«, fragte meine Mutter wie nebenbei, bevor ich in meinem Zimmer verschwinden konnte.

»Foto?«, gab ich erschrocken zurück.

Hatten meine Eltern am Ende unser Foto auch bekommen? DAS Foto?

Sie lächelte über mein Gesicht. »Na, das Foto vor dem Flieder, das ich von dir schießen musste.«

»Ach so, das.« Ich atmete auf. Meine Mutter war meilenweit hinterher.

Sie ließ nicht locker. »Also hat sich noch nichts ergeben, was erzählenswert wäre?«

»Ergeben?«

»ER hat sich noch nicht ergeben?«

»Ach, Mama, so einfach ist das nicht.«

»Entschuldigung, ich war nur neugierig.«

»Hast du schon Papas neuen Winkassistenten kennengelernt?«, fragte ich, um sie abzulenken.

»Der soll ganz praktisch sein«, meinte sie und lachte. »Ab morgen ist er im Einsatz. Dann musst du ihn auch benutzen, wenn du dein Fahrrad in die Garage stellen willst.«

Im Einsatz.

Da war es wieder, dieses Wort. Ich zückte doch noch einmal mein Handy.

Elli? Ich will wissen, welchen EINSATZ Ben hat. Irgendwelche Ideen? 😎

Mist, sie war offline. Sie ist ziemlich konsequent.

DONNERSTAG, 21. MAI

Heute ist es so weit!

Mit diesem Gedanken im Kopf wachte ich früh auf, viel zu früh, schon um 6 Uhr 29.

Heute! Endlich!

Ich sah Bens Augen vor mir, sie lächelten mich an. Draußen schrien die Vögel. Einer klang wie ein Klingelton. Ich habe mal gelesen, dass Stare Klingeltöne nachmachen können. Sie quietschen wie eine rostige Tür oder ahmen Handys nach, denn sie denken, das wäre der Pfiff eines Konkurrenten, den es auszuschalten gilt. Vögel singen ja nicht, weil es schön ist. Sie singen sich ihr Revier herbei oder verteidigen es mit voller Lautstärke.

Schade eigentlich.

Keine Romantik.

Ich ärgere mich immer, wenn ich eigentlich ausschlafen könnte, aber trotzdem früh aufwache. Wer steht denn schon an einem Feiertag um halb sieben auf?! Kein Mensch.

WIR WERDEN UNS SEHEN.

IN WENIGEN STUNDEN.

Mann, war ich aufgeregt! Es war nur eine Stadtführung, sagte ich mir selbst. Einmal durch Ingolstadt und zurück. Aber am Ende des Tages würde ich mehr wissen.

EINSATZ. HALBZEIT.

EIN FALL FÜR BEN.

Ein Fall für mich?

#

9:51 Uhr.

Ich war natürlich viel zu früh da. Ich stieg ab und schob mein Fahrrad, damit es nicht wirkte, als könnte ich es kaum erwarten. Es war windig heute, aber nicht kalt. Wolken segelten über den Himmel. Noch sah es nicht nach Regen aus. Ich hatte meine grüne Jacke an und die Zitronen-Ohrstecker drin, hatte ganz wenig Wimperntusche aufgelegt, nur so einen Hauch von Dunkel, und hatte mein Orangen-Deo dreimal um mich herumgesprüht, in der Hoffnung, es würde möglichst lange halten.

»Marie!«

»Ben!«

»Endlich! Es ist so schön, dass es endlich klappt.«

»Ja!«

»Was ich dir schon lange sagen wollte …«

»Ja?«

»Du bist so schön heute!«

»Du – auch!«

Wir küssen uns.

Würde es so werden, und alles wäre gut? Ich zog den Reißverschluss an meiner Jacke halb auf, sodass man meinen Sommerpulli darunter gut sehen konnte, holte tief Luft und schob mein Fahrrad in Richtung Schule. Ich war so aufgeregt, dass ich kaum atmen konnte.

Ben.

Ich würde am Hintereingang der Schule stehen, Ausgang Pestalozzi-Straße, in vier, nein, in drei Minuten, pünktlich auf die Sekunde, nicht zu früh und nicht zu spät, sondern genau pünktlich.

»Marie!«

»Ben!«

»Warum guckst du so geheimnisvoll?«
»Äh – ich wollte dich was fragen.«
»Was denn?«
»Bist du bei der Freiwilligen Feuerwehr?«
»Natürlich.«
»Wirklich?«
»Ich bin gern im Einsatz. Ich helfe gern!«
»Oh …«
»Wie kann ich dir helfen? Mit echter Romantik?«
Wir küssen uns.

Würde es so werden, und alles wäre gut? Und anschließend würde Ben uns beim Ermitteln helfen, und weil er so ein tolles Handy hatte, würde er auch ganz schnell aufdecken können, wer »the_true_frankenstein99« und »the_true_frankenstein111« waren …

Die Schule lag natürlich wie im Dornröschenschlaf. Es war ja Feiertag, wahrscheinlich würde Herr Gül, unser Hausmeister, heute nicht mal aufstehen. Ich bog um die Ecke der Turnhalle. Mittlerweile waren alle Bäume gepflanzt worden und jeder Stamm hatte eine Stütze bekommen. Jetzt hatten wir also sogar eine Baumschule. Ich musste grinsen. Wer wohl der Baumschullehrer war? Die alte Birke neben dem Halleneingang?

»Hallo, Marie, wer bin ich?«
»He, wer hält mir denn da die Augen zu?«
»Na?«
»Ist es Rumpelstilzchen?«
»Nein!«
»Ist es Big Ben?«
»Fast!«
»Bist DU es?«
»Ja!«
Er nimmt die Hände weg. Wir küssen uns.

Würde es so werden?

Wie ein Dieb schlich ich um die Schule, schob mein Fahrrad zweimal vorbei an den frisch gepflanzten Bäumchen auf der Wiese vor der Turnhalle, am Durchgang zur Bibliothek und dem Musikzimmer vorbei und danach den ganzen Weg wieder zurück. Ich schaute um die Ecke, ob Ben schon zu sehen war.

Nein.

Also machte ich noch einmal kehrt und schob eine Extra-Runde über den schweigenden Pausenhof, bis es wirklich und auf die Sekunde genau 10:00 Uhr war. Als ich wieder um die Ecke bog, stand Ben dort und schaute mir lächelnd entgegen. Hob die Hand und winkte.

Er war da.

Und ich war da.

Ich nahm meinen ganzen Mut zusammen und ging zu ihm.

»Marie!«

»Ben!«

»Endlich! Es ist so schön, dass es endlich klappt.«

»Äh – ja.«,

»Warum schaust du so geheimnisvoll?«

»Äh – äh – «

»Ja?«

Er sah mich durchdringend an. Fast wie in meinem Traum.

Müsste ich jetzt etwas tun?

»Äh – hast du dein Fahrrad dabei?«, fragte ich und fühlte mich völlig aus dem Konzept gebracht. »In Ingolstadt kommt man nicht weit ohne Rad.«

»Ach so«, sagte er. »Das wusste ich nicht. Jetzt bin ich zu Fuß da.«

»Kein Problem«, sagte ich schnell. »Ich kann ja schieben.«

Ich überlegte kurz. Wenn ich die ganze Zeit mein Rad neben mir herschob, würde das ziemlich nervig sein. Und … also, nur für den

Fall, für den FALL, dass wir uns … nun ja, näherkommen würden … Händchenhalten ging wahrscheinlich eher schlecht, wenn man mit der anderen Hand ein Rad schob.

»Oder ich schließe es einfach hier ans Geländer an«, sagte ich daher.

»Gut«, meinte er und schaute aufmerksam über meine Schulter, während ich mit zitternden Händen das Schloss durch die Speichen schob und die Zahlen verdrehte.

»Was schaust du?«

»Ich schaue dir gern zu«, sagte er.

»Oh.« Ich wurde rot und richtete mich wieder auf.

Er lächelte. Ich wusste nicht, was ich sagen sollte.

»Also«, sagte er schließlich. »Wo müssen wir zuerst hin?«

»Wo WILLST du denn zuerst hin?«, fragte ich zurück.

»Auf deinen Fotos war Verschiedenes zu sehen«, stellte er fest. »Ein steinerner Löwe. Bäume. Ein Haus aus Glas. Eine Mauer. Und ein Ort, den es nicht gibt, so hast du es geschrieben.«

Ich nickte. »Ja, und auch noch der Donausteg.«

»Die Brücke mit den Schlössern dran.«

»Genau.«

»Ich habe keine Ahnung, wo das alles sein könnte«, sagte er, hob den Kopf und schien zu lauschen. »Ich lass mich überraschen.«

»Dann müssen wir zuerst mal geradeaus«, sagte ich.

»Aha«, erwiderte er. »Nach Norden.«

»Richtung Donau«, nickte ich.

»Logisch«, sagte er und wir gingen los.

Nach Norden, Richtung Donau.

»Da kommen wir doch auch bald zum Luitpoldpark«, sagte er und drehte sich noch einmal zur Schule um.

»Genau«, sagte ich.

»Lass mich raten. Dort ist der Baum, den du fotografiert hast.«

»Nein«, erwiderte ich. »Da gibt's zwar auch Bäume, aber der, den ich meine, ist einen Park weiter.«

»Oha«, sagte er und lächelte. »Am Parkplatz?«

»Guter Witz.« Ich musste kichern.

»Ich folge dir«, sagte Ben. »Ich brauche deine Tipps.«

Er drehte sich einmal im Kreis und warf noch einmal einen forschenden Blick auf die Schule, die endlich hinter einer Hausecke verschwand.

Sollte ich denken: Wie seltsam er sich benimmt? Oder sollte ich denken: Autos fahren vorüber, Hunde werden Gassi geführt, ein Alter mit einer Einkaufstüte wackelt an uns vorbei – aber keiner merkt, dass dies ein ganz besonderer Moment ist?

Marie und Ben.

Ben und Marie.

Marie und Ben, endlich allein zusammen unterwegs …?

Ich entschied mich für das Zweite.

»Warte«, sagte ich nach einer Weile. »Wenn wir hier durch den kleinen Fußweg gehen, kommen wir als Erstes zu der Kirche, die ich fotografiert habe.«

»Kirche?«

»Na, die Glasfront, durch die man das Treppenhaus sehen kann.«

»Ach so, das ist eine Kirche.«

»Ja. Mehr noch, das ist MEINE Kirche. Dort bin ich getauft und konfirmiert worden.«

»Aha.«

»Bist du evangelisch?«, fragte ich.

»Bist du es denn?«, fragte er zurück.

»Wäre ich sonst konfirmiert worden?«, sagte ich und lachte.

»Stimmt«, antwortete er und lachte auch. »Wärst du wohl sonst nicht.«

»Bist du jetzt evangelisch?«, hakte ich noch mal nach.

»Wenn du es bist, bin ich es auch gern.«

»Was soll denn das heißen?«, fragte ich und musste noch mehr lachen. »Heißt das, wenn ich katholisch wäre, wärst du auch gern katholisch?«

»Ja, genau.«

»Und wenn ich eine Muslima wäre?«

»Wäre ich gern Moslem.«

Ich lachte laut und froh. Wenn das keine Liebeserklärung war!

»Aber ich bin evangelisch«, stellte ich schließlich klar.

»Dann bin ich auch gern evangelisch«, erwiderte er ganz ernst. »In Ingolstadt gibt es 138 000 Einwohner, die meisten sind allerdings katholisch.«

»Logisch«, meinte ich. »Wie überall in Südbayern.«

»Fünfzehn Prozent in Ingolstadt sind evangelisch«, fügte Ben hinzu. »Das macht rund 21 000.«

»Du und ich inklusive«, sagte ich.

»Ja«, nickte er. »Wir inklusive.«

»Du bist ja der reinste Taschenrechner.« Ich schaute ihn von der Seite an.

Er lächelte. »Sag mir, wenn es dich nervt.«

»Nein«, sagte ich schnell, »das nervt nicht.«

Sollte ich denken: Ist es verdächtig, wenn einer besonders gut rechnen kann? Oder sollte ich denken: Mann, wie cool, einen Jungen zu kennen, der mir in Mathe helfen kann?

Wir standen vor der spiegelnden Glasfront der Kirche, in der ich vor einem Jahr konfirmiert worden war. Ben schaute sich um.

»Sehr schön«, sagte er. »Ich erkenne es wieder. Die Bäume von dem kleinen Wäldchen dahinten haben sich auch auf dem Foto gespiegelt.«

Ich schaute ihn an. Jetzt! Jetzt wurde es Zeit für eine wichtige Frage. Ich versuchte, möglichst unauffällig zu klingen.

»Sag mal … bist du eigentlich bei der Freiwilligen Feuerwehr?«

»Bist du es denn?«, fragte er zurück.

»Nein«, antwortete ich.

»Ich auch nicht«, sagte er. »Findest du die Freiwillige Feuerwehr gut?«

»Ja – schon.« Ich räusperte mich. Dranbleiben, befahl ich mir. Augen zu und durch. »Es ist nur … der Öckenberger hat gestern irgendwas von einem Einsatz gesagt.«

»Einsatz?«

»Dass du einen Einsatz hast, drei Wochen lang oder so.«

»Stimmt«, sagte Ben.

»Äh – ich hab es nur zufällig gehört, und da dachte ich, vielleicht bist du bei der Feuerwehr und hast da einen Einsatz. Oder bei der Schülervertretung oder so.«

»Nein.«

»Was ist das denn sonst für ein Einsatz?«

»Mich hat das auch überrascht, dass er das gesagt hat, drei Wochen lang oder so«, entgegnete Ben und schaute mich treuherzig an. »Vielleicht hat er mich verwechselt, der Arsch. Dem werd ich einheizen.«

»Wieso das denn?«

»Wieso was?«

»Wieso DER ARSCH?«

»Sagt man doch so, oder? Magst du den Öckenberger?«

»Nein, nicht besonders.«

»Siehst du, so ein Arsch.«

Ich lauschte in mich hinein und stellte fest, dass ich nur halb erleichtert war. Ich hatte zwar die Frage gestellt und er hatte geantwortet. Aber viel mehr wusste ich nun auch nicht, oder? Etwas nagte weiter an meinem Herzen.

Wir bogen in den Klenzepark ein und liefen zu dem umgefallenen Baum, den ich fotografiert hatte – auf dem man so gut klettern und balancieren kann. Wir gingen vorbei an Spaziergängern mit Hunden und Liebespärchen mit rosaroten Brillen, und in mir wuchs die Sehnsucht, dass alles ganz normal wäre, ohne Vorbehalte, ohne Verdächtigungen, ohne Gedanken an irgendeinen Einsatz oder eine Halbzeit. In mir wuchs die Sehnsucht, Bens Hand zu nehmen. Aber eigentlich musste ja der Junge die Hand zuerst nehmen, oder? Gab es denn keine Gebrauchsanweisung für solche Momente? Man müsste das googeln können!

Konnte man sicher auch. Aber es wäre sicher sehr uncool, wenn ich jetzt mit meinem Handy »romantischer Spaziergang Hand nehmen« googeln würde, bevor ich irgendwas tat. Meine Hand fing an zu kribbeln. Doch ich traute mich einfach nicht, seine zu nehmen.

Dann kamen wir zur Donau. Vom anderen Flussufer dröhnte Blasmusik herüber. Das musste die Vatertagsparty am Viktualienmarkt sein.

»Da vorn ist Josh«, sagte Ben plötzlich.

»Wo?«, fragte ich, denn ich sah nichts.

»Auf dem Donausteg«, sagte Ben.

Er musste nicht nur super rechnen können, sondern auch wirklich gute Augen haben, wenn er von hier aus schon den Donausteg sehen konnte. Ich sprang hoch, um über das Gebüsch zu schauen, aber es gelang mir nicht. Doch es stimmte, was Ben gesagt hatte: Ein paar Schritte weiter entdeckte ich Josh endlich auch. Er stand mit seinem Fahrrad mitten auf der Brücke, schaute ins strudelnde Wasser und hörte uns nicht kommen.

»Hey, Josh!«, rief Ben ihm vom Ufer aus zu.

Jetzt schaute er auf. Er warf mir einen schnellen Blick zu und machte mir ein Zeichen, das ich nicht deuten konnte.

Dann rief er zurück: »Ben! Na, so was! Dass du mal in der Stadt unterwegs bist! Hallo, Marie!«

Ich nickte ihm etwas steif zu. So nett er war und so sehr wir ein Team waren – jetzt kam er definitiv ungelegen.

Josh grinste schief. »Na, was macht ihr?«

»Stadtführung«, sagte Ben. »Maries private Stadtführung.«

»Ach so.« Josh schaute wieder ins Wasser. »Was Privates.«

»Nein«, sagte Ben. »Alles öffentlich zugänglich.«

Er war so süß!

»Ich habe es ihm angeboten«, erklärte ich und fügte extra hinzu: »Denn er war ja noch nicht so viel hier unterwegs. In der Stadt, meine ich.«

Josh schien zu verstehen, auf was ich anspielte, und nickte.

»Und du bist auf der Jagd«, stellte Ben fest.

Josh nickte wieder, ein wenig zu schnell, fand ich. »Äh … klar, immer doch.« Er schaute mich nicht an und es klang nicht ganz ehrlich.

»Warst du schon an der großen Donaubrücke?«, fragte Ben.

Josh holte sein Handy heraus. »Oh, stimmt«, sagte er. »Da sind welche.«

Doch er machte keine Anstalten zu gehen. Ich schaute mich nach seinem kleinen Bruder um, mit dem er ja normalerweise auf der Jagd war. Aber er war nirgends zu sehen. War das mit den Pokémons nur eine Ausrede gewesen? Warum denn das?

Er sah Ben nachdenklich an. »Woher weißt du das eigentlich?«

»Was?«

»Das mit den Pokémons. Wo sie sind.«

»Erfahrung«, sagte Ben. »Ich kenne das Spiel.«

»Ach so«, meinte Josh. »Profi, oder was?«

»Logisch«, antwortete Ben.

Ich räusperte mich. Beide wandten sich gleichzeitig zu mir um. Ich schaute von einem zum andern. Mir kam die ganze Situation ziemlich komisch vor.

»Hier sind also die Schlösser«, sagte Ben zu mir. »Wie auf dem Foto.«

Ich war mir nicht ganz sicher, ob ich jetzt mit Ben die Liebesschlösser am Brückengeländer diskutieren wollte oder ob ich noch warten sollte, bis Josh endlich verschwunden war. Auf alle Fälle hatte ich mir diesen Moment auf der Brücke anders vorgestellt. Es hätte echte Romantik werden können.

Aber nun stand Josh hier und zog die Stirn in Falten und stellte sicher einen Haufen weiterer Verdächtigungen an. Warum war er hier? Nur wenige Meter von dem großen Ring entfernt, an dem wir uns sonst immer trafen? Hatte er am Ende vielleicht … gehofft, MIR hier zu begegnen?

Josh schaute mich an. »Macht ihr eine Rallye, oder was?«

»So in der Art«, antwortete ich ausweichend. »Orte, zu denen es eine Geschichte gibt.«

Josh pustete sich die Haare aus der Stirn. »Dafür hast du also neulich die Fotos gemacht. Für IHN.«

»Die nächste Station ist da, wo die Musik herkommt«, sagte ich schnell. »Die Stufen vor dem Theater.«

Ben nickte. »Das Stadttheater. Was hat das mit dir zu tun? Spielst du gern Theater?«

»Eigentlich nicht«, sagte ich. »Aber die Stufen, die mag ich.«

»Ich schreib dir, Marie.« Josh gab sich einen Ruck und stieg auf sein Rad. »Ach ja, Ben – dir schreibe ich auch noch.«

»Tu das«, sagte Ben. »Viel Erfolg.«

»Tschau«, sagte ich und fühlte mich schlecht.

Ich stand auf der eisernen Fußgängerbrücke und schaute auf den mächtigen Fluss hinunter. Mir war schwindelig. Unter mir wälzte sich gemächlich das Wasser der Donau voran, kraftvoll und unaufhaltsam, und ich kam mir vor wie ein kleiner Strudel darin. Josh sollte nicht meinetwegen traurig sein. Das war mir eine Umdrehung zu viel in dieser komplizierten Mischung aus Liebesdingen, in der ich seit zehn Tagen schwamm.

Ben lehnte am Brückengeländer und schaute prüfend in jede Richtung, als würde er alles abfotografieren wollen. Es rührte mich direkt ein bisschen, wie ernst er meine Stadtführung nahm. Wie genau er jede Station betrachtete.

Hm.

Josh war nicht mehr zu sehen.

Aber Ben stand auf der Brücke und lächelte mich an. Und ich … Ich holte tief Luft.

»Komm«, sagte ich, »komm weiter!«

Und ich nahm Bens Hand und zog ihn von der Brücke, scherzhaft erst, nicht anders, als man es im Sportunterricht tun würde oder beim Fangenspielen.

Und er …

Er ließ sich ziehen.

Er ließ sich einfach von mir mitziehen, an der Hand, und wo sie schon mal in meiner lag, die Hand, da ließ ich sie auch nicht mehr los. Ich zog ihn weiter, die ganze Brücke entlang, an allen Liebesschlössern vorbei, und Ben lächelte. Sie fühlte sich gut an, die Hand, perfekt fühlte sie sich an, und ich ließ sie einfach nicht mehr los.

Hand in Hand schlenderten wir den Uferweg entlang, auf die Blasmusik zu, die uns die Richtung gewiesen hatte, Hand in Hand gingen wir über die Ampel, Hand in Hand den kleinen Weg zum Stadttheater hoch, am Parkplatz vorbei, an den Bierbänken mit den Vätern vorbei, und mit jedem Schritt fühlte es sich besser an, und Bens Hand, die erst kühl und freundlich in meiner gelegen hatte, wurde heiß und heißer, und mir wurde auch heiß und heißer.

Stumm standen wir auf den Stufen vor dem Stadttheater, bevor wir sie mehrfach rauf- und wieder hinunterliefen, so wie ich das früher auch immer gemacht hatte, früher, als es noch meine Mutter gewesen war, die mich an der Hand gehalten hatte – rauf und wieder hinunter, und auch das fühlte sich einfach perfekt an. Jetzt wusste ich, dass man nicht warten musste, bis der Junge die Hand nahm.

Irgendwann verloren sich unsere Hände wieder, aber das machte nichts, und ich begann zu erzählen, von meiner Familie und davon, dass ich gern mal eine Weltreise machen würde oder zumindest eine Europareise. Ben hörte zu und nickte und saugte alles auf, ich konnte es richtig spüren, und ich hatte das tiefe und wahre Gefühl, in seinen Augen die wichtigste Person auf der Welt zu sein …

»Was magst du am liebsten?«, fragte Ben schließlich.

Ich überlegte kurz. Sommer, dachte ich, Schwimmen, Ferien, Kino, Elli natürlich, meine Eltern, Handyspielen … DICH.

Ich antwortete: »Gerade jetzt gehe ich am liebsten hier mit dir durch die Stadt.«

Ben nickte. »Ich auch mit dir.« Das sagte er tatsächlich!

Ben und Marie gehen am liebsten gemeinsam durch die Stadt.

Jetzt.

Wow!

Sollte ich noch einen ersten Schritt tun? Sollte ich ihn jetzt … küssen?

Aber dann fragte er weiter: »Und was wäre für dich das Schlimmste?«

Gute Frage. Ich dachte an das Gefühl, das ich in der Klasse gehabt hatte, als ich das Fake-Foto zum ersten Mal gesehen hatte. Dieses Ausgeliefertsein. Diese Scham.

»Am schlimmsten wäre es, wenn mich alle in irgendeiner peinlichen Situation sehen würden«, sagte ich. »Nackt oder so.«

»Porno?«, fragte er. Das fragte er tatsächlich!

»Zum Beispiel«, antwortete ich schwach und hielt ihm meinen Mund hin.

Aber dann war der Moment vorbei.

Stattdessen fragte Ben: »Wo ist denn jetzt der Ort, den es nicht gibt? Das klingt interessant.«

Ich brauchte eine Sekunde, bis ich kapierte, dass er wieder von meinen Fotos sprach und von dem Ort, an dem noch vor ein paar Jahren die Raffinerie gestanden hatte.

»Oh Mann, Ben, hättest du doch dein Fahrrad dabei, dann wären wir jetzt in Nullkommanichts da«, stöhnte ich.

Aber natürlich freute ich mich auch über seine Frage, denn wenn wir nun auch noch unter der Autobahn durch bis in den Auwald und noch weiter gingen, dann würde unser Ausflug noch ewig dauern … und ich könnte ewig neben Ben gehen und reden und erzählen und mich freuen, wie er zuhört, MIR zuhört, MICH sieht … und nach MEINEN Lieblingsdingen und so fragt … Vielleicht würden wir uns dann ja doch noch küssen, an dem Ort, den es nicht gibt.

Klang doch sehr romantisch.

#

Eine halbe Stunde später standen wir vor der großen Brache, der Wiese, wo einst das Raffineriegelände gewesen war und jetzt Büsche und Kräuter wuchsen und Bienen summten. Es hatte leicht zu tröpfeln begonnen.

»Dies ist der Ort, den es nicht gibt?«, fragte Ben und drehte sich einmal um sich selbst.

»Ja«, sagte ich. »Den eigentlichen Ort haben sie abgerissen. Aber ich war dabei, als sie den riesigen Schornstein gesprengt haben, und ich habe die meterhohe Staubwolke gesehen.«

Er schaute mich prüfend an, als würde er nicht ganz mitkommen.

»Ich habe das Bild so genannt, weil man den Ort nicht mehr sehen kann. Ich kann nur noch von ihm ERZÄHLEN«, erklärte ich daher. »Es gibt ihn nur noch in meinem Kopf.«

»Abgespeichert«, sagte er.

»Abgespeichert«, wiederholte ich.

Wir schlenderten weiter und kamen an der Fabrikhalle vorbei, die zwischen den Bäumen vor sich hin moderte und wo ich letztens den Platten gehabt hatte.

Ben blieb abrupt stehen. »DAS ist der Ort, den du meinst, nicht wahr?!«

»Wieso?«

»Diesen Ort gibt es ganz und gar nicht. Das ist toll.«

»Wieso denn?«

Er schien nachzudenken. Dann schüttelte er den Kopf. »War nur so eine Idee.«

Was meinte er damit? Was war hier anders als an der wilden Wiese weiter vorn?

Also – am Ende dieses Ausflugs musste selbst ich zugeben, dass er manchmal etwas seltsam war.

Aber ich gab noch nicht auf.

»Warte«, sagte ich. »Ich mach ein Selfie von uns.«

Ich zückte mein Handy und stellte mich dicht neben ihn und wir lächelten dem Bild entgegen. Ben und Marie an dem Ort, den es nicht gibt.

»Soll ich es dir schicken?«, fragte ich.

»Gern«, sagte er.

»Oh, Mist«, stutzte ich und lachte. »Ich hatte ja ganz vergessen, dass es hier keinen Empfang gibt.«

»Stimmt«, sagte er. »Das ist es ja eben.«

Er ging ein paar Schritte weiter, ohne auf mich zu achten. Plötzlich kam er mir sehr fremd vor. Und unsere Hände fanden sich auch nicht mehr.

#

»Marie«, sagte Ben, als wir wieder am Hintereingang der Schule angekommen waren.

Ich fühlte immer noch diese seltsame Befangenheit zwischen uns. Und eine Frage ging mir wieder und wieder im Kopf herum, DIE Frage: Wie es denn jetzt weitergehen sollte … mit UNS.

»Marie«, fing Ben noch einmal an. Ich stand ganz still und wartete einfach ab. »Danke«, sagte er jetzt. »Kann sein, dass ich deine Hilfe bald wieder brauche.«

Hilfe?

Was meinte er damit?

Ich nickte, unfähig, etwas zu sagen. War ich enttäuscht von unserem ersten Date? Wollte ich jetzt küssen oder lieber nicht? Ging es mir zu schnell oder zu langsam? Ich wusste auf keine dieser Fragen eine Antwort. Ich hatte Ben eigentlich näher kennenlernen wollen, aber stattdessen war er mir fremd und fremder geworden.

»Kann ich noch etwas für dich tun?«, fragte er schließlich.

»Äh …« Was sollte ich sagen? »Also …«

»Ja?« Er lächelte.

Ich schluckte. Und schwieg.

»Sonst kannst du mir ja jederzeit schreiben«, sagte er.

»Äh – schreiben?«

»Jederzeit«, sagte er. »Bis dann. See you.«

Ich stand wie versteinert und starrte Ben hinterher, der noch einmal freundlich winkte und dann um die Ecke der Schule verschwand. Jetzt kam ich mir endgültig vor wie Pygmalions Statue, nur dass ich nicht wachgeküsst worden war, sondern in den Stein gebannt.

Ich stand.

Ich stand.

Ich stand.

Schließlich sperrte ich mit unsicheren Fingern mein Fahrrad auf.

Und dann tauchte dieser Vorbehalt wieder auf und wuchs über sich selbst hinaus und wurde ein Verdacht, aber bis aus dem Verdacht eine Treibjagd werden konnte, dauerte es noch, und dann war sowieso wieder alles ganz anders.

#

»Hast du irgendwas von dem mitbekommen, was ich gerade gesagt habe?«, fragte Elli gegen Abend, als wir in meinem Zimmer saßen.

»Doch«, behauptete ich.

»Also, was meinen deine Eltern zu der Theaterprobe morgen?«

»Geht klar«, sagte ich.

»Mann, Marie«, schimpfte sie, »was hast du denn?«

»Nichts!«

Ich wollte nicht drüber sprechen. Denn wenn ich die Dinge aussprechen würde, würden sie realer werden. Und ich wollte nicht, dass mein Vorbehalt real wurde. Ich wollte nichts davon erzählen, was ich jetzt auch an Ben alles merkwürdig fand, obwohl ich ihn gleichzeitig immer noch so toll fand. Mir reichte schon der mitleidige Blick, den Elli mir zugeworfen hatte, als ich ihr von dem eigenartigen Ende unseres romantischen Spaziergangs erzählt hatte.

»Der Typ ist eben einfach strange«, hatte sie gesagt. »Vielleicht solltest du dich umorientieren.«

Das war nicht das, was ich hören wollte. Hatte ich mich so getäuscht? Also schwieg ich lieber. Außerdem hatte Elli ja selbst genug Probleme am Hals. Seit heute war ihre Mutter in der Klinik. Elli hatte sie zum Zug begleitet. Am Wochenende würde ihre Tante kommen, aber heute und morgen war sie allein. Da wollte ich sie nicht auch noch mit meinem Gedankenwirrwarr belästigen.

Mein Vater klopfte an meine Zimmertür und steckte den Kopf herein. »Na, ihr zwei Häschen?«

Häschen? Elli zuckte zusammen und warf mir einen Blick zu. Ich schüttelte den Kopf und verdrehte die Augen, um ihr zu signalisieren, dass ich meinen Eltern nichts von den Fotos erzählt hatte. Natürlich nicht!

Elli winkte schwach. »Hallo, Bernd.«

Er winkte zurück. Er hatte ja winken geübt. »Ich wollte euch beide anlässlich dieses besonderen Tages in den Garten einladen.«

Eine Millisekunde lang überlegte ich, woher mein Vater wusste, was heute für ein besonderer Tag war – der Tag, an dem Ben und ich zum ersten und vielleicht zum letzten Mal Hand in Hand durch die Stadt spaziert waren. Aber dann fiel mir ein, dass er natürlich den Vatertag meinte.

»Oh.« Elli senkte leicht den Kopf wie eine Königin und antwortete würdevoll: »Das wäre mir ein Vergnügen.«

Mein Vater lachte. »Ich habe ein kleines Fass Bier aufgestellt. Und der Grill ist auch schon an.«

Ich schaute von Elli zu meinem Vater und wieder zurück. »DU hast ein Fass Bier aufgestellt?«, fragte ich.

»Es ist nur ein sehr kleines«, erwiderte er. »Das ist gestern geliefert worden, du weißt schon, von unserem neuen Service. Da dachte ich spontan, warum nicht, die werden schon wissen, warum sie mir das schicken. Und jetzt bekomme ich tatsächlich langsam Durst und will es köpfen.«

»Ein Fass köpft man nicht«, sagte Elli. »Das sticht man an.«

»Stimmt auch wieder«, meinte mein Vater und wir gingen alle zusammen nach unten in den Garten.

Es war wirklich ein sehr kleines Fass. Eigentlich nur eine große Dose. Eine 5-Liter-Dose. Daneben lagen Brezen und Radieschen auf dem Gartentisch. Und aus dem Grill roch es schon nach Glut.

»Elli«, sagte meine Mutter, die gerade dabei war, den Tisch zu decken, »du musst kein Bier trinken, wenn du nicht willst …«

»Ich wurde offiziell eingeladen«, sagte Elli, immer noch würdevoll, »und ein Gläschen Bier schlägt man doch nicht aus.«

»Kann man vielleicht auch ein Gläschen Radler haben?«, fragte ich und schaute mich nach Limo um.

»Ich hole uns was«, sagte meine Mutter, während mein Vater die Riesenbierdose hin und her drehte und überlegte, wie man sie am besten öffnete.

»Da geht's auf«, sagte Elli hilfsbereit. Keine Ahnung, woher sie das schon wieder wusste.

»Danke«, sagte mein Vater erfreut. »Du bleibst doch zum Abendessen, Elli? Es ist genügend da.«

»Gern«, sagte Elli. »Zu Hause ist ja niemand.«

Sie zwinkerte mir zu, und ich freute mich, dass sie ein Einsehen hatte und mit uns grillen wollte, statt sich allein Pommes in den Ofen zu schieben.

»Wie geht es denn deiner Mutter, Elli?«, fragte meine Mutter, als sie mit der Limo zurück auf die Terrasse kam. »Marie hat von dem Burn-out erzählt.«

»Nicht so gut geht es ihr«, erwiderte Elli. »Aber wir hoffen, dass es jetzt besser wird. Sie hat ja ab heute den Klinikplatz.«

»Immerhin«, sagte meine Mutter. »Auf Hilfe warten zu müssen, ist wohl das Schlimmste.«

»Burn-out ist eine Volkskrankheit«, warf mein Vater ein, während er das erste Glas Bier zapfte. »Da braucht man sich nicht für zu schämen.«

»Früher gab's das nicht«, meinte meine Mutter.

»Meine Mutter sagt«, widersprach Elli, »dass früher eben alles langsamer ging und einfacher war und dass wir heute alle im Turbostress sind …«

Meine Mutter nickte. »Auch weil das, was man täglich tun muss, oft keinen Sinn macht, nicht?«

In diesem Moment vibrierte mein Handy. Ich strich die Sperrbild-Rosen beiseite. Erstens lag eine Unwetterwarnung vor. Allerdings für Oberfranken, nicht für Oberbayern. Wir konnten also einfach gemütlich sitzen bleiben.

Zweitens hatte Josh sich gemeldet. Wie er es angekündigt hatte. Ich seufzte im Stillen.

»Was heißt denn das schon – Sinn machen«, mischte mein Vater sich ein. »Macht deine Arbeit Sinn? Fotos von Leuten machen, die dann Werbung damit für sich machen?«

»Meine Fotos machen dann Sinn, wenn es mir gelingt, das Besondere und Einmalige der Leute einzufangen«, sagte meine Mutter.

»Und wer entscheidet das? Ob das gelungen ist?«, fragte mein Vater zurück.

»Na, ich. Oder die Kunden.«

»Dann seid ihr es doch selbst, die den Fotos Sinn geben«, meinte mein Vater. »Und so ist es doch mit allem. Ob etwas Sinn macht oder nicht, das entscheidet man selbst.«

Ich schielte auf mein Handy. Ich wollte Joshs Nachricht nicht lesen. Nicht, dass wieder neue Verwirrungen dazukamen!

»Meine Mutter kann nichts mehr selbst entscheiden«, sagte Elli leise. »Sie steht im Supermarkt und weiß nicht, was sie einkaufen soll. Es ist ihr einfach alles zu viel.«

Mein Vater reichte Elli ein halb volles Bierglas und mir mein Radler. »So was ist natürlich Mist.«

Elli nickte. »Danke. Prost. Aufs Leben.«

»Oh, ja«, meinte mein Vater. »Und besonders auf die Väter. Na gut, auf die Eltern.«

Wir prosteten uns zu. Dann gab ich mir einen Ruck und tippte auf die Nachricht von Josh.

Marie, wie lange warst du mit Ben unterwegs?

Komische Frage, dachte ich. Aber weil ich es zufälligerweise ganz genau wusste, schrieb ich zurück.

Ich: Bis 14 Uhr 15.
Josh: Hat er in der Zeit mal was mit seinem Handy geschrieben oder gegoogelt oder so?
Ich: Nein.
Josh: Sicher?
Ich: Ganz sicher. ☺
Josh: Dann stimmt was nicht mit Ben.

Ich starrte auf den letzten Satz. Es war genauso, wie ich es befürchtet hatte. Eine Nachricht von Josh bedeutete nichts Gutes.

»Was hast du?«, fragte Elli, die mich beobachtet hatte.

»Josh schreibt«, sagte ich und reichte ihr mein Handy.

»Na los, frag ihn, was er damit meint«, sagte Elli neugierig, als sie den Text gelesen hatte.

Mann. Für sie drohte die Welt ja auch nicht endgültig zusammenzubrechen!

Ich: WAS soll denn nicht stimmen? 😳
Josh: Ich habe ihn um 11 Uhr 44 gefragt, ob er einige gute Apps weiß, mit denen ich Bilder bearbeiten kann. Und er hat mir um 12 Uhr 12 eine Liste mit Links geschickt.

Ich schluckte. Es konnte nicht sein. Ben war zu keinem Zeitpunkt weg gewesen, wir waren die ganze Zeit zusammen gewesen. Ich hätte es bemerkt. Es KONNTE nicht sein. Außer …

Außer Joshs Theorie mit der Hirn-Chat-Schnittstelle stimmte. Nur dann konnte Ben mit mir unterwegs sein und Ingolstadt anschauen und gleichzeitig innerlich googeln und chatten.

Um mich herum begann sich die Terrasse zu drehen, als wäre es Donauwasser, und ich schloss meine Finger um die Armlehnen meines Gartenstuhls, um mich festzuhalten.

Elli nahm einen Schluck Bier. »Seltsam.«

»Seltsam? Was meinst du mit seltsam?«, fragte ich ängstlich. Ich fürchtete mich vor den nächsten Gedanken.

»Könnte natürlich einfach sein, dass Bens Schwester sein Handy hatte und damit Quatsch gemacht hat, während ihr spazieren wart. Wenn Ben eine Schwester hat. Weißt du da was?«

Ich schüttelte den Kopf. »Vielleicht … vielleicht will Josh sich ja auch nur irgendwie wichtig machen und schreibt mir deshalb so krasse Sachen? Vielleicht ist es für ihn ein spannendes Spiel und er … er erfindet so was?«

»Hm«, machte Elli und sah mich schräg an.

»Nur der Vollständigkeit halber – was, wenn JOSH hinter dem ganzen Kram steckt und uns beide total an der Nase herumführt?«

»Blödsinn«, sagte Elli bestimmt. »So viel Menschenkenntnis habe ich ja wohl. Josh ist sauber.«

Na gut, ich glaubte mir ja selbst nicht.

Andererseits war ich bisher auch davon ausgegangen, eine gewisse Menschenkenntnis zu besitzen – und trotzdem wollte Josh mir gerade beibringen, dass Ben eine Macke hatte, die mehr war als eine gewöhnliche Macke. Er versuchte, mich davon zu überzeugen, dass Ben eine Art Superbrain besaß oder ein Superhandy im Hirn hatte – keine Ahnung, wie man so etwas nennen sollte … Und das sollte ich am Ende die ganze Zeit über nicht gemerkt haben? Ich spürte eine Eiseskälte in mir aufsteigen. Mit wem war ich unterwegs gewesen? Vielleicht hatte Ben einen Unfall gehabt und deshalb hatte man ihm irgendwas Technisches eingepflanzt …?

»Doch, doch, Burn-out hat mit unserer Zeit zu tun«, fing meine Mutter wieder an, aber ich wollte jetzt nicht zuhören. »Sie überfordert uns. Weißt du noch, Bernd, wir haben doch damals ernsthaft darüber diskutiert, ob wir uns ein Handy anschaffen sollen oder nicht und ob es ein Vorteil ist, ständig erreichbar zu sein, oder ob es bald nervt.«

Ich sah, wie mein Vater grinste. »Stimmt. Ich gebe zu, ich wollte erst mal keins.«

»Na, das hat sich dann schnell geändert, was?«, sagte meine Mutter. »Und heute telefoniert fast keiner mehr damit. Sondern man macht alle möglichen anderen Dinge damit und bald wird es vielleicht schon keine Handys mehr geben, sondern nur noch Hirn-WLAN-Schnittstellen.«

»WAS?« Ich schrie beinahe.

Schnell hielt ich mir die Hand vor den Mund. Sie kreisten mich ein. Josh und Elli und meine Eltern kreisten mich ein … Meine Gedanken kreisten mich ein.

Ich war mitten im Strudel.

»Klar«, sagte mein Vater, der meine Panik nicht zu bemerken schien, »das ist der Lauf der Welt. Es gibt ja jetzt schon Versuche mit Leuten, die per Hirn-Schnittstelle einen dritten Arm steuern, einen, der gar nicht im Raum ist, sondern irgendwo auf der anderen Seite der Welt.«

Ich schaute Elli an.

Sie schaute mich an.

»Einen dritten Arm?«, fragte sie tonlos.

»Sicher«, sagte mein Vater, »per Gedanken kannst du ihn lenken, sodass er irgendetwas tut. Das ist ein Roboterarm, natürlich, kein Arm aus Fleisch und Blut. Vielleicht gibt es in zehn Jahren die Möglichkeit, dass du in Gedanken ein selbst fahrendes Taxi bestellst, das rollt dann an deinen Standort, den es ganz von selbst übermittelt bekommen hat, und du steigst einfach ein, lehnst dich zurück und lässt dich – ebenfalls mit Gedankenkraft – irgendwohin bringen.«

»Also, das bereitet mir echte Kopfschmerzen«, sagte meine Mutter. »Das meine ich damit, wenn ich sage, unsere Zeit überfordert uns.«

»Schreib Josh«, flüsterte Elli.

Ich nickte stumm.

Ich: Josh, was glaubst du denn jetzt?

Josh: Ich glaube, ich kann mein Handy nicht mehr benutzen.

Ich: Hä? 😨 😨 😨

Josh: Du weißt schon. Was ich gesagt habe.

Oh Mann!

Natürlich! Wenn Josh nur halbwegs recht hatte, dann hatte jemand unsere Handys gehackt und konnte alles mitlesen. Und wenn es stimmte, dass Ben, ohne ein Handy zu benutzen, online unterwegs sein konnte … Oh mein Gott …

BEN.

Aber was hieß das denn? Es war damit noch lange nicht bewiesen, dass es auch Ben war, der unsere Chats mitlas, im Hinterkopf oder wo auch immer, während er ganz normal durch die Welt spazierte … Er konnte es nicht sein. Er war immer so freundlich, so hilfsbereit … so lieb zu mir gewesen. Ich spürte, wie mir Tränen in die Augen stiegen. Die Frage blieb, WER es war, der unsere Handys gehackt hatte. Und vor allem, wozu? Das war alles so verrückt. Viel zu verrückt.

Das war krank.

Das war Horror!

Elli fing mein Handy auf, als es mir aus der Hand glitt.

»Ruhe bewahren«, sagte sie leise.

Schließlich tippte sie in mein Handy: Komm vorbei. Wir grillen. Offline.

Josh: Kann nicht. ☹ Bin noch bei meinem großen Bruder in Nürnberg. Wir reden in der Schule.

Ich wischte mir über die Augen. »Gib her. Ich schreibe ihm schon selbst.«

Elli nickte. »Hier.«

Ich nahm mein Handy und tippte langsam: Bis morgen ist es ja noch ewig.

Josh: Sry.

Ich starrte auf mein Handy. Jedes Wort erschien mir falsch. Aber ich war sehr darauf bedacht, nichts Auffälliges zu schreiben, und so tippte ich nur: See U tomorrow.

FREITAG, 22. MAI

Ein Monster wankt durch die Schule. Frankenstein, the_true_Frankenstein99 mit seinem narbigen Gesicht kommt die Treppe hoch, zusammengeflickt aus lauter Leichenteilen, und ich stehe oben am Geländer im ersten Stock und sehe zu, wie es näher kommt, das Monster, immer näher … aber ich kann mich nicht bewegen, ich bin dazu verdammt, es zu beobachten. Stufe für Stufe erklimmt es die Treppe, mit hämischen Augen blickt es mich an. Und dann sehe ich, wie Josh es an der Leine hält, brav, Ben, gut gemacht, sagt Josh, gehen wir Gassi, und Frankenstein nickt, und Josh lacht mich an, aber es ist kein fröhliches Lachen. Marie, willst du auch mal mit Jagen gehen, sagt er, schau, was ich gefangen hab, es ist ein Liebiskus! Und ich starre auf das Monster, es kommt näher und näher, und ich frage, warum hast du so große Ohren? – Damit ich dich besser hören kann! Warum hast du so große Augen? – Damit ich dich besser sehen kann! Warum hast du so einen großen Mund? – Damit ich dich besser KÜSSEN kann …

Ich fuhr keuchend hoch.

Ich war in meinem Bett, nicht in der Schule. NIEMAND WOLLTE MICH KÜSSEN. Und ich war unendlich froh darüber.

Es war noch mitten in der Nacht. Ich schüttelte mein Kissen aus, um den Traum zu verscheuchen, und versuchte mühsam, wieder zur Ruhe zu kommen.

#

Am nächsten Morgen sah ich es schon auf dem Foto, das Yun geschickt hatte, bevor ich es in echt sah. Jemand hatte riesengroß neben dem Haupteingang der Schule an die Wand gesprayt:

DER BACHMANN LIEBT NACKTE SCHÜLERINNEN.

Daneben prangte ein Riesenschwanz. Also, ein SCHWANZ!

Als ich an der Schule ankam, wie gerädert von der halb schlaflosen Nacht, konnte ich sehen, dass das Bild nicht gefakt war. Sondern echt. DER BACHMANN LIEBT NACKTE SCHÜLERINNEN. Es stand wirklich da, mit Farbe an der Wand, in Knallrot, und eine Traube von Schülern hing davor. Niko und Marc waren darunter, einige Abiturienten und viele der Kleinen. Einige johlten, andere schrieben eifrig was in ihr Handy. Auch ein paar von den Lehrern standen davor und starrten genauso entsetzt an die Wand wie ich. Ich hätte sofort wieder losheulen können.

Es hörte nicht auf.

Es hörte einfach nicht auf.

Die Schule war kein sicherer Ort mehr. Mein Leben war kein sicheres Leben mehr. Ich fühlte mich so löchrig …

»Weitergehen! Los! Ab in die Klassenzimmer!« Der Öckenberger baute sich vor dem Graffiti auf und brüllte: »Jeder, der das fotografiert oder weiterverbreitet, bekommt einen Verweis!«

Aber nur die Kleinen schlichen daraufhin davon, die anderen glotzten und tuschelten weiter. Ben war ebenfalls da – als er mich entdeckte, winkte er mir zu. Er sah ganz normal aus, ganz normal und toll wie immer – nicht wie Frankensteins Monster, und er hatte auch keine Antenne aus dem Kopf ragen oder so was. Und dennoch dachte ich, als ich ihn sah: Hirn-Schnittstelle.

Ich drehte mich nach Elli oder Josh um, doch sie waren wohl noch nicht da. Stattdessen entdeckte ich Sven aus der Fünften. Er stand abseits. Und er war totenbleich. Kein Wunder, es ging ja um seinen Vater.

»He«, versuchte ich ihn aufzumuntern, »das ist ein ganz doofer Streich! Da ist überhaupt nichts dran.«

Er antwortete nicht.

»Ich glaube kein Wort davon! Dein Papa ist mein Lieblingslehrer«, probierte ich es noch einmal.

Seine Unterlippe zitterte.

»Du weißt ja nicht«, sagte er ganz leise, »dass Papa im Krankenhaus ist.«

»WAS?«

Seine Tränen tropften auf seine Jacke.

»Herzinfarkt«, flüsterte Sven noch leiser. »Er hat sich so aufgeregt, dass der Arschlochdirektor ihm sein Handy nicht wiedergegeben hat.«

»DAS IST NICHT WAHR!«, hörte ich mich krächzen.

In meinem Hals war ein Kloß, so dick wie ein Hühnerei, und bei der nächsten Kleinigkeit würde ich losheulen wie ein Schlosshund, ich spürte es … War denn noch nicht genug passiert? Vor einer Woche hatte ich noch gesagt, wenn es läuft, dann läuft's, und war trunken gewesen vor Glück. Und jetzt läuft uns alles davon. Jetzt lag der Bachmann sogar im Krankenhaus – wegen Bildern, die nicht wahr waren, wegen Vorwürfen, die nicht wahr waren. Der Bachmann, der uns ins Gewissen reden wollte. Der sich immer um Freundlichkeit und Fairness bemühte. Das durfte doch bitte, bitte, bitte alles nicht wahr sein …

»Ist es … ist er … ich meine, er wird doch wieder gesund?«, stotterte ich.

Sven schaute mich an. »Die Ärzte sagen nichts«, murmelte er.

Ich hörte mich brüllen, laut brüllen, und die anderen schauten sich überrascht um. Manche grinsten. Yun hob sein Handy.

Und da wollte ich mich wirklich auf ihn stürzen, aber plötzlich stand Elli neben mir und hielt mich fest.

»He! Alles gut«, hörte ich ihre Stimme, und das holte mich zurück auf den Boden, auch wenn ich wusste, dass sie log.

NICHTS WAR GUT.

Joshs kleiner Bruder Simon zog Sven am Arm und führte ihn weg, und der Koppe kam mit der Bio-Schnepse angerannt, sie hatten irgendwo eine Decke aufgetrieben und versuchten, den SCHWANZ zu verhängen, und ich steckte mir die Faust in den Mund, um mich zu beruhigen. Von der anderen Seite drängelte sich der Hausmeister durch die Reihen der Schaulustigen, in der einen Hand trug er einen Eimer mit Lappen und Putzmitteln, mit der anderen Hand fuhr er prüfend über die rote Farbe.

»Da werden Sie nicht weit kommen, Herr Gül«, schnaubte die Bio-Schnepse und schob ihn zur Seite. »Jetzt verhängen wir den Blödsinn erst mal. Gibt es irgendwo Klebeband?«

»Ich habe einen Hochdruckreiniger«, hörte ich den Hausmeister protestieren.

»Wir sperren den Haupteingang«, schlug der Koppe vor und der Öckenberger schrie: »Hier wird alles gesperrt! Ab in die Klassenzimmer!«

»Bringt doch nichts«, widersprach die Bio-Schnepse leise. »Ist doch längst alles fotografiert und gepostet.«

In diesem Moment fuhr ein Polizeiauto vor. Zwei Beamte stiegen aus und gingen mit ernsten Mienen an uns vorbei. Einer zückte sein Handy und machte ein Foto von dem Graffiti-Schwanz.

»Der bekommt jetzt einen Verweis«, hörte ich Nikos Stimme.

Ich wankte durch die Menge der fahlen Gesichter, die mir alle fremd und unwirklich vorkamen.

»Ist hier irgendwo ein Verantwortlicher?«, sagte einer der Polizisten und dann hörte ich den Öckenberger antworten: »Ich bin der Rektor. Gut, dass Sie da sind. Schauen Sie sich das an, das ist Sachbeschädigung.«

»Auch«, sagte der zweite Polizist. »Aber vielleicht verbirgt sich hinter der Schmiererei ja auch mehr.«

Der Öckenberger stöhnte und lud die Beamten zu sich ins Büro und zurück blieb eine schweigende Masse.

#

»Es hört nicht auf«, sagte Elli ein paar Minuten später. Sie war ganz blass und sah aus, als hätte sie ebenfalls wenig geschlafen.

Noch war kein Lehrer erschienen, und wir standen im Klassenzimmer herum und lauschten auf die Stimmen, die durchs Schulhaus waberten. Waren die Polizisten noch da?

Ich sah mich um. Ben war nicht in der Klasse.

»Josh«, sagte ich ungeduldig. »Sag uns endlich, was du denkst. Jetzt liest keiner mit.«

»Zeig uns erst mal deinen Chatverlauf«, verlangte Elli. »Beweise, dass Ben dir wirklich was geschrieben hat, während er mit Marie unterwegs war!«

Josh hielt ihr sein Handy hin. »Hier. Da sind die Uhrzeiten – da habe ich geschrieben – und hier hat Ben geantwortet.«

Es war tatsächlich alles so, wie Josh gesagt hatte.

»Jetzt haben wir ihn«, sagte er und schaute ganz cool.

»Meinst du?«, entgegnete Elli. »Die Frage ist doch, WEN haben wir denn? Unseren Fotofälscher? Den Bunny-Verschicker? Den haben wir ja eigentlich gesucht. Und stattdessen haben jetzt den abgefahrenen Verdacht, dass Ben gleichzeitig chatten und spazieren gehen kann. Was soll das bedeuten?«

Josh schluckte. »Also, hört mir bitte erst mal bis zu Ende zu. Ich fand es ja immer schon komisch, dass Ben nie ein Handy hatte, aber trotzdem ständig was rumschickte. Und wenn er gestern mit mir geschrieben hat, ohne dass Marie ihn mit einem Handy gesehen hat, dann ist das nur der letzte Baustein … dann heißt das doch, dass – na ja – dass es sich bei Ben um … um einen irgendwie besonderen Menschen handelt …«

Er hielt inne, als wagte er es nicht auszusprechen.

»Um einen Cyborg«, half Elli ihm auf die Sprünge.

»Das ist doch Science-Fiction«, sagte ich.

Josh schüttelte den Kopf. »Wenn ein Gehörloser mit einem Implantat im Hirn wieder hören kann, ist er eine Art Mensch-Maschine. Das ist nicht Science-Fiction. Das gibt's schon.«

Ich erinnerte mich an die Versuche mit dem dritten Arm, von denen mein Vater erzählt hatte. Trotzdem.

»Von einem Menschen, der nur mit Gedanken Nachrichten schreiben oder im Internet surfen kann, habe ich aber noch nie gehört«, beharrte ich.

»Was, wenn Ben wirklich einen Chip im Kopf hat?«, fragte Elli leise. »Vielleicht hatte er mal eine Krankheit oder eine Kopfverletzung oder so und wurde medizinisch aufgepeppt? Und jetzt kann er eben auch Nachrichten senden?«

So etwas Ähnliches hatte ich ja auch bereits gedacht.

Josh sah erleichtert aus. »Okay. Ihr haltet mich also nicht für komplett verrückt. Das ist doch schon mal was – ich komme mir nämlich selbst langsam total verrückt vor.«

»Wenn es so ist, wie du sagst, gehen wir zum Öckenberger«, sagte ich und meine Stimme klang hohl und metallisch.

»Oder wir gehen zur Polizei«, meinte Elli. »Die ist ja sowieso schon im Haus.«

»Um WAS anzuzeigen?«, fragte Josh.

»Na, dass …« Elli verstummte. »Na gut, wir haben keine Beweise. Und es ist wahrscheinlich nicht mal strafbar, aus dem Kopf heraus Nachrichten schreiben zu können. Außer …« Sie warf mir einen Blick zu. »Außer es ist tatsächlich auch Ben, der unsere Handys gehackt hat. Dann kann er nicht nur immer und überall Nachrichten verschicken, er kann auch heimlich mitlesen, was wir so schreiben.«

Ich schwieg. Ich wollte den Gedanken nicht denken.

»Das würde auf jeden Fall erklären, warum er plötzlich demonstrativ mit einem Smartphone in der Hand aufgetaucht ist, kurz nachdem ich Marie geschrieben habe, wie seltsam ich es finde, dass er keins hat«, meinte Josh. »Er hat einfach mitgelesen und reagiert. Um seinen Fehler zu korrigieren.«

»Das wäre … Wahnsinn«, murmelte ich. »Warum sollte er das tun? Was würde er mit all unseren Bildern oder Chats anfangen wollen?«

Josh sah sich um und senkte die Stimme. »Tja, das Motiv haben wir immer noch nicht. Und wie soll er den Zugang bekommen haben? Da braucht man ja schon eine sehr spezielle Spyware, die man irgendwie auf dem fremden Handy installieren muss.«

»Er hat Marie und mir an seinem ersten Tag eine Nachricht geschickt«, sagte Elli plötzlich. »Er wollte ein Foto von uns. Und hat uns auch eins von sich geschickt. Zum Runterladen.«

»Natürlich, das hat er mir auch geschickt!« Josh sah sie betroffen an. »Daran habe ich gar nicht mehr gedacht! Das haben wohl alle in der Klasse bekommen, schätze ich. Und wer sein Foto angeklickt hat, hat sich dadurch automatisch irgendeine raffinierte Spyware installiert.«

Ich warf einen verzweifelten Blick auf mein Handy. Spyware … War … war BEN in meinem Handy unterwegs??

Die Gayer betrat das Klassenzimmer und mit ihr ein paar der Mädchen und Ben.

»Okay, machen wir schnell«, sagte Josh leise. »Ich finde, wir müssten ihn« – er deutete mit dem Kopf – »irgendwie beschatten. Dann kriegen wir vielleicht raus, was er wann macht, und das gibt uns dann Hinweise darauf, was das Ganze soll.« Er schaute mich an. »Marie, ich will mich da ja nicht einmischen, aber du … du hast dich doch schon mit ihm getroffen.«

Ich kam mir so dumm vor. Das kleine dumme Zahnspangenmädchen, das sich mit einem Cyborg trifft und es nicht merkt, obwohl alle anderen ihn seltsam finden. Mit einem Spion, der alles mitliest, was wir auf dem Handy haben – aber nein, das war alles immer noch nichts als eine Theorie! Es konnte immer noch alles ganz anders sein! Normaler. Weniger schlimm.

Ich warf Ben ein raschen Blick zu. Er wirkte wie immer.

»Du … äh, ich meine, du findest ihn gut, oder?«, fragte Josh, aber er sah mich nicht an dabei.

»Ich weiß nicht, was ich finde«, murmelte ich. »Ich weiß gar nichts mehr. Ich … ich fand ihn schon auch ein wenig seltsam.«

Elli legte mir einen Arm um die Schultern. »Irren ist menschlich.«

Die Gayer klatschte in die Hände. »Wollen wir mit dem Unterricht beginnen? Taisez-vous!«

»Warum denn?«, fragte Niko zurück.

»Tja, warum eigentlich«, sagte die Gayer sarkastisch. »Tafeldienst bitte – äh … doch nicht.«

»Also, ganz schnell«, fuhr Josh leise fort, während wir auf unsere Plätze gingen. »Wenn es so ist, dann kannst du Ben ja am leichtesten aushorchen oder verfolgen. Wenn Elli plötzlich hinter ihm her wäre, dann wäre das doch komisch, oder?«

Elli nickte und ich nickte auch.

»Ich muss jetzt so tun, als wäre nichts, oder?«, flüsterte ich. »Als wäre …« – verdammt! – »als wäre ich verliebt in – na, du weißt schon?«

»Genau.« Josh sah mich an. »Das … äh, ist sicher nicht einfach.«

Ich schüttelte den Kopf.

»Aber es ist wichtig«, sagte er eindringlich, fast bittend. »Und ebenso wichtig ist, dass wir uns nichts darüber schreiben, was wir erfahren haben oder denken.«

»Sollen wir das Handy nicht gleich ganz ausmachen?«, fragte Elli und sah sich auch nach Ben um. Er saß schon auf seinem Platz.

Die Gayer redete Elif und ein paar anderen Mädchen gut zu, die sehr aufgewühlt wirkten.

»Das wäre vielleicht auch auffällig«, erwiderte Josh. »Nein, besser, wir lassen es an und schreiben nur belangloses Zeug. Heute Abend sehen wir uns sowieso.«

»Heute Abend?«, fragte ich erstaunt.

»Theaterprobe«, sagten Elli und Josh gleichzeitig.

»Bist du auch mit dabei?« Ich sah Josh überrascht an.

»Klar«, sagte er. »Ich bin doch Mann 3. Ist nur eine ganz kleine Rolle.«

»Taisez-vous!«, hörten wir die Gayer in diesem Moment noch einmal und wir mussten schweigen.

#

Erst einmal kam ich nicht dazu, Ben zu beschatten. Denn das ganze Elend hörte einfach nicht auf. In der großen Pause spie Elli wieder einmal Feuer. Sie kam die Treppe nach unten gesaust und spie Feuer wie ein riesiger, grausamer Drache.

»Du glaubst es nicht! Ich habe endlich die Bause erwischt, um sie zu fragen, ob du noch einsteigen darfst beim Theaterprojekt und heute mit uns hier übernachten darfst, und die Bause hat gesagt, halt dich fest, sie hat gesagt: Wir besetzen noch mal um.«

Ich verstand kein Wort, aber Elli schrie herum, dass die Funken sprühten.

»Verstehst du, sie hat gesagt: WIR BESETZEN NOCH MAL UM!«

»Ja, ich habe es verstanden, aber warum?«, fragte ich verdattert zurück.

»VERDAMMT, weil ihr irgendwelche Leute gesteckt haben, dass wir Pornofotos von uns ins Netz stellen, dass wir irgendwelche queeren Nutten sind oder was weiß ich, was diese Arschlöcher so reden. Auf alle Fälle sagt die Bause, nach der Sache mit dem Bachmann will sie mal den Druck rausnehmen, und die ganze Schule würde das sicher nicht goutieren, wenn gerade ICH in einer Knutschszene auf der Bühne zu sehen wäre, das gäbe Ärger oder sogar Tumulte! Nach meinem OUTING! Verdammt, sie hat echt GOUTIEREN gesagt …«

Ich rang nach Luft, als ich begriff, was passiert war. »Schon wieder unser Foto?«

Elli nickte grimmig. »Die mach ich fertig.«

»Die Bause?«

»Die denkt, ich gebe klein bei, aber da kennt sie mich schlecht. Die mach ich fertig.«

»Elli, wie redest du denn!«

»Die Zeiten ändern sich und wir uns mit ihnen«, fauchte sie.

Ich schaute sie an. Sie sah wirklich ganz verändert aus. Entschlossen und rasend.

»Hast du das Theater jetzt abgesagt?«

»Denkste«, schnaubte sie. »Natürlich nicht! Ich spiele brav meine neue, kleine, knutschfreie Rolle, aber ich werde sie bezahlen lassen, alle! Alle müssen büßen und spätestens bei der Premiere lasse ich die Bombe hochgehen.«

»Sag so was nicht – was, wenn jemand zuhört«, sagte ich ängstlich. »Die nehmen das noch ernst und glauben, du läufst Amok.«

»Pff!« Sie stieß ein verächtliches Lachen aus. »Wir sind ja nicht bei euch im Wohnzimmer. Hier hört keiner zu.«

»Du … übernachtest heute also trotzdem in der Schule?«

»Logisch! Und DU auch. Das hat die Bause versprochen, sie braucht allerdings eine Unterschrift von deinen Eltern. Sollen doch alle gegen uns sein, Schüler, Lehrer, Rektoren, Cyborgs! So leicht bekommen die uns nicht klein.«

»Was ist los?«, fragte Elif, die gerade um die Ecke bog und sah, wie Elli sich aufregte.

»Elli wird von der Bause gemobbt«, antwortete ich schnell, bevor Elli was Falsches sagte. »Denn sie glaubt, was alle anderen auch glauben, dass Elli und ich Sexmonster sind, die Lehrer und Schüler auffressen.«

Elif sah aus, als würde sie gleich wieder anfangen zu heulen.

»Lass doch«, sagte Elli. »Lass einfach.«

#

»Nanu«, sagte der Koppe eine Schulstunde später und stand ratlos vor dem leeren Materialschrank. Er sah immer noch recht mitgenommen aus von der Szene heute früh. Der Schweiß glänzte auf seiner Glatze. Im Physiksaal stank es nach Schweißfüßen oder Buttersäure, doch der Koppe schien abgehärtet zu sein. Das war es jedenfalls nicht, weswegen er sich wunderte. Jetzt schloss er den Nachbarschrank auf, aber dort standen nur die Bunsenbrenner drin. Der Koppe suchte natürlich den ganzen Magnetkram und die Spulen, wegen der Induktion, die er uns noch einmal vorführen wollte, keine Ahnung, warum er so lang auf diesem heiklen Stoff herumritt. Ich meine – noch mal elektrischer Schweinkram mit Rein- und Rausstecken und so … ernsthaft?

Ben beobachtete uns, ich konnte es sehen. Ich konnte es fühlen. Ich wandte den Kopf und er lächelte mich an. Ich musste mich zwingen zurückzulächeln. Ich sollte ja so sein wie immer. Wir hatten noch keine Beweise, sagte ich mir vor, wieder und wieder. Es war nur graue Theorie und sie klang alles in allem ziemlich unwahrscheinlich.

»Wer, bitte schön, hat denn das ganze Material weggeräumt?«, fragte der Koppe ratlos und drehte sich zur Klasse um. »Sie sind jetzt mal 120 Sekunden mucksmäuschenstill, hören Sie, ich muss nach nebenan, vielleicht macht die Kollegin auch gerade was mit Induktion … Jasper, schauen Sie auf die Uhr und stoppen Sie die Zeit, ja?«

Jasper schaute verwirrt auf, denn er las irgendwas auf seinem Handy unter dem Tisch, dabei war das wirklich IMMER verboten. »Was, bitte?«

»Sie sollen die Zeit stoppen! 120 Sekunden«, sagte der Koppe genervt, »und während Jasper die Uhr im Blick behält, sind Sie ruhig, ja?«

Allgemeines Gemurmel.

Elli grunzte. »Glaubt der wirklich, dass das klappt?« Sie glühte immer noch vor Wut.

»In dieser Schule klappt nichts mehr«, murmelte ich düster.

»120 Sekunden – und los«, sagte der Koppe und eilte in den zweiten Physiksaal nach nebenan.

Kaum hatte er den Raum verlassen, legte Niko den Finger auf den Mund und machte übertrieben laut »Psssst, psst, pst!«. Das fand in nur 15 Sekunden die halbe Klasse witzig und ein Zischen erfüllte den Physiksaal, pst, psst, psssst, pst, psst, psssst!

Elli stöhnte auf und rieb sich die Schläfen.

Jasper rief »Halbzeit« und das Psst-pssst-psssst schwoll an und wurde brüllend laut und immer lauter. Man konnte sich echt nur schämen für unsere Klasse.

Halbzeit.

Ich schaute automatisch zu Ben. Sogar er machte mit bei dem Gezischel.

HALBZEIT. An das Wort hatte ich gar nicht mehr gedacht. Und auch nicht an seinen EINSATZ.

War er ein Spion mit Sonderausstattung? Pah! Wie das klang! War das sein EINSATZ? Überwachte der Öckenberger seine Lehrer? Oder uns? Das konnte ja wohl nicht sein.

»Nennen Sie das mucksmäuschenstill?«, donnerte der Koppe, als er durch die Tür sprintete, und das Psst-pssst-psssst verebbte leise in Gelächter, denn Jasper erwiderte: »Sie waren 124 Sekunden weg – wir sollten nur 120 Sekunden still sein.«

Der Koppe hielt ein paar Kabel in der Hand und schaute noch einmal verständnislos in den Materialschrank. »Können Sie sich noch erinnern, wie das in der letzten Stunde war? Wir haben den Versuchsaufbau für Induktion doch wieder komplett eingeräumt, oder? Ben und Josh, Sie haben mir geholfen, stimmt das?«

»Ja«, sagte Ben sofort, »wir haben alles in den Schrank geräumt.«

Josh fügte hinzu: »Und die Kabel sortiert.«

»Hm.« Der Koppe kratzte sich am roten Kopf. »Die Schwarz nebenan hat auch nichts. Ich meine natürlich, FRAU Schwarz.«

»Ein Zeichen«, sagte Ninja.

»Ja, aber für was und für wen?«, fragte der Koppe. »Ich glaube nicht an Zeichen, deswegen unterrichte ich ja auch Physik und nicht Religion. Und deswegen kann ich auch keine Botschaft aus einem leeren Schrank ableiten.«

»Ich schon«, sagte Niko. »Nix Physik heute.«

»Sondern deutsche Grammatik, oder was?«, konterte der Koppe und alle lachten. Nur der Koppe nicht. »Ab heute Mittag ist Wochenende, dann können Sie lachen, so viel Sie wollen«, sagte er, »aber jetzt wird noch gearbeitet, klar?« Er seufzte. »Dann müssen wir eben theoretisch vorgehen.« Er drehte sich dorthin, wo bis vergangene Woche noch die Tafel gewesen war, und stutzte. »Wo ist denn … ach so, ja.« Das Smartboard schien hämisch zu grinsen.

»Vielleicht sind die Materialien für die Versuche auch abgeschafft worden, ohne dass ich es mitbekommen habe, und wir sollen das in Zukunft virtuell mit dem Teil da erledigen? Die spinnen doch. Da muss ich mal den Öckenberger fragen. Ich meine natürlich, HERRN Öckenberger.« Er seufzte wieder. »Aber der hat jetzt ja anderes am Hals.«

#

Und dann, nach dem Unterricht, war es so weit. Ich setzte mein schönstes Zahnspangenlächeln auf, als Ben zu mir herüberkam. Obwohl mir in Wahrheit zum Heulen war. Mir zitterten die Knie. Aber nicht wie gestern, nicht vor Aufregung. Jetzt hatte ich Angst.

Nackte Angst.

Ich wusste nicht, wer das war, dem ich gegenüberstand.

»Hallo, Marie!«, sagte Ben wie immer, und ich versuchte angestrengt, ruhig zu bleiben.

»Hallo, Ben!«

»Es war schön gestern.«

»Ja.«

»Warum guckst du so geheimnisvoll?«

»Nur so.« Mist. Mein Gesicht war ein offenes Buch. Ich blinzelte und lächelte weiter. Ben schwenkte eine dieser großen Tüten in der Hand, in denen der Hausmeister immer die Brezen für den Pausenverkauf geliefert bekam.

»Marie, kannst du mir kurz helfen?«

»Äh – ja, klar«, stotterte ich.

»Kannst du diese Box mitnehmen?«

Ich warf einen Blick in die Tüte. Drinnen war eine kleine Kiste, die mehrfach mit Klebeband umwickelt war. »Mitnehmen? Wohin denn?«

»Zu dir nach Hause. Wo das Zeug sicher ist.«

Ich sollte Ben aushorchen. Ich sollte Beweise sammeln. Und dabei unbefangen sein. Verliebt aussehen. Ich sollte so viel.

»Was ist denn da drin?«, fragte ich und bemühte mich um ein neutrales Gesicht.

»Nur so Kram, ich habe hier halt keinen Ort, wo ich es lagern kann.«

»Äh – vielleicht bei DIR zu Hause?«

»Klar, das könnte ich machen«, sagte er und schaute mich an. »Aber es soll eine Überraschung sein.«

»Jetzt klingst DU aber geheimnisvoll.«

»Einfach irgendwo sicher unterstellen, ich hole es bald ab. Morgen vielleicht.«

Zum Übernachten brauchte ich die Unterschrift meiner Mutter und einen Schlafsack, hatte Elli gesagt. Deswegen musste ich sowieso heimradeln. Da konnte ich Bens Zeug ohne Probleme mitnehmen. Aber … ich würde es nicht einfach irgendwo unterstellen. Ich würde die Box öffnen … jawohl! Ich war nicht mehr einfach nur die liebe kleine doofe Marie …

»Klar kann ich das«, sagte ich schnell. »Ich helfe dir gern.«

Er schaute mich wieder an.

ER LÄCHELT UND LÄCHELT.

»Super.«

»Ich muss sowieso noch mal heim, vor der Probe, meinen Schlafsack holen.« Ich schaute auf mein Handy. 14 Uhr. War noch genug Zeit. »Ich übernachte ja hier in der Schule.«

»Übernachten?«, fragte Ben.

»Na – wir schlafen hier, wusstest du das nicht? Du warst doch auch schon mal bei einer Theaterprobe dabei, hat Elli mir erzählt.«

»Logisch. Ich wusste allerdings nicht, dass man in der Schule übernachten darf.«

»Ausnahmegenehmigung.« Ich zuckte die Achseln. »Vielleicht weiß der Direktor gar nichts davon.«

»Das meine ich nämlich auch«, sagte Ben.

Ich schluckte. »Äh – sag mal, hattest du eigentlich mal einen Unfall oder so was?«

»Was meinst du mit Unfall?«, fragte er zurück.

»Na – Unfall eben. Oder eine Operation.«

»Weder noch.« Er schaute mich durchdringend an und drückte mir schließlich die Tüte in die Hand. Sie war schwer. Welche Überraschung sollte das werden? Das war doch nichts als eine Ausrede! Ich brannte darauf, einen Blick in die Box zu werfen.

»Marie, du bist total lieb. Einfach unterstellen, ja? Bei dir.«

Total lieb …

Ich war schon längst nicht mehr total lieb. Ich war Agentin. Ich war auf der Jagd. Ich konnte und durfte niemanden mehr lieben. Mein Herz war ein Stein, ein harter, kalter, gefühlloser Stein, redete ich mir ein. Jetzt ging es nicht mehr um die Liebe – es ging um die Wahrheit.

»Mach ich«, würgte ich heraus – und lächelte wieder mein schönstes Spangenlächeln. »Wir haben genügend Platz in der Garage.«

AN: Sokrates59@gmail.com
Betreff: Re: Re: Foto

Lieber Sokrates,

am allermeisten regt mich auf, dass sie überhaupt nicht zur Kooperation bereit sind. Du hattest recht. Du hattest total recht. Und auch das ärgert mich leider, wenn ich ehrlich bin.

Sie hatten doch angeboten, dass ich sie jederzeit kontaktieren könne! Und deswegen habe ich sie nun gefragt, ob sie nicht auf ganz simple Weise die Herkunft der Bilder auf dem Bachmann-Handy aufklären können, weil sie doch sicher ohne Probleme alle Daten- und Chatverläufe nachvollziehen können. Wenn Ben mir schon nicht helfen will. Deswegen machen wir doch das ganze Forschungsprogramm, damit man Schüleraktivitäten besser verfolgen und einordnen kann. Genau darum geht es doch, wenn man Mobbing vorbeugen will! Ich meine, manus manum lavat, eine Hand wäscht die andere – ich habe denen geholfen, jetzt sind die dran.
Aber sie haben nur lapidar geantwortet, dass sie ihre Daten leider nicht wegen einer einfachen Polizeirecherche rausgeben könnten.
IHRE Daten!
Du hattest recht mit deinem Einwand. Ja. Ich sehe es jetzt. Die Daten sind ihre Beute. Sokrates, verdammt, ich bräuchte Unterstützung hier, warum musstest du dich unbedingt ans andere Ende der Welt bewerben?! Als du noch Konrektor warst, war ich nicht so einsam. Sag mir, was ich tun soll. Soll ich zur Polizei? Soll ich die ganze Sache auffliegen lassen?

LG, Michi

Ungeduldig fummelte ich an dem Klebeband herum. Ich saß in meinem Zimmer auf dem Boden. Meine Fingernägel waren zu stumpf. Mist. Wie verdammt fest das Band saß! Es war so ein braunes, mit denen Postpakete verklebt waren. Immerhin würde es kein Problem sein, die Box hinterher wieder zuzukleben. Meine Mutter hatte genauso ein Klebeband auf ihrem Schreibtisch liegen.

Endlich!

Mit einem lauten Ratschen riss ich die braunen Streifen ab. Eine Sekunde zögerte ich und starrte die Box an. Eigentlich war es nur ein alter Schuhkarton. Wollte ich wirklich wissen, welche Geheimnisse Ben hatte? Welche Überraschungen er für zu Hause plante? Ja! Ich wollte alles wissen! Jetzt wollte ich Gewissheit! Vorsichtig klappte ich die Box auf – und hielt den Atem an.

Was sollte denn das?!

#

In mir brodelte es.

Ich war den halben Nachmittag zu keinem anderen Gedanken mehr fähig gewesen, als dass Ben mich betrogen hatte. Und ich hatte mit niemandem darüber sprechen können! Das Handy war ja tabu. Ich war herumgelaufen wie ein Zombi.

Inzwischen war ich zurück in der Schule, Unterschrift, Isomatte und Schlafsack hatte ich dabei. Die Bause führte mich ins Musikzimmer.

»Auf dem Klavier steht unser Schminkkoffer.« Sie schob mich regelrecht hin. »Ich bin mir nicht sicher, ob wir damit noch viel anfangen können, das Zeug ist vielleicht inzwischen schon eingetrocknet. Schau auch mal, ob wir falsche Bärte haben. Hatten wir mal, aber ich weiß nicht, ob sie noch da sind.«

Ich hörte nur mit halbem Ohr zu, denn ich scannte gleichzeitig das Musikzimmer mit meinen Blicken. Ein paar Leute begrüßten mich, andere sahen weg, als ich sie anschaute. Puh.

Weiter hinten entdeckte ich Elli. Sie winkte mir zu. Meine Lippen formten: »Ich muss dir dringend was sagen.«

In mir brodelte es immer weiter.

Punkt eins: Ben war ein Dieb. Punkt zwei: Er hatte mich angelogen. Punkt drei: Er hatte mich benutzt. Punkt vier: Wenn er jetzt log, hatte er auch vorher gelogen. Punkt fünf: Wenn er gelogen hatte, dann … ab diesem Punkt weigerte sich mein Hirn weiterzudenken. Alles, was es denken konnte, war: Wie hatte ich mich so irren können! Wie hatte ich so auf ihn hereinfallen können! Es war nicht nur mein Herz, das gebrochen war. Jagdfieber plus Liebeskummer ergibt Weltschmerz, und der bohrte sich wie ein Speer durch meinen Körper, und zwar der Länge nach, von oben bis unten.

»… kann ich machen«, sagte ich geistesabwesend zur Bause. »Aber ich soll doch bestimmt nicht nur sortieren, oder?«

»Nein«, sagte die Bause und lachte. »Natürlich brauchen wir vor allem jemanden, der vor den Aufführungen unsere glorreichen Schauspielerinnen und Schauspieler schminkt. Hast du schon die Termine? Ist erst nach den Ferien.«

Ich schüttelte den Kopf. »Ehrlich gesagt, ich weiß auch gar nicht, ob ich so gut schminken kann.« Es war ja nur ein Vorwand gewesen, mit dem Elli mich eingeschmuggelt hatte. Besser, ich bekannte rechtzeitig Farbe, dachte ich.

»Ich helfe dir am Anfang«, beruhigte mich die Bause. »Ich habe mal einen Tag lang bei einer Maskenbildnerin zugeschaut. Es ist nicht schwer, das wirst du bald merken.«

Elli wedelte mit einem blau-grün karierten Rock, der nach Schottland aussah, und ich beeilte mich, zu ihr zu kommen. Ich musste endlich mit jemandem sprechen!

»Jetzt tut sie wieder ganz normal«, zischte sie.

»Wer?«

»Die Bause. Als ob sie auf unserer Seite wäre.«

»Sie hat es ja vielleicht wirklich nur gut mit dir gemeint.«

»Gut gemeint ist das Gegenteil von gut. Gut gemeint ist Scheiße!« Elli zog eine Grimasse. »Gibt's was Neues? Du guckst schon wieder so verstört.«

Ich schaute mich nochmals um. »Ist Ben auch da?«

»Ja.«

»Wo?«

»Weiß nicht, Josh ist bei ihm und beschattet ihn. Vorhin waren sie bei den Scheinwerfern im Technikraum.«

»Gut. Du wirst es nicht glauben …« Ich beugte mich vor und erzählte ihr leise, ganz leise von Bens Box, die jetzt mitnichten in der Garage, sondern gut versteckt unter meinem Bett lag.

In Bens Kiste war das Zeug gewesen, das der Koppe heute verzweifelt gesucht hatte. Spulen. Kabel. Stecker. Physikkram.

Von wegen, Ben plante eine Überraschung für seine Eltern oder für sonst wen zu Hause! Von wegen, er hatte keinen Ort zum Unterstellen! Er wollte, dass ich das Diebesgut für ihn rausschmuggelte. Er hatte die Gefahr gescheut und auf mich abgewälzt.

»Wahnsinn, der klaut Physikzeug«, murmelte Elli sichtlich überrascht. »Dass er komisch ist, war mir ja gleich klar. Aber dass er ein Dieb ist … vielleicht sogar ein Einbrecher … Dabei haben wir eigentlich nur jemanden gesucht, der fiese Bilder fakt.«

»NUR ist gut! Jetzt haben wir auf jeden Fall einen Dieb, der womöglich im Kopf chatten kann, der unsere Handys ausspioniert und der außerdem vom Öckenberger für irgendwas eingesetzt worden ist …«, entgegnete ich grimmig. »Vielleicht ist es sein Einsatz, Sachen aus der Schule zu stehlen. Für den Öckenberger?«

Elli starrte mich an. »Für den Öckenberger? Das passt doch gar nicht zusammen!«

»Aber er hat davon gefaselt, dass Ben einen Einsatz hat …«

Elli nickte verwirrt. »Schon. Aber … der Öckenberger kann doch selbst abends in den Physiksaal gehen und die Kabel mitnehmen.«

»Ich muss Josh die Sache mit der Box erzählen«, sagte ich. »Vielleicht erkennt er den Zusammenhang. Kommst du mit?«

»Ich brauch noch ein Kostüm, das passt«, antwortete Elli. »Ich komm gleich nach.«

Für die Aufführungen wird immer eine Bühne in der Aula aufgebaut. Die stand natürlich jetzt noch nicht, aber auf dem Boden war mit Kreppband markiert, wie groß sie dann sein würde. Spätes Sonnenlicht fiel durch die Glastüren. In dem Viereck aus Kreppband entdeckte ich Josh, der gerade dabei war, etwas auszumessen.

»Hey.« Er machte eine Kopfbewegung in Richtung Abstellraum, von wo Gemurmel zu hören war. Seine Lippen formten »Ben!«.

Ich nickte ihm zu und schlenderte möglichst cool zu der Kammer hinüber. Zwei Jungs aus der Elften, die ich nur vom Sehen kannte, standen vor einem Regal mit Kram. Und daneben saß Ben.

»Hallo, Marie«, sagte er sofort, als er mich erblickte, stand auf und kam zur Tür.

»Hi, Ben.« Ich überwand mich und lächelte ihn an. »Ich bin jetzt fürs Schminken zuständig«, sagte ich und LÄCHTELTE und LÄCHELTE weiter. »Übernachtest du auch hier?«

»Sicher, was sonst? Ist die Box bei dir zu Hause?«

»Klar.«

Er nickte zufrieden. »Danke, du bist echt eine Hilfe.«

Das Schlimmste war: Er klang dabei total ehrlich. Dass einer so gut lügen konnte!

Mann! Es war so … so unbegreiflich!

»Hey, Ben«, rief einer der Jungs, »gib mir mal die blaue Folie für die Scheinwerfer.«

»Gern«, sagte Ben. »Ich muss weitermachen, Marie.« Er wandte sich zu den Jungs um. »Die da? Die ist ja schon ein bisschen alt. Da gibt es mittlerweile viel bessere. Soll ich dir mal den Link schicken? Ein Spezialgeschäft für Bühnentechnik.«

Der andere lachte. »Kriegst du da Prozente, oder was? Wenn, dann sag's der Bause.«

Ich eilte zurück zu Josh, der in seinem Viereck aus Kreppband auf dem Boden kniete und umständlich mit seinem Taschenmesser ein wackliges Stuhlbein festschraubte. Ich konnte sehen, dass er unser Gespräch belauscht hatte.

Ich hockte mich neben ihn. »Josh, wir haben etwas Neues.«

Ich beugte mich ganz nah an sein Ohr und erzählte noch einmal von der Kiste und ihrem Inhalt.

»Wow.« Josh hatte das Messer sinken lassen und schaute mich mit offenem Mund an. »Das passt jetzt so gar nicht zu dem Rest. Warum sollte er den Physikkram stehlen?«

»Weiß ich auch nicht«, erwiderte ich. »Warum sollte er Handys hacken und Bilder faken? Wenigstens weiß ich jetzt, wo ich stehe.«

»Wo stehst du denn?«

»Na, auf der Seite der Jäger.« Ich bemühte mich zu grinsen, merkte aber selbst, dass es mir verrutschte. »Bis vorhin habe ich, ehrlich gesagt, immer noch gehofft, dass wir einem kindischen Hirngespinst auf der Spur sind.«

Josh knuffte mich in die Seite. »Hey, ich bin mir ja auch nicht sicher, wohin uns diese Spur führt.«

»In die Zukunft«, sagte ich leise. Dann erhob ich mich seufzend und ging zurück ins Musikzimmer.

Die anderen probierten immer noch Kostüme an oder fragten sich Text ab, drei Jungs übten etwas, das sich anhörte wie Hummelgebrumm, aber wohl ein Background-Chor sein sollte. Alina trug ein grünes, eng anliegendes Kleid und probte Tanzschritte. Und Steff, der hochbegabte Pianist aus der Neunten, den sie immer »Wunderkind« nennen und den Elli ursprünglich küssen sollte, hatte meinen Schminkkoffer kurzerhand aufs Fensterbrett verfrachtet und klimperte irgendwas auf dem Klavier.

Elli hatte mittlerweile einen grauen Rock gefunden, der ihr einigermaßen passte, und kam zu mir herüber, um mir beim Sortieren zu helfen. Ich legte mir ein Blatt Papier neben die Schminksachen und listete alle Dinge auf, die ausgetrocknet oder leer waren.

»Ich kann dir einen Link schicken …«, hatte Ben vorhin gesagt. Wie oft hatte ich das aus seinem Mund schon gehört?

Während ich Schminksachen notierte, erstellte ich gleichzeitig im Kopf eine Liste von all den Dingen, die Ben uns jemals empfohlen hatte: Klettern gehen. Den Trampo-Park. Das Schwimmbad in Fürth. Schloss Neuschwanstein. Bälle. Seile. Töpfern. Klamotten. Und jeden Tag hatte er etwas anderes Cooles an. Einige Jungs hatten sich inzwischen auch solche weißen Hemden gekauft, die er oft trug, und sicher noch vieles mehr. War Ben eine lebendige Schaufensterpuppe?

Bestellsystem, dachte ich. Wie hängt das alles zusammen?

»Könnte es sein«, fragte ich Elli leise, »dass nur deshalb die Werbung im Klassenzimmer auf uns zugeschnitten war, weil Ben vorher unsere Gespräche belauscht hat? Oder unsere Chats durchforstet hat? Hat er das dann vielleicht alles weitergegeben?«

Sie schaute mich nachdenklich an. »Mensch, Marie, das klingt nicht schlecht.«

»Und – vielleicht hat er es sogar an diese Smartshopping-Firma verraten! Denk doch mal daran, dass ich Bikinis bekommen habe, nachdem wir drüber gesprochen hatten. In der Klasse. Ben ist dabei gewesen!«

»Stimmt auch! Und – wenn er wirklich Zugang zu allen Handys hatte, dann hat er sicher auf Pias Handy irgendwas gesehen, was ihn auf den Maikönigin-Wettbewerb geführt hat! Deswegen kam prompt Werbung dafür!« Elli machte ein grimmiges Gesicht. »Das wäre ja ein Ding!«

»Anderseits hat er auch ständig was für die Klassengemeinschaft getan«, korrigierte ich mich selbst. »Denk an den Trampo-Park.«

»Zu dem er selbst nicht gekommen ist«, erwiderte Elli. »Und für den ihr Eintritt gezahlt habt.«

»Ja, aber wir hatten doch Lust darauf. War ja auch cool.«

»Genau. Das hat Ben erkannt. Dass es was für euch wäre. Und deshalb hat er es euch vorgeschlagen«, sagte Elli. »So, wie es dein Sprachassistent zu Hause macht, Marie. Chatten, werben, verkaufen, bestellen, liefern … DAS ist sein EINSATZ.«

»Mann! Kann das wirklich sein?« Ich zögerte immer noch.

»Wie euer Sprachassistent«, wiederholte Elli. »Nur, dass er uns noch dichter auf die Pelle rückt als eure Box. Er ist auch dabei, wenn wir offline sind. Er fragt uns aus und wir vertrauen ihm.«

»Meinst du, er wird dafür bezahlt?«

»Möglich«, sagte Elli und kniff die Augen zusammen. »Vielleicht ist es ganz gut, dass wir mit unserem Verdacht nicht zum Öckenberger gegangen sind. Was ist, wenn DER ihn eingesetzt hat?«

»Du meinst …?« Ich überlegte. So was Ähnliches hatte ich ja auch schon gedacht. »Der Öckenberger duldet es also, dass wir ausspioniert werden, damit irgendjemand uns Werbung schickt? Aber WARUM?!«

»Der Öckenberger weiß auf jeden Fall was«, meinte Elli. »Bloß was?«

»Das ist doch alles Wahnsinn«, murmelte ich.

»Genug für heute«, sagte die Bause in diesem Moment. »Wir wollen ja noch den Film anschauen. Aber vorher richtet bitte erst noch eure Schlafplätze her! Könnte ein bisschen eng werden, aber ihr schafft das. Ich selbst schlafe gleich nebenan.« Sie deutete auf den Materialraum, in dem die ganzen Xylofone, Trommeln und so Zeug standen. »Ich kann euch ja nachts nicht unbeaufsichtigt lassen. Die Tür bleibt auf.«

Alle wuselten im Musikzimmer herum, dann wurden die Stühle weggeschoben und die Isomatten ausgerollt und mit einem Mal fühlte ich mich wie im Zeltlager. Ein Zeltlager mitten in der Schule.

»Ist hier noch ein Platz frei?« Josh legte seine Isomatte links neben meine, bevor ich antworten konnte. Er deutete unauffällig auf

Ben. Der lehnte am Klavier und schaute dem Treiben zu. »Übernachtet er auch heute hier?«, fragte Josh leise. »Weißt du was?«

»Ja«, erwiderte ich. »Hat er zumindest gesagt.«

»Der legt sich aber nicht neben uns!«, murmelte Elli bestimmt und schüttelte ihren Schlafsack rechts von mir aus. »Der nicht!«

»Am Montag bekommen wir vielleicht Werbung für Campingkocher oder Tipps für die besten Zeltplätze oder so«, sagte ich bitter. »Josh, hör mal unsere neueste Theorie: Er beobachtet uns, um uns besser bewerben zu können, und gibt dann all sein Wissen weiter, und dann bekommen wir das ganze Zeug geschickt. Ein Spion für die Werbebranche. Er sperrt seine Ohren auf, bestellt und liefert.«

Ich musste mir Mühe geben, ruhig zu bleiben.

»Hm«, machte Josh und nickte grimmig. »Könnte wirklich sein.«

»Ben ist im EINSATZ«, sagte ich eindringlich.

»Ben ist im Einsatz«, wiederholte Josh. »Klar! Das hat der Öckenberger gesagt. Und er spioniert sogar unsere Handys aus! Aber – das heißt doch … wir müssen auch noch den Einsatzleitern auf die Spur kommen. Vielleicht hat der Öckenberger Komplizen. Sicher. Der hat ja nichts davon, dass Ben für die Werbebranche den Spion macht. Aber wartet nur! Wenn wir die Typen haben, dann können wir wirklich zur Polizei gehen!«

»Die Frage ist allerdings«, warf Elli leise ein, »warum stiehlt er Physikzeug? Denn das ist doch das Gegenteil von Liefern!«

Ratlos sahen wir uns an.

#

Es wurde ein großes Gelächter, als der Film endlich lief, weil ja jeder der Anwesenden eine Rolle spielte, die auch im Film vorkam. Manche konnten ganze Textpassagen mitsprechen, und die Bause machte zuletzt ein ganz komisches Gesicht und meinte, vielleicht sei es doch keine so gute Idee gewesen, den Film VOR der eigenen Aufführung anzuschauen, nicht, dass jetzt alle nachahmen würden, was sie gesehen hatten. Wir saßen in der Aula auf der Kreppband-Bühne und hatten eine Leinwand aufgebaut.

»Aber allein schon der Gesang ist doch total anders«, sagte Alina. »Wir haben sogar was neu komponiert.«

»Und die Jungs rappen«, brummte Elli neben mir. »Weil sie es anders nicht hingekriegt haben.«

Die meisten hatten uns in Ruhe gelassen. Nur ein paar tuschelten immer, wenn wir in die Nähe kamen. Was ich mir am meisten gewünscht hätte, wäre, dass jemand zu uns gekommen wäre und sich entschuldigt hätte. Oder gesagt hätte, dass das mit dem Fake-Foto Mist war. Oder etwas in der Art. Aber so etwas machte keiner.

Ben saß die ganze Zeit dabei und unterhielt sich völlig normal. Es war verrückt. Oder waren wir selbst verrückt? Hatten wir uns in eine wilde Theorie verrannt?

Gut, dass Josh und nicht er sich neben mir auf der provisorischen Bühne niedergelassen hatte. Ich hätte nicht gewusst, wie ich mich Ben gegenüber hätte verhalten sollen. Und gut, dass Josh und nicht Ben seine Isomatte neben mir ausgerollt hatte … Neben Ben hätte ich kein Auge zutun können!

Aber dann kam sowieso alles anders, denn nach dem Film stellte sich heraus, dass Ben nicht nur kein Übernachtungszeug, sondern vor allem keine Unterschrift von den Eltern hatte. Die Bause blieb streng und schickte ihn heim.

»Ich muss dich leider rausschmeißen«, sagte sie.

Ben blickte von der Bause zu mir und wieder zurück. »Rausschmeißen?«

Wie konnte er nur so unschuldig schauen? So freundlich. So liebenswürdig.

»Na, aus der Schule«, wiederholte die Bause.

»Aus der Schule?« Ben machte ein irritiertes Gesicht.

»Du bist ein guter Schauspieler«, sagte die Bause und lachte. »Das nächste Mal kommst du von Anfang an mit in die Truppe.«

Ben nickte. »Gern.«

»Also«, sagte die Bause, »du musst mich verstehen, wenn du keine Unterschrift von deinen Eltern hast, kann ich dich nicht hierbehalten. Sogar Marie hat die Unterschrift mitgebracht, obwohl sie erst seit heute Mittag weiß, dass sie dabei ist.«

Ben stand eine Sekunde ganz starr. Eine lange Sekunde. Hatte er nicht gewusst, dass er eine Unterschrift brauchte? Oder es vergessen? Was ging in ihm vor?

»Komm, ich bring dich zur Tür«, sagte die Bause.

»Nicht nötig«, meinte Ben schnell.

»Oh doch, das ist nötig. Allein kommst du jetzt nicht mehr raus«, sagte die Bause und zückte ihr Magnetkärtchen. »Sicherheitsschloss. Ist doch alles schon zu.«

Ben schaute mich an. Wartete er auf meine Hilfe? Was sollte ich denn tun? Doch dann ging ein Ruck durch ihn. Als hätte er eine Entscheidung getroffen.

»Es ist gut«, sagte er. »Dann ist es so. Das geht in Ordnung.«

»Wir können ja morgen schreiben?«, schlug ich vor, denn ich sollte ja an ihm dranbleiben. Vielleicht würde ich es schaffen, dass er uns zu seinen – wie hatte Josh es genannt? – Einsatzleitern führte.

»Kommst du nicht mit?«, fragte er mich.

»Nein – äh, ich übernachte doch hier!«

Was war jetzt auf einmal los mit ihm? Er war doch sonst nicht so leicht zu verunsichern. Was brachte ihn so durcheinander?

»Dann hole ich morgen mein Zeug bei dir ab«, sagte er schließlich. »Ich kann ja jederzeit dran.«

»Kein Problem.« Ich nickte. »Ich schreibe dir. Dann treffen wir uns.«

»Brauchst du noch was?«, fragte die Bause ungeduldig, als er noch einmal zögerte, und hielt ihm die Tür auf.

»Nein«, sagte Ben. »Jetzt brauche ich nichts mehr. Jetzt kann ich gehen.«

Er lächelte mir zu. »See you.«

Und dann verschwand er, ohne sich noch einmal umzuschauen, in der Dunkelheit.

»Marie«, hörte ich die Bause, »rein oder raus, was willst du? Oder träumst du schon?«

Irgendwas war extrem komisch. Ich kam nur nicht drauf. Noch nicht.

Doch die Nacht fing ja auch erst an.

#

Ich war es, die die Tasche entdeckte. Bens Schultasche, in der Ecke hinter dem Klavier. Es sah ihm so gar nicht ähnlich, dass er etwas vergaß. Er war doch sonst immer so perfekt organisiert!

Ich war es, die die Tasche entdeckte – und möglichst unauffällig schlich ich hin und holte sie mir.

Überall wurde noch geredet. Wir hatten das große Licht ausgemacht, nur die Lampe am Klavier brannte und alle saßen in Grüppchen auf ihren Isomatten zusammen im Dämmer und unterhielten sich leise. Einer aus der Elften, ich glaube, er hieß Lothar, beugte sich über das Waschbecken und putzte sich die Zähne. Es hätte sehr gemütlich sein können. Wenn nicht … wenn nicht dieses Foto zwischen uns und den anderen gestanden hätte. Wenn nicht Ben und unsere Theorien durch den Raum gekreiselt wären. Elli, Josh und mir war nicht nach Gemütlichkeit.

»Das ist Bens Schultasche«, flüsterte ich. »Er muss sie vergessen haben.«

»Na los, schau rein«, sagte Elli und machte große Augen.

»Ein Wink des Schicksals«, meinte Josh.

»Okay.« Ich öffnete zögernd die Tasche. »Schauen wir nach, was er bei sich hat.«

Ich weiß nicht, was ich erwartet hatte. Wieder Kabel und Spulen? Werbebroschüren? Coole T-Shirts? Anderes Diebesgut aus der Schule? Es waren jedoch nur die üblichen Hefte und Bücher, nichts Persönliches.

Elli nahm ein Heft heraus und blätterte es auf. »Nanu?«

Es war leer.

Sie nahm das nächste Heft.

»Die Mathe-Hausaufgaben hat er gemacht«, murmelte sie.

»Ist daran etwas verdächtig?«, grinste Josh.

»Eher nicht.« Ich klappte den Deckel wieder zu.

»Warte, nicht so schnell«, sagte Elli und nahm sich die Tasche noch einmal vor. »Da! Im Deckelfach. Schaut mal!«

»Sein iPhone.« Josh pfiff durch die Zähne. »Er hat es dagelassen! Sag ich doch, dass er es gar nicht wirklich braucht. Sonst würde er besser darauf aufpassen!«

»Schade, es ist aus«, meinte Elli und starrte auf das schwarze Display.

»Moment, ich schreib ihm was.« Josh richtete sich auf. »Wenn er dann antwortet, haben wir den endgültigen Beweis!«

Wir schauten uns an, und ich las in Ellis und Joshs Gesichtern, dass sie dasselbe mulmige Gefühl hatten wie ich. Eigentlich wollte keiner von uns dreien, dass wir noch mehr Indizien für unsere Theorien fanden, da war ich mir sicher. Wir hätten uns gern vom Gegenteil überzeugen lassen. Sogar Josh.

»Ich mach das jetzt!« Er tippte etwas in sein Handy und drückte auf Senden. »So, mal abwarten, was passiert.«

»Hier ist noch was«, sagte Elli, die das Deckelfach weiter abtastete.

Sie zog eine Karte heraus, eine Art Bankkarte. Nein, eher eine Keycard. So eine mit Magnetstreifen, wie sie die Bause eben in der Hand gehabt hatte, um die Schultür aufzumachen.

Josh hob die Augenbrauen. »Wow!«

»Was bedeutet das?«, wollte ich wissen.

»Na, das könnte doch bedeuten, dass Ben freien Zutritt in die Schule hat«, meinte Josh.

»Wie die Lehrer?«, fragte ich erstaunt. »Könnte es nicht auch eine Karte vom Fitnesscenter oder so sein?«

»Könnte schon. Aber«, sagte Josh langsam, »Ben ist doch sowieso die meiste Zeit in der Schule, oder? Es ist ja fast so, als würde er hier wohnen. Da hat er vielleicht tatsächlich eine Karte. Vom Öckenberger.«

»Als würde er hier wohnen ...«, wiederholte Elli leise.

»Auch vor unserm ... Spaziergang haben wir uns an der Schule getroffen«, musste ich zugeben.

Schon wieder standen wir vor einem neuen Rätsel.

»Oder er hat die Karte geklaut«, meinte Elli. »Der Dieb!«

»Testen wir doch, ob sie geht«, schlug ich vor.

Die Bause, die inzwischen im Jogginganzug mit dem Wunderkind und einigen anderen zusammensaß, machte keine Anstalten, uns Gute Nacht sagen zu wollen. Es war ja auch erst halb zwölf, und bis Mitternacht, das hatte sie vorhin gesagt, durften wir auf alle Fälle quatschen. Es würde nicht auffallen, wenn wir noch mal das Zimmer verließen.

Ich zog mir meinen Kapuzenpulli über.

Joshs Handy piepste leise.

Wir schauten uns an.

»Ben«, sagte er. »Er hat zurückgeschrieben: Ja, schade, dass die Bause mich rausgeschmissen hat. See U, Ben.«

»O my God«, murmelte Elli.

#

Auf den Gängen war es still. Und dunkel.

Wir testeten Bens Karte am Haupteingang. Es klickte leise. Die Tür war auf.

»Definitiv nicht vom Fitnesscenter«, sagte Josh. »Der Kerl ist ein einziges Rätsel.«

»So was gehört verboten«, murmelte Elli.

Rätsel … verboten … Eingang … In diesem Moment fiel mir etwas ein. Es gab nicht nur an den Eingängen der Schule Kartenleser. Ich hatte so etwas auch noch an einem anderen Ort gesehen: in dem rätselhaften Gang hinter dem Sekretariat – an einer Milchglastür, die aussah, als führe sie direkt zum Zahnarzt. An einer Tür, auf der ZUTRITT VERBOTEN stand.

Ich war wie elektrisiert.

»Kommt mal mit«, sagte ich und meine Stimme war ganz rau. »Vielleicht können wir mit dieser Karte ja auch dort rein, wo sonst der Zutritt verboten ist.«

»Ich versteh nicht, was du meinst«, erwiderte Elli. »Wohin willst du?«

»Wir müssen groß denken«, sagte ich. »Oder? Das haben wir doch gesagt. Was, wenn zu dieser Geschichte auch noch der neue verbotene Trakt hinter dem Sekretariat gehört?«

»Verbotener Trakt?«, fragte Josh überrascht. »Meinst du da, wo so lange Baustelle war?«

»Genau«, flüsterte ich.

Wir huschten im Dunkeln die Treppe hoch in den ersten Stock, leise und schnell, bis wir vor dem Sekretariat standen. Licht anzumachen trauten wir uns nicht. Ich schaute auf mein Handy, wir hatten noch 23 Minuten bis Mitternacht. Das hier war total verboten. Es würde einen Schulverweis geben, wenn wir erwischt würden. Vielleicht war ich in Wahrheit ja zu Hause in meinem Bett und das Ganze nur ein wirrer Traum?

Nein.

Es war natürlich kein Traum.

Wir schlichen am Sekretariat vorbei. Und auch am Büro des Direktors. Dann knickte der Gang ab und wir standen schweigend vor der neuen undurchsichtigen Glastür.

ZUTRITT VERBOTEN.

Das Hochspannungszeichen. Ein Blitz. Und: ein Kartenleser an der Seite. Ich hatte mich richtig erinnert.

»Was ist, wenn da irgendwo Strom drauf ist?«, fragte Elli leise und deutete auf den Blitz.

»Wo denn?« Ich schüttelte den Kopf. »Am Türgriff? Sicher nicht. Das wär doch krank.«

»Hier ist vieles krank«, erwiderte Elli.

»Aber ich habe den Öckenberger schon durch die Tür gehen sehen, das kann nicht gefährlich sein.«

Damals, dachte ich. Vor Jahrhunderten. Als ich noch nicht das Geringste geahnt hatte.

Unschlüssig standen wir vor der Tür. Bis Josh mir schließlich Bens Keycard abnahm und sie an das Lesegerät hielt. Wir trauten uns kaum zu atmen. Es blinkte grün auf und die Tür klickte. Die Karte passte!

Unendlich laut hallte das Klicken durch die stille Schule.

»Jetzt wird es wirklich etwas ganz Großes«, murmelte Josh.

Als alles ruhig blieb, stieß er vorsichtig die Tür auf. In dem Gang dahinter war es dunkel. Aber nicht so dunkel, wie es hätte sein müssen – ein blaues Dämmerlicht erhellte den Flur vor uns. Er lag ruhig und verlassen da, unauffällig und still. Keine Kabel. Keine Stromkästen. Nichts. Der Gang sah exakt aus wie früher. Nach ein paar Schritten würde man zu dem kleinen Feuertreppenhaus kommen, das ich oft als Abkürzung in unser Klassenzimmer genutzt hatte. Kam man aber nicht mehr. Denn dort war ebenfalls eine Milchglastür angebracht worden. Der Gang war vorn und hinten versiegelt.

Doch dann erkannten wir, woher das blaue Dämmerlicht kam. Dort, wo bis vor Kurzem noch das Schularchiv untergebracht gewesen war, war eine weitere neue Tür eingesetzt worden. Hier jedoch eine Stahltür mit einem kleinen Sichtfenster oben, wie bei manchen Aufzügen. Durch dieses Sichtfenster fiel das blaue Dämmerlicht zu uns hinaus auf den Flur. Wir standen ganz still und schauten nur. Keiner wagte sich zu bewegen.

Wir lauschten.

War da jemand drin? Arbeitete da noch jemand am Computer? Denn das Licht sah nach Bildschirmlicht aus. Eine Minute oder länger standen wir reglos da.

Nichts rührte sich.

Nur das Licht schien zu uns heraus.

Unheimlich.

Wir sahen uns an. Wir brauchten keine Worte, ich wusste auch so, was Elli und Josh dachten.

Sollten wir abhauen oder reinschauen?

Wir entschieden uns fürs Reinschauen. Langsam, ganz langsam, Schritt für Schritt schlichen wir an die Tür heran. Elli nahm meine Hand und drückte sie. Josh zwinkerte nervös. Er warf mir einen kurzen Blick zu, dann hob er sich auf die Zehenspitzen und sah durch das Sichtfenster. Blassblau zeichnete sich seine Nase im Gegenlicht ab. Wenn jemand hinter der Tür in dem Zimmer war, würde er ihn jetzt deutlich erkennen können …

Josh duckte sich weg. Reflexhaft wich ich zurück und wollte schon davonlaufen, doch er hielt mich am Ärmel fest und schüttelte stumm den Kopf. Er trat einen Schritt zur Seite, stellte sich wieder auf die Zehen und schielte noch einmal aus der anderen Richtung durch das Sichtfenster. Nur unser Atem war zu hören.

»Keiner drin«, hauchte Josh schließlich. »Schaut mal!«

Elli und ich spähten durch das Fenster. Der Raum war gar nicht so klein, wie es zuerst den Anschein hatte. Er war zweigeteilt, auf der einen Seite stand ein Tisch mit mehreren Tastaturen und Monitoren, von denen das blaue Licht kam. Auf der anderen Seite des Raums konnte ich nur einen Hocker entdecken. Er stand auf einer silbergrauen Matte, von der mehrere Kabel wegführten. Daneben war ein großer Schrank. Wie ein Kleiderschrank.

»Was ist denn das für ein Raum?«, fragte ich fassungslos.

»Schaut«, machte Elli und deutete auf ein kleines Kästchen neben der Stahltür.

Auch hier gab es einen Kartenleser! Mit stummem Einverständnis hielt Josh Bens Keycard davor.

Und wieder leuchtete die Anzeige grün.

Und wieder klickte die Tür.

Ben hatte auch hier Zugang!

Die Tür ging nach außen auf, aber gerade, als ich einen Schritt in den blauen Raum hineingehen wollte, hielt Elli mich energisch am Arm zurück.

»Nicht«, wisperte sie und deutete nach oben.

Ich erstarrte. Direkt über der Tür ragte eine Überwachungskamera in den Raum. Ich trat so leise wie möglich wieder zurück. Ratlos standen wir eine weitere kostbare Minute da und dachten nach. Man hätte unsere Gedanken rattern hören können. Wenn wir Rechner gewesen wären.

»Um herauszufinden, was das für eine Anlage ist«, flüsterte Josh schließlich, »müssten wir zu den Computern rüberkommen und nachsehen, was auf den Bildschirmen ist. Aber das können wir nicht.«

Elli schaute prüfend zur Überwachungskamera hoch. »Vielleicht doch. Wenn wir uns ganz nah an der Wand entlangdrücken, könnten es klappen, ohne dass wir gesehen werden.«

Josh kniff die Augen zusammen. »Da wär ich mir nicht so sicher. Solche Dinger haben einen extremen Weitwinkel. Wenn, dann geht nur einer.«

Ich holte tief Luft. »Ich gehe«, sagte ich. »Wenn Ben … ich meine, wenn das hier was mit Ben zu tun hat, dann … äh … er wird mir doch nicht böse sein, falls rauskommt, dass ich hier war. Oder? Nach alldem, was war.«

»Was war denn?«, fragte Elli leise.

Sie hatte recht. Was WAR denn? Eigentlich war alles nur in meinem Kopf gewesen. Aber es gab kein Zurück. In mir brodelte es stärker als je zuvor, ich war auf der Jagd und mir waren in diesem Moment, kurz vor Mitternacht, alle Verweise dieser Welt egal.

»Zieh dir die Kapuze über«, flüsterte Josh und zupfte an meinem Pulli. »Nur zur Sicherheit. Und schau nicht nach oben, okay? Denn ich glaube nicht, dass es Ben ist, der in diesem Raum das Sagen hat.«

Ich nickte. Dies war kein Raum für einen Einsatz, was immer der Einsatz war. Dies war der Raum für den Einsatzleiter.

Ich zog mir die Kapuze tief in die Stirn. Und dann schob ich mich in das Zimmer, Schritt für Schritt, eng an die Wand gepresst. Ich versuchte, mich so unsichtbar zu machen wie nie zuvor in meinem Leben. Ich konzentrierte mich ganz auf die Wand hinter mir, ich klebte an ihr, spürte sie an meinem Rücken, an meinem Hintern, an den Armen und Beinen, und ich hielt den Kopf starr gesenkt, bis ich vor der Kommandozentrale stand. Denn etwas anderes konnte es wohl kaum sein als eine Kommandozentrale.

Ich riskierte einen Blick zurück zur Tür, wo Josh und Elli mit ängstlichen Gesichtern standen und mir nun ihre Fäuste zeigten. Sie drückten die Daumen.

Ich atmete langsam aus. Vorsichtig ging ich in die Knie und lugte unter meiner Kapuze hervor auf die Bildschirme. Es sah aus, als würden hier die Aufnahmen mehrerer Überwachungskameras zusammenlaufen. Auf dem größten Monitor waren dicht an dicht lauter einzelne Bilder zu erkennen. Sie waren mit Uhrzeiten versehen. Und sie trugen jeweils ein kleines Play-Zeichen.

07:00.

08:00.

09:00.

Und so weiter.

12:00.

13:00.

14:00.

Lauter kleine Filme. Nach Uhrzeiten sortiert. Wie bei YouTube. Vielleicht eine neue Sicherheitszentrale der Schule? Von der niemand wissen durfte? Aber was war dann Ben? Der neue Undercover-Wachmann? Arbeitete er für einen Securitydienst? Mir verschwamm alles vor den Augen.

Elli gab mir ein Zeichen. »Mach Fotos!«

Ich nestelte mit zitternden Fingern mein Handy aus der Tasche meiner Jogginghose und öffnete die Foto-App. Bloß keinen Blitz! Ich prüfte die Einstellungen sorgfältig, dann drückte ich ab. Ich machte Fotos von Fotos. Und betete, dass die Bilder nicht total verwackelt waren. Bei Dämmerlicht wurden Aufnahmen mit dem Handy ja oft nichts.

Ein Knacken ließ uns herumfahren. Ich machte einen Schritt zurück, weg vom Schreibtisch, presste mich dicht an die Wand und wünschte mir, ich würde ausnahmsweise einmal tatsächlich mit ihr verschmelzen. Kam Ben zurück? Oder hatte hier jemand anders noch Wachdienst, einer, der mal eben schnell eine rauchen gewesen war?

Aber da war nichts.

Vielleicht waren es die Kabel gewesen, die geknackt hatten. Ich stieß die Luft aus und machte weiter, bis ich endlich alles fotografiert hatte: die Kabel. Den leeren Hocker. Die Computerbildschirme. Die Aktenordner auf dem Tisch. Den Schrank.

Fotos in jede Richtung.

»Rückzug«, flüsterte Josh von der Tür her.

Ich schob mich vorsichtig an der Wand entlang zurück, aus dem rätselhaften Raum heraus, langsam, leise, konzentriert, wie eine Diebin, wie ein Einbrecher, wie ein Spion. Meine Beute hatte ich auf dem Handy.

»Super gemacht«, hauchte Elli, als ich nach endlos langen Sekunden wieder auf dem Gang stand.

Josh nahm die Karte und verschloss behutsam die Stahltür hinter mir. Und dann huschten wir aus dem blaudunklen Gang heraus und zogen so leise, wie es nur ging, auch die Milchglastür wieder zu.

Alles war wie zuvor – und doch war alles anders.

Immer noch lag vor uns das Büro des Rektors, danach kam das Sekretariat und noch weiter hinten das Lehrerzimmer. Immer noch war das hier ein Schulgebäude. Aber das Schulgebäude hatte eine unheimliche Rückseite bekommen.

Ich warf einen Blick auf mein Handy. 23:56 Uhr. Die Bause würde jeden Moment Gute Nacht sagen. Wir hasteten die Treppe hinunter und schlüpften der Reihe nach wieder ins Musikzimmer, wo immer noch in kleinen Grüppchen Karten gespielt wurde. Ich hörte die Bause nebenan im Materialraum lachen, wo sie schlafen würde.

»Wo wart ihr denn?«, fragte Alina erstaunt. »Ich habe euch gar nicht rausgehen sehen.«

»Nur ein kleiner Spaziergang«, sagte Elli und machte eine Geste, die an eine Zigarette denken lassen sollte.

»Rauchen auf dem Klo?«, kicherte Alina. »Meine Güte, wie primitiv.«

Wenn sie wüsste, was wir wussten! Wenn sie gesehen hätte, was wir gesehen hatten! Nur – was hatten wir gesehen? Was wussten wir eigentlich?

»Wir warten, bis die Bause eingeschlafen ist«, flüsterte Elli und schlüpfte in ihren Schlafsack. »Danach schauen wir uns die Fotos an, die Marie gemacht hat.«

Wie aufs Stichwort erschien jetzt die Bause im Türrahmen. »Sperrstunde!«, rief sie. »Wir wollen ja morgen fit sein. Deshalb Licht aus und gute Nacht! Packt die Spiele weg! Ab jetzt möchte ich nichts mehr hören. Und – lasst es euch gesagt sein, ich habe einen leichten Schlaf!«

Allgemeines Gutenachtsagen. Allgemeines Geraschel. Nur wir drei lagen atemlos nebeneinander und spürten, wie sich die Welt um uns herum drehte und drehte und drehte.

#

Geisterstunde.

Es war nicht Sperrstunde, wie die Bause gesagt hatte, es war Geisterstunde. Wir kauerten, ohne Licht anzumachen, auf der Bank hinter dem Pausenverkauf. Es hatte eine Zeit gedauert, bis wir uns getraut hatten, wieder nach draußen zu schleichen. Noch immer schliefen nicht alle. Aber aus dem Materialraum war schon leises Schnarchen zu hören gewesen. Von wegen leichter Schlaf!

Nun saßen wir endlich hier, im Dunkeln, und ich zückte mein Handy und öffnete die Bildergalerie. Ich klickte das erste Bild an und zog es auf, bis es groß und größer und ganz verpixelt wurde. Einer der Bildschirme. Darauf waren lauter Augen zu sehen. Bunte Augen.

»Vielleicht der Bildschirmschoner«, überlegte ich.

»Sicher«, meinte Elli.

»Was steht denn da in den Pupillen?«, fragte Josh und beugte sich über mein Handy. »A&O?«

»Stimmt.« Ich kniff die Augen zusammen.

Dann tippte ich das nächste Foto an und vergrößerte es. Einer der Ordner auf dem Tisch. Aufgeschlagen. Zahlenreihen wurden sichtbar. Josh beugte sich wieder dicht über mein Handy.

»Kannst du was erkennen?«, fragte Elli ungeduldig. »Lass mich auch mal.«

Josh pustete sich die Haare aus der Stirn. »Nur Zahlen.«

»Nächstes Foto«, sagte Elli und stieß mich an.

Auf dem nächsten Foto war der größte Bildschirm zu sehen. Der zentrale Monitor mit den vielen Miniatur-Aufnahmen. Vierundzwanzig kleine Fotos nebeneinander. Versehen mit Uhrzeiten und Play-Zeichen.

»Überwachungsfilme«, knurrte Josh. »Alles illegal. Ich meine, in einer Schule – hallo?!«

»Mach mal eins der Bilder größer«, bat Elli. »Das da oben links zum Beispiel.«

»Sechs Uhr«, las ich.

Auf dem kleinen Standbild des ersten Films war Sichtmauerwerk zu sehen. Und eine Tür. Über der Tür war eine Kamera angebracht. Ein ziemlich leeres Bild, fand ich.

»Erkennt ihr das?«, fragte Josh aufgeregt. »Es muss irgendwo in diesem Gebäude sein, definitiv. Wo genau ist leider schwer zu bestimmen. Solche Mauern gibt's hier überall.«

»Hinter uns auch«, sagte ich.

»Aber hinter uns ist keine Kamera, oder?«, fragte Elli und schaute sich vorsichtshalber um. Doch es war zu finster, um etwas zu erkennen.

»Ich hoffe einfach mal nicht«, murmelte Josh. »Sonst sind wir am Arsch.«

»Wartet«, flüsterte Elli und klang noch aufgeregter. »Jetzt weiß ich, wo das ist. Es ist der Raum, in dem wir waren! Über der Tür hing doch dieses Teil. Die Überwachungskamera.«

»Aber warum sollte man mit einer Überwachungskamera eine andere Überwachungskamera filmen?«, fragte ich unschlüssig. »Das ist doch Bullshit. Oder ist da was falsch eingestellt?«

»Scroll mal weiter nach rechts.« Josh stupste mich an. »Was war denn noch auf dem Bildschirm drauf? Hier, der nächste Überwachungsfilm – also, wenn es so etwas ist. Sieben Uhr, wieder dieselbe Einstellung, Wand und Tür. Aber dann ändert sich was. Bei dem Film von acht Uhr.«

Das Standbild war wieder ziemlich verpixelt, als ich es größer zog, aber nun waren eindeutig Schüler darauf zu erkennen.

»Acht Uhr«, wiederholte Josh. »Die Leute kommen in die Schule …«

»Da«, sagte Elli plötzlich und deutete mit dem Finger in eine Ecke des Standbilds. »Das bist du, Marie.«

»Was? Ich?« Mir wurde kalt. »Tatsächlich.«

Ich war nicht besonders gut zu erkennen, weil das Bild in der Vergrößerung sehr unscharf war. Aber das war eindeutig ich. Im Vordergrund war eine Hand. Ebenfalls unscharf. Offenbar wild gestikulierend.

»Hm.« Josh rieb sich die Augen. »Wo warst du heute früh um acht?«

»Keine Ahnung.« Ich konnte den Blick nicht von dem Bild abwenden. »Meint ihr, wir werden wirklich auf Schritt und Tritt überwacht? Hier, in der Schule?«

»Wenn das wahr ist, ist es ein Skandal«, erwiderte Elli atemlos.

»Es ist was ganz Großes«, sagte Josh wieder einmal und starrte auf den Acht-Uhr-Bildausschnitt. »Nach Stunden sortierte Überwachungsfilme …«

»Und fast immer aus völlig anderen Perspektiven«, sagte Elli. »Das kann doch nicht alles von einer einzigen Kamera aufgenommen sein.«

»Nein«, meinte Josh. »Das ist tatsächlich seltsam.«

Wir sahen uns an.

»Darf ich?« Elli nahm mir das Handy ab und scrollte das Foto langsam weiter nach rechts, bis das Neun-Uhr-Bild sichtbar wurde. Wieder ein Raum in der Schule. Diesmal sah es aus wie ein Klassenzimmer. Hinterköpfe waren zu sehen. Irrte ich mich oder war das UNSER Klassenzimmer? Dann wären das die Köpfe von Tim und Niko. Weiter vorn das Smartboard.

»Pst«, machte Elli und packte mich am Arm.

Wir hielten die Luft an. Schritte.

Schritte auf dem Gang.

»Die Bause«, wisperte Elli.

»Oder … Ben?«, wisperte ich noch leiser.

Was wäre, wenn er wusste, dass wir wussten, was wir wussten …?!

Ich riss Elli mein Smartphone aus der Hand und steckte es unter meinen Kapuzenpulli. Nicht, dass der Schein des Displays uns verriet. Die Schritte kamen aus der Richtung, in der das Musikzimmer lag. Eine Tür quietschte. Ich seufzte auf vor Erleichterung. Da ging wohl nur jemand aufs Klo.

Wir saßen stumm im Dunkeln und warteten und hofften, dass niemand uns entdeckte. Dann quietschte die Tür zum zweiten Mal und die Schritte entfernten sich wieder. Ein paar Sekunden verharrten wir noch reglos.

»Weiter«, flüsterte Elli schließlich und ich zog das Handy wieder unter meinem Pulli hervor. Der Elf-Uhr-Film.

Ich stutzte. »Schaut mal!«

Ich deutete auf das Standbild des nächsten Überwachungsfilms. »Der Koppe.«

»Der Koppe, wie er nach dem Induktionskram sucht«, sagte Elli langsam.

»Mensch!« Ich war fassungslos. »Das ist im Physiksaal!«

»Aber ...« Elli biss sich auf die Lippen. »Wenn das um neun Uhr unser Klassenzimmer war und dies um elf Uhr der Physiksaal ist, dann heißt das doch, dass bei uns in jedem Klassenzimmer eine Kamera hängen muss. Und, nein, kann das sein – dass nur UNSERE Klasse überwacht wird?!«

»Die Kameras müssen irgendwo auf Augenhöhe sein«, meinte Josh. »Sieht nicht so aus, als wäre das alles von weit oben aufgenommen worden.«

Ich scrollte weiter, bis 14 Uhr. »Da bin schon wieder ich. Diesmal noch eindeutiger.«

Elli blinzelte. »Stimmt.«

Frontal aufgenommen. Ich schaue genau in die Kamera. DIREKT in die Kamera. Aber ich hätte es doch gemerkt, wenn ich in irgendeine Kamera geguckt hätte? Oder?

Oder nicht?

War sie so versteckt angebracht, dass man sie nicht erkennen konnte? Aber wo? Und sie musste sehr klein sein ... Ich stand nicht mehr im Klassenzimmer. Es war irgendwo auf dem Gang. Ich versuchte mich zu erinnern, wo ich gewesen war.

Und dann fiel es mir ein.

Ich hatte zufällig sogar nach der Uhrzeit geschaut: Um 14 Uhr hatte mir Ben die Tüte mit seinem Kram in die Hand gedrückt – und das war auf dem Gang gewesen!

Mir gegenüber stand also zu diesem Zeitpunkt ...

»BEN.«

Offenbar hatte ich es laut gesagt. Die anderen starrten mich an.

Ich nickte, obwohl ich nicht nicken wollte. Es gab Mini-Kameras für Brillen. Oder Mützen. Aber Ben trug keine Brille. Und keine Mütze. Ben hatte keine Kamera auf mich gerichtet, er hatte nur seine Augen, seine Sonnenaufgangsaugen, in denen ich so oft untergegangen war.

Unauslöschlich war da dieser Gedanke in meinem Kopf, dieser Gedanke, der nicht sein durfte, der nicht wahr sein konnte, der aber laut und dröhnend durch mein Gehirn raste und sich nicht mehr einfangen ließ. Dieser fiese, dunkle, quälende Gedanke, dass Ben nicht nur chatten konnte, während er mit mir spazieren ging. Dass Ben nicht nur die Sonne aufgehen lassen konnte mit seinem Blick, diesem ernsthaften, durchdringenden, ehrlichen, treuherzigen Blick … dass wir gerade all das sahen, was Ben den Tag über gesehen hatte …

Ich schob den Bildausschnitt auf meinem Handy noch einmal zurück, bis ich wieder die Acht-Uhr-Einstellung sah, das Standbild, wo ich neben zwei anderen Schülern stand.

Natürlich. Acht Uhr. Heute früh. Am Eingang. Vor dem schrecklichen Graffiti. Neben mir hatte Sven gestanden.

Und uns gegenüber – Ben.

»Heißt das«, sagte Elli langsam, »dass diese Aufnahmen alle von Positionen aus gemacht worden sind, an denen Ben heute stand – oder saß?«

Josh schnappte nach Luft. Er starrte aufs Display und flüsterte: »Auf Augenhöhe.« Er fuhr sich mit den Händen über das Gesicht. »AUF AUGENHÖHE!«, wiederholte er. Dann sagte er leise: »Also, Leute, jetzt lacht mich nicht gleich aus. Aber …«

»Aber?«, fragte ich ungeduldig.

»Wenn es stimmt, dass all diese Aufnahmen von Ben gemacht worden sind oder aus seiner Perspektive …«

»… dann war er heute Morgen um sechs Uhr in diesem geheimnisvollen Technikraum«, unterbrach Elli ihn. »Und hat zur Tür geschaut.«

Josh starrte uns an. »Diese Filme«, flüsterte er und betonte jedes Wort, »diese Filme sind das, was er SIEHT. Es ist, als hätte er eine Kamera IM Auge.«

Elli schüttelte ungläubig den Kopf. »So was hat doch kein Mensch.«

Josh schüttelte langsam den Kopf. »Stimmt. So was hat kein Mensch. Aber was … was, wenn er überhaupt kein Mensch ist?«

Wir schwiegen und lauschten dem Gedanken nach, der über uns kreiste. Es ging nicht mehr nur um eine Hirn-Schnittstelle. Es ging nicht mehr nur darum, dass Ben kein Handy benutzte, dass er uns ausspioniert und Dinge an irgendwen weitergegeben hatte. Plötzlich ging es um mehr.

Um etwas wirklich Großes.

So groß, dass wir es kaum zu denken vermochten.

Stell dir vor, dein Klassenkamerad ist kein Mensch. Stell dir vor, der Mensch, den du liebst, ist kein Mensch.

Stell dir vor.

Ich stocke noch jetzt, wenn ich es aufschreibe.

»Pst«, machte Josh plötzlich.

»Was denn?«, wisperte ich.

Wir lauschten und schauten ins Dunkle.

»Nichts«, murmelte Elli. »Nur du atmest so laut, Josh.«

»Ich dachte, ich hätte eine Bewegung gesehen«, flüsterte Josh.

»Einbildung«, sagte Elli. »Geister.«

»Die Nerven«, sagte ich.

Wir schwiegen.

Dann fragte Josh: »Wer glaubt, dass da was dran ist? Dass Ben ein … ein Androide ist? Ein Bot?« Als keiner etwas sagte, fügte er hinzu: »Und wenn da was dran ist … wer steuert ihn?«

Wäre in diesem Moment ein ganz normales Schulgespenst an uns vorbeigeschwebt, vielleicht ein zu früh verstorbener Hausmeister oder dergleichen, ich wäre sicherlich nicht so durcheinander, wie ich es jetzt war. Ehrlich gesagt, ich hatte keine Ahnung, woran man Androiden oder Bots oder andere Formen künstlicher Intelligenz erkannte und was die Typen mit ihren Hochleistungsrobotern schon alles konnten. Ich habe mal einen Bericht über Pflegeroboter im Fernsehen gesehen, da waren Bots mit Puppengesicht im Altenheim unterwegs, bespaßten demente Senioren und gaben auf alle Fragen immer wieder aufs Neue dieselbe Antwort, denn den Alten war es ja sowieso egal, ob es ein echter Mensch war oder nicht, der Ja sagte und nickte, und sie hatten überhaupt nicht gemerkt, dass in Wahrheit Maschinen ihnen Gesellschaft geleistet hatten. Im Fernsehen sagten sie, das sei die Zukunft, bald würden sie überall eingesetzt werden, diese Pflegeroboter.

Damals hatte ich mir nichts dabei gedacht. Und jetzt saß ich nachts verbotenerweise im Foyer der Schule und machte mir Gedanken darüber, ob einer meiner Mitschüler, genauer gesagt, einer, der beinahe sogar mein FREUND geworden wäre, vielleicht eine Art Pflegeroboter für Schüler war. Beziehungsweise das Gegenteil. Ein Spionageroboter für Schüler.

Ben.

Mein Freund.

Mein Sonnenaufgang.

»Ben kann nicht ferngesteuert sein«, sagte Elli schließlich. »Kein Mensch könnte ihn steuern wie eine Figur in einem Computerspiel. Er ist viel zu selbstständig.«

»Er kann sogar Händchen halten«, sagte ich und merkte, wie meine Stimme zitterte. »Ben und ich haben Gespräche geführt, wirklich gute, richtige Gespräche, wir haben diskutiert und er hatte immer eine Antwort.«

Ich konnte Joshs Blick durch die Dunkelheit hindurch spüren, durchdringend, fragend, vielleicht mitleidig. Und plötzlich fürchtete ich mich vor diesem Blick. Beobachtete mich auch durch Joshs Augen irgendjemand anders? Wer sagte mir denn, dass es nur Josh war, der mich anschaute?

»KI, also künstliche Intelligenz, heißt intelligent, weil sie eben genau so was kann«, sagte Josh schließlich leise. »Die Roboter der Zukunft sollen selbstständig zu Ergebnissen kommen, die Entwickler nennen das Black Box. Habt ihr in Informatik nicht aufgepasst? Man gibt der KI Aufgaben, Algorithmen eben, die bearbeiten sie selbstständig und lernen dabei dauernd dazu. Und kein Mensch, auch nicht der Programmierer, kann später im Einzelnen nachvollziehen, wie die Computer dann auf ihre Ergebnisse kommen.«

Mir war schlecht.

»Wenn Ben nichts anderes als eine Maschine ist«, flüsterte ich heiser, »dann braucht er kein Bett und kein Abendessen, oder?«

»Dann braucht er eine Ladestation«, bestätigte Josh. »Stimmt. Könnte es vielleicht sein, dass der Raum da oben seine Ladestation ist? Diese silberne Matte mit Kabeln dran?«

»Für mich sah das eher nach Friseur oder Zahnarzt aus. Ein Hocker auf einer Matte halt«, meinte Elli.

»Hm«, machte Josh. »Keine Ahnung, was so eine Ladestation braucht. Strom, vermutlich.«

»Aber der Hocker war wirklich nicht sehr spacig«, warf ich ein.

»Muss ja auch nicht so aussehen«, meinte Josh.

»Das heißt also, das da oben ist Bens Garage«, fasste Elli zusammen und lachte leise auf. »Absurd.«

Ihr Lachen klang gruselig durch die dunkle Schule.

»Aber – warum das Ganze?«, fragte sie dann. »WARUM?«

Josh nahm mir das Handy ab. »Gib noch mal.«

Ich nickte.

»Wir haben ja noch eine Spur«, sagte er leise. »Den Bildschirmschoner.«

»A&O«, flüsterte Elli. »Das stand dort drauf.«

»Warte.« Josh gab voller Jagdfieber A&O in die Suchmaschine ein. »Erster und letzter Buchstabe des griechischen Alphabets«, las er vor.

»Steht auch auf Osterkerzen«, ergänzte ich.

Josh scrollte die Ergebnisse herunter. Bis zu der Website eines Unternehmens … A&O.

Er klickte es an.

INNOVATIVE KOMMUNIKATION.

BILDUNG.

FORTSCHRITT.

WELTWEITES NETZWERK.

Wir sahen Bilder von lachenden Kindern. Trainingsprogramme wurden angeboten. Coachings zum Umgang mit digitaler Technik. Interaktive Netzwerke für Firmen. Studien zum Sozialverhalten.

Josh klickte auf eines der Fotos. Ein weiteres Fenster öffnete sich.

Mobbing ist eines der großen Probleme auf unseren Schulhöfen, konnten wir lesen. Mehr als die Hälfte der aktuellen Mobbingfälle betrifft Cybermobbing. Wie können wir verhindern, dass neue Formen von Mobbing überhandnehmen? Das von der DFG geförderte interdisziplinäre Forschungsprojekt untersucht, wie die Jugend von heute tickt. Die digitale Kommunikation stellt uns vor neue Herausforderungen. Machen Sie mit.

Wir waren dicht nebeneinandergerückt und steckten die Köpfe eng zusammen, damit jeder mitlesen konnte.

»Was meint ihr?«, fragte Josh. »Hilft uns das weiter?«

Es klang auf den ersten Blick eigentlich gut, was die anboten.

»Meinst du, Ben ist Teil dieses Forschungsprojekts?«, fragte ich überrascht. »Dann … wäre er ja ein Spion für eine gute Sache. Gegen Mobbing.«

Einer, der Gutes tun sollte. Daten sammeln gegen Mobbing. Wir überflogen noch einmal die Website. MACHEN SIE MIT!

»Schlau«, sagte Elli. »Dagegen kann niemand was haben.«

»Aber niemand weiß, was die wirklich machen«, murmelte Josh. Er scrollte runter auf Kontakte. »Eine Adresse in den USA. Unerreichbar.«

Ich dachte an die ganze Hetze in unserer Klasse seit einigen Tagen. Seit Ben da war. Ich dachte an die beschissenen Kommentare, die Elli und ich bekommen hatten. Ich dachte daran, wie ich selbst alle beschimpft hatte, diese Arschlöcher, und dass ich mich vor mir selbst ekelte, wenn ich nur daran dachte. Mobbingprävention sah ja wohl anders aus.

»Er soll Daten sammeln, die erklären, ›wie die Jugend von heute tickt‹«, las ich noch einmal vor. »Es muss irgendwie mit den Bestellungen zusammenhängen …«

»Ha! Da haben wir den Beweis!«, warf Elli ein. »Ben wird von denen als lebende Smartbox eingesetzt – wie wir es schon vermutet hatten.«

»Keine LEBENDE«, verbesserte Josh. »Stimmt, das muss der Deal sein: Er liefert immer Daten von uns. Damit kann man nicht nur forschen, sondern uns auch was verkaufen. Weil sie ja unsere Wünsche kennen.«

»Und der Öckenberger hat sich darauf eingelassen, um die Schule zu sanieren.« Elli schnaubte. »Der bekommt sicher einen Haufen Geld dafür.«

»Aber es geht nicht nur um irgendwelche konkreten Wünsche«, meinte ich. »Wenn du von Ben lustige Bilder willst, dann liefert er sogar lustige Bilder.«

»Mein Bunny-Foto zum Beispiel.« Elli schluckte. »Marie, du hast doch erzählt, dass du nach lustigen Bildern aus seiner ersten Woche gefragt hast, oder?«

»Genau«, bestätigte ich. »Das ist mir gerade auch aufgegangen. Und er hatte Zugriff auf all unsere Galerien.«

»Sieht ja auf den ersten Blick auch lustig aus, das Bunny-Bild«, sagte Josh. »Sein Algorithmus hat vielleicht nicht erkannt, was private und was öffentliche Fotos sind, er hat nur Elli darauf identifiziert und wollte Marie einen Gefallen tun, weil er weiß, dass ihr zwei befreundet seid.«

»Sein Algorithmus«, wiederholte ich. »Das ist sein Hirn?«

»Er hat kein HIRN«, sagte Josh. »Nicht, wenn es stimmt, was wir glauben.«

»Er soll ALLES liefern, was sich die Leute wünschen«, flüsterte Elli. »Das kommt hin. Die meisten Wünsche sind real und … na ja, materiell, also sollen wir Sachen kaufen. Aber er erfüllt auch immaterielle Wünsche. Sachen, die man nur digital erfüllen kann.«

»Weil es für ihn keinen Unterschied macht«, nickte Josh. »Für ihn ist alles digital.«

»Aber so kann er doch nicht programmiert worden sein!« In MEINEM Hirn bildete sich langsam ein Knoten. »Was hätten denn die A&O-Leute davon, wenn er Fotos fakt?«

»Vielleicht ein Systemfehler.« Josh zuckte mit den Schultern. Künstliche Intelligenz entwickelt sich ja laufend weiter.«

»Mann!«, zischte Elli. »Und jetzt haben wir auch die Lösung für die merkwürdige Sendung von Niko. Zunder und Feuerzeug! Weil er gesagt hat, dass er dem Koppe Feuer unterm Arsch machen will – und Ben hat es gehört.«

»Computer verstehen keine Witze«, meinte Josh. »Und wahrscheinlich verstehen sie auch nicht, was so dramatisch an einem gefakten Pornobild sein soll.«

»Ben hat auch dabei einfach wieder geliefert«, sagte Elli. »Er hat geliefert, was Marc bestellt hat. Auch wenn er damit uns beide verletzt hat. Doch das hat Ben nicht berechnen können. Oder es war ihm egal.«

»Aber warum hat er es nicht von seinem eigenen Account geliefert, das musste er doch nicht unter the_true_frankenstein99 tun?« Josh wog nachdenklich das Handy in seiner Hand. »Wo hat er gelernt, nur noch anonym zu liefern, wenn es um heikle Bilder geht?«

»Ich habe ihn darauf gebracht!« Ich saß da wie vom Donner gerührt. »Ich habe ihm erzählt, dass so was meist anonym abläuft.«

»Echt? Du? Dann lernt er wirklich schnell«, sagte Josh beeindruckt. »Ja – genau! Das könnte es ein! Er hat den Tipp gehört und er befolgt ihn. Er wählt einen neuen Account, weil er gerade neu gelernt hat, dass es dann problemloser und ohne Ärger geht. Er nennt sich ironischerweise ›the_true_frankenstein99‹ und liefert. Beim nächsten Mal nennt er sich ›the_true_frankenstein100‹ oder -101 oder -102, weil er glaubt, dass er damit völlig neue Namen gewählt hat. Denn für ihn als Rechner sind sie das auch, aber – wir Menschen sehen natürlich, dass sich nur ein paar Ziffern verändert haben. Und dass möglicherweise derselbe Absender dahintersteckt.«

»Der Bachmann hat unsere Fotos auch BESTELLT!«, rief ich in fiebriger Aufregung.

»Pssst!«, machte Josh, und: »Echt?«, fragte Elli überrascht. »Kann nicht sein!«

»Doch!«, widersprach ich leise. »Er hat zumindest gesagt, dass er sehr gern mal Fotos von uns und über Spargel sehen will, aber nicht jetzt, weil jetzt Unterricht ist! Ben hat es wieder wörtlich genommen und wieder geliefert und dann kam eben Pech dazu.«

»Es war kein Pech«, sagte Josh. »Die Leute haben nur den Bildern auf dem Handy vom Bachmann mehr geglaubt als ihm selbst.«

»Das kann ihn jetzt das Leben kosten«, flüsterte Elli.

»Es gibt noch eine ungeklärte Frage«, fuhr Josh nach einer Pause fort. »Und die Frage lautet: Wenn das alles stimmt und wenn es stimmt, dass der Raum dort oben Bens Ladestation ist – warum ist er dann JETZT nicht da drin? Heute Morgen um sechs war er da. Das wissen wir ja von den Bildern. Aber jetzt ist er nicht da.«

»Er kann nicht da sein, weil die Bause ihn rausgeschmissen hat«, erinnerte ich ihn. »Vielleicht kam er nicht mehr in die Schule zurück, weil er seine Schultasche und damit auch die Keycard vergessen hat.«

»Er vergisst nichts«, meinte Josh. »Er hätte es bemerkt.«

»Und wenn er wieder reingewollt hätte, hätte er ja ans Fenster klopfen können«, meinte Elli. »Irgendjemand hätte ihn sicher reingelassen, dann hätte er seine Tasche holen können und niemand hätte Verdacht geschöpft.«

Josh fuhr auf. »Wie dumm von uns! Wir können doch nachschauen, wo er gerade ist! Oder zumindest, wo er um 23 Uhr war. Zeig noch mal die Aufnahme von dem großen Monitor, Marie.«

Ich zückte mein Handy und schob das Foto auf dem Display hin und her. Ich stutzte. »Das ist jetzt wirklich seltsam: Um 19 Uhr hat Ben offenbar wie heute Morgen auf die Tür in seinem Raum geschaut. Um 20 Uhr ebenso. Und um 23 Uhr auch!«

»Unmöglich«, widersprach Elli. »Um 19 Uhr war er mit uns bei der Probe und um 20 Uhr haben wir zusammen den Film angeschaut.«

»Eben«, sagte ich.

»Es ist Wahnsinn!« Josh runzelte die Stirn. »Die Bilder stimmen nicht mit der Realität überein. Die sind Fake! Warum das denn?«

»Wartet mal«, fiel ihm Elli ins Wort. »Wir müssen JEDES Puzzleteil bedenken. Alles ist wichtig. Was ist in der Box, die Ben dir gegeben hat, Marie?«

»Der Induktionskram aus Physik«, flüsterte ich.

»Genau! Ben hat alle Spulen und Kabel, die man für den Induktionsversuch braucht, geklaut«, sagte Elli.

»Vor elf Uhr, so viel wissen wir«, fiel Josh ihr ins Wort. »Vor der Physikstunde. Und das ganze Zeug liegt jetzt bei Marie unterm Bett. Und weiter?«

»Na, wozu sollte er das brauchen?«, spann Elli ihren Faden weiter. »Um sich selbst eine Ladestation zu basteln, natürlich! So ist er unabhängig. Gleichzeitig schickt er Fake-Bilder an seine Zentrale. Er tut so, als wäre er auf seinem Hocker und würde sich dort aufladen, so wie immer.«

Josh starrte sie an. »Mensch, Elli!«

Elli biss sich aufgeregt auf die Lippe. »Er tut so, als sei alles wie immer! ABER ER IST NICHT DA. Ich sage euch was – er haut ab! Er macht sich selbstständig!«

Selbstständig. Ein Spion auf der Flucht.

Ein Androide, der ein Mensch sein will.

Es wurde immer unheimlicher!

»Er bricht aus«, wisperte ich. »Und deswegen sind ihm auch seine Schultasche und diese Keycard egal. Er ist einfach weg.«

»Dann heißt das …« Josh hielt inne. »Elli, du bist schlau! Er trickst alle aus. Auch die Leute, die ihn überwachen. Er zeigt ihnen nicht mehr das, was er sieht – wenn man es SEHEN nennen kann. Er behauptet, er wäre in seinem Raum, wie immer, wie noch heute früh um sechs. Wie jede Nacht. Doch in Wahrheit ist er längst über alle Berge.«

»Wie konnte denn das passieren?«, fragte ich.

Wir schwiegen.

»Wenn er die ganze Zeit lernt und lernt und lernt, wie Menschen so sind, dann … hat er vielleicht auch gelernt, dass es einen Unterschied gibt zwischen seinen Programmierungen und dem echtem Leben«, sagte Josh.

»Freiheit«, murmelte Elli.

Josh nickte. »Genau.«

»Der Öckenberger hat zu ihm gesagt, dass bald Halbzeit ist«, fiel mir ein. »Und Ben war sehr überrascht. Was, wenn ihm mit einem Mal bewusst wurde, dass er am Ende – na ja – wieder aus dem Verkehr gezogen werden würde?«

Die Stille um uns war unerträglich.

»Wahnsinn«, sagte Elli schließlich leise. »Ben ist irgendwo da draußen – und niemand weiß es außer uns.«

#

Der Automat stand im nächsten Gang, eine Feuerschutztür dämpfte alle Geräusche zum Foyer hin. Das war unsere Rettung, denn so konnten wir uns Powerriegel ziehen. Und was wir jetzt wirklich brauchten, war neue Power.

Wir hielten uns an den Händen und schlichen im Gänsemarsch durch das Foyer. Wir wollten uns fühlen. Lebendige Hände fühlen.

Wir hatten schlicht und einfach Angst.

Es ratterte laut durch die Stille, als wir das Kleingeld einwarfen. Mit einem wahren Donnerschlag rumsten die Riegel in die Ausgabe. Aber niemand bemerkte uns, wie wir uns dort im Dunkeln aneinander festhielten und einfach nur kauten und Kraft tankten. Wir standen am Fenster neben dem Haupteingang und schauten in die Nacht. Wolken zogen über den Mond, die Schatten der Büsche tanzten im bleichen Licht.

Wir dachten alle dasselbe.

»Er ist irgendwo da draußen«, flüsterte ich.

Eine Maschine.

Ein Androide.

Und wir waren gläsern und durchsichtig für ihn.

Stand er zwischen den huschenden Schatten dort draußen und beobachtete uns, jetzt, in dieser Sekunde? Hatte er unser Gespräch belauschen können, weil mein Handy angewesen war, während wir geredet hatten?

Mir war so kalt.

»Was macht er, wenn er erfährt, dass wir ihn durchschaut haben?«, fragte Josh schließlich leise. »Was macht er dann mit uns?«

»Er darf es nicht erfahren«, flüsterte Elli. »Er darf es nie erfahren.«

Ich begann zu zittern und konnte es nicht stoppen. »Meint ihr, er kommt zurück in die Schule? Meint ihr, er hat irgendwelche Skrupel, uns … zu beseitigen? Wenn es darum geht, dass er nicht verraten wird? Wenn es darum geht, ob er … überlebt?«

Josh schwieg. Wenn sogar Josh schwieg, der sich so gut mit Computern auskannte, dann war das kein gutes Zeichen.

»Josh, sag was«, bohrte ich ängstlich nach.

»Scheiße, ich weiß es auch nicht«, gab er zu. »Wir müssen mit allem rechnen. Wir wissen schon viel und doch viel zu wenig von ihm.«

»Aber er weiß ALLES von uns!«

Ich hatte nicht geahnt, dass man so viel auf einmal fühlen kann. Ich fühlte eine heiße Wut auf mich selbst, dass ich auf Ben hereingefallen war, auf alles, was er gesagt und getan hatte. Ich fühlte einen unbeschreiblichen Hass auf Ben, weil er so schlau, so raffiniert und gerissen war, weil er mich belogen und benutzt hatte. Am Anfang, um mir irgendwelches Zeug anzudrehen. Als wir spazieren waren, hatte er mich benutzt, um sich in der Stadt zu orientieren. Und am Ende gab er mir auch noch sein Diebesgut mit, damit er auf keinen Fall damit erwischt würde! Ich fühlte eine endlose Ohnmacht, weil man uns komplett verkabelt hatte, ausgehorcht, verfolgt und verkauft, ohne dass wir es merken sollten. Und schließlich fühlte ich Ratlosigkeit, absolute Ratlosigkeit, denn zumindest der

Öckenberger musste ja von der Sache gewusst haben. Wem konnte man noch trauen?

Über allem aber lag die bedrohliche Tatsache, dass Ben irgendwo in der Nacht unterwegs war, ein unberechenbares Monster, das uns alle durchschaute. Das sogar durchschaut hatte, dass es nur so lange existieren durfte, bis sein Einsatz vorbei war. Ein Monster, das sich wehrte und sich rächen konnte.

Mir drehte sich die Welt zu schnell, aber ich konnte sie nicht anhalten. Mir war, als könnte ER jeden Moment aus der Dunkelheit springen. Und wenn er sich einmal befreit hatte, wenn er sich seiner selbst bewusst geworden war, was würden seine Ziele sein? Und zu was würde er fähig sein?

Draußen auf der Straße tauchte eine Gestalt auf, wir sahen sie durch das Fenster – eine dunkle Schattengestalt, und einen Moment lang dachte ich tatsächlich, jetzt ist es so weit. Ben würde zurückkommen, ein Monster der Nacht, und er würde vor nichts zurückschrecken, weil ER keine Gefühle hatte, weil er alles nur berechnete. Weil er kein Mensch war.

Aber es war nicht Ben, es war nur einer, der von einer Party heimschwankte, und bald verlor sich die Gestalt wieder im Dunkeln.

»Solange wir uns haben«, meinte Elli trotzig, »haben wir eine Chance. Wir müssen zusammenhalten.«

»Logisch«, nickte Josh. »Wir dürfen nichts verraten.«

»Aber wir können es doch auch nicht für uns behalten«, flüsterte ich verzweifelt.

Mir war, als würde ich über einem Abgrund hängen, ein Schritt nur, und ich würde fallen. Und deshalb schreibe ich dies alles mit Tinte auf Papier, in dieses Buch, unerreichbar für digitale Spione, solange mir kein Ben über die Schulter schaut. Es war so unheimlich, nicht zu wissen, was er alles wusste, und was die, die ihn steuerten oder gesteuert hatten, alles wussten. Denn das ist mir aufgegangen in dieser unendlichen Geisterstunde, dieser längsten Nacht meines Lebens: WIR WURDEN BENUTZT. Sie benutzten uns, um uns das abzusaugen, was sie brauchen konnten – unsere Wünsche.

Du denkst, du bist gemeint. Aber du bist nicht gemeint.

Du denkst, du wirst gesehen. Dabei wirst nicht du gesehen, sondern nur dein Geld. Dein Smartphone ist dein Auge zu einer Zauberwelt voller Wunscherfüllungen, in der du herumspazieren kannst, und bislang hatte ich, ohne nachzudenken, in Kauf genommen, dass ich dafür beobachtet, ausspioniert und benutzt wurde.

Ben war das Auge, mit dem die digitale Welt ZWISCHEN UNS herumspazierte, sogar im Offline, im echten Leben, um uns auch dort zu beobachten, auszuspionieren und zu benutzen, wo die großen Datensammler und Smartshopping-Dienste es nicht konnten. Sogar in der Schule. Und er hat mich dort getroffen, wo es am meisten wehtut – mitten ins Herz.

Wir mussten das alles offenlegen! Wir konnten es doch nicht für uns behalten! In mir hatte es den ganzen Tag über gebrodelt, alles war aus den Fugen geraten, nicht nur ich, die ganze Welt. Und aus meiner brodelnden Wut kristallisierte sich ein Gedanke heraus, und ich wusste, was die einzige Lösung war: Wir mussten Ben jagen. Und wir mussten ihn fangen. Egal wie viele Fake-Bens es schon gab, wir würden einen Anfang machen, ein Exempel statuieren, denn wir wollten uns solche Bens nicht mehr gefallen lassen.

»Wir werden ihn jagen«, sagte ich laut. »Bevor er uns jagt.«

Elli und Josh starrten mich an, ich konnte ihre Augen in der Dunkelheit funkeln sehen.

»Ich weiß auch, wie«, fügte ich hinzu. »Wir haben ja etwas, das er braucht, um … um zu existieren. Sein ganzer Elektrokram befindet sich in meinem Zimmer, seine Überlebensgarantie. Und wenn alles stimmt, was wir uns heute Nacht zusammengereimt haben, dann wird er sein Zeug schon bald haben wollen.«

»Yes«, machte Josh und reckte die Faust. »Das ist gut. Wir haben ein Lockmittel! Und zufälligerweise bin ich ein ausgezeichneter Jäger. Du weißt schon, ich trainiere regelmäßig mit meinem kleinen Bruder.« Er grinste schief.

»Aber das ist kein Spiel«, entgegnete ich und spähte wieder hinaus in die Dunkelheit. Die Nacht schwieg uns an und wusste nicht, dass sie einem Monster Unterschlupf gewährte.

»Erst wenn wir ihn wirklich haben, können wir damit an die Öffentlichkeit gehen«, sagte Josh und wirkte plötzlich wieder sehr ernst. »Sonst glaubt uns keiner. Aber dann sollen alle den Betrug sehen. Vielleicht wissen wir dann auch mehr über die A&O-Leute und wie das mit dem Smartshopping zusammenhängt.«

»Dann – sagen wir es also den Lehrern?«, fragte Elli zweifelnd.

»Nicht nur«, erwiderte Josh. »Allen in der ganzen Stadt. Was weiß ich, Zeitung, Radio, Fernsehen, Internet. Der Weltöffentlichkeit.«

#

Hand in Hand in Hand schlichen wir schließlich zurück zum Musiksaal und schlüpften lautlos durch die Tür. Jetzt schliefen wirklich alle. Sie schliefen und ahnten nichts Böses.

»Einer müsste Wache halten«, flüsterte ich, als ich in meinen Schlafsack kroch. Ich würde sonst kein Auge zutun können. Ich würde NIE MEHR ein Auge zutun können. Eine Maschine, die keine Gefühle hatte, war unter uns …

»Ich mach's«, sagte Elli leise, aber mit fester Stimme. »Ich bleibe wach. Schlafen kann ich sowieso nicht. Ich wecke dich in einer Stunde, Marie, dann kannst du weitermachen.«

»Danke«, sagte ich und fühlte mich ein kleines bisschen sicherer.

»Und du weckst dann mich«, flüsterte Josh von der anderen Seite. »Wir lassen uns nicht im Schlaf überrumpeln.«

SAMSTAG, 23. MAI

Ich fuhr hoch. Ich musste doch eingeschlafen sein! Einen Moment lang wusste ich nicht, wo ich war und warum jede Faser meines Körpers in Habachtstellung ging, sobald ich die Augen aufschlug. Doch einen Wimpernschlag später stand die Nacht wieder lebendig vor mir. Ich schauderte.

WO WAR BEN?

Das helle Tageslicht blendete mich. Mir brummte der Schädel und der Rücken tat mir weh. Die Isomatte war eindeutig zu hart gewesen. Moment – hatte Elli nicht Wache halten wollen?

Ich fuhr hoch. Was war mit ihr? Voller Angst drehte ich mich um – da lag sie, friedlich zusammengerollt. Die Haare waren ihr übers Gesicht gefallen, sie schlief wie unter Spinnweben, eingesponnen in ihre eigenen Träume, und nur die Tatsache, dass jetzt Morgen war und uns nichts passiert war, versöhnte mich. Scheiße, Mann! Sie hatte ihre Wache verpennt!

Und wo um Himmels willen war Josh? Die Isomatte auf meiner anderen Seite war leer. Hoffentlich war er nur auf dem Klo.

Ein Blick aufs Handy: schon nach halb acht! Ich setzte mich auf. Die meisten um mich herum waren bereits wach und wühlten sich fröhlich und ohne dunkle Gedanken aus der Nacht. In das morgendliche Gemurmel mischte sich mit einem Mal jedoch eine andere Stimme, eine laute, ärgerliche Männerstimme. Der Öckenberger! Was machte der denn schon in aller Frühe hier? An einem Samstag?

»… ich das vorher gewusst hätte, hätte ich es nicht genehmigt«, konnte ich ihn schimpfen hören.

Alle warfen sich erstaunte Blicke zu.

»Ach, du Scheiße«, sagte das Wunderkind, »klingt ja nicht gut.«

»Was ist denn los?«, murmelte Elli neben mir und schlug die Augen auf.

»Aber, Herr Öckenberger«, hörten wir jetzt die Bause, die wohl schon länger auf den Beinen war, »erstens hatten wir sehr wohl am Anfang des Schuljahres darüber gesprochen, und zweitens war es doch schon immer so, dass die Theatertruppe vor der Aufführung einmal in der Schule übernachtet hat.«

Der Öckenberger schnaubte. »Aber doch nicht ausgerechnet jetzt, wo wir … also, während der ganzen Umbauten!«

»Was haben Sie denn plötzlich dagegen? Wir stören doch niemanden!«

»Ich habe eine ganze Menge dagegen und ich bin Ihnen nicht rechenschaftspflichtig …«

Die Tür zum Musikzimmer wurde aufgerissen, und Alina, die sich gerade aus ihrem Schlafsack gepellt hatte und in Unterhose und T-Shirt mitten im Raum stand, starrte den Öckenberger empört an. Der nahm die Brille ab und rieb sich ungläubig die Augen.

»Guten Morgen, Herr Öckenberger«, flötete geistesgegenwärtig das Wunderkind und knöpfte sich eilig das Hemd zu, leider falsch.

»Äh – guten Morgen«, murmelte der Öckenberger und warf einen entsetzten Blick auf unser Matratzenlager, auf das wilde Durcheinander von Kostümen, Taschen, Pizzakartons, Zahnbürsten und Kopfkissen. Zugegeben, bei Tageslicht sah es wirklich so aus, als wäre das Zimmer explodiert – aber es hatte ja auch keiner ahnen können, dass eine Visite von höchster Stelle kommen würde.

»Oh Mann.« Elli schlug sich vor die Stirn. Sie schien endlich begriffen zu haben, wo sie war. »Ich bin eingeschlafen! Sorry!«

»Wir leben ja noch«, murmelte ich leise. »Josh ist wohl schon unterwegs.«

»Oh, Scheiße, das tut mir so leid!« Elli raufte sich die Haare. »Was da alles hätte passieren können.«

»Hören Sie, Frau Bause«, schimpfte der Öckenberger weiter und klang sehr nervös. »Sie haben es nicht unbedingt wissen können, aber die Verhältnisse in unserer Schule haben sich geändert und derzeit ist es … nun ja, ungünstig, wenn sich außerhalb der Unterrichtszeiten Leute im Haus herumtreiben.«

»Aber, Herr Öckenberger, wir treiben uns doch nicht herum! Wir haben geprobt, das Bühnenbild vorbereitet und dergleichen.« Die Bause hatte die Hände in die Hüften gestemmt und glotzte den Direktor vollkommen entgeistert an. »Wir sind doch keine Einbrecher! Auch das Theatermachen gehört doch zum Lehrauftrag der Schule!«

»Schon, schon«, gab der Öckenberger zu. »Und wir brauchen uns ja jetzt auch nicht öffentlich zu streiten …«

Die Bause schnaufte. »Ich habe nichts zu verbergen, meine Schüler dürfen gern hören, was Sie zu sagen haben.«

»Jetzt regen Sie sich doch nicht so auf!«, brüllte der Öckenberger plötzlich. »Wir haben bereits einen Herzinfarkt im Kollegium, wir brauchen nicht noch einen zweiten.«

Die Bause war sprachlos und wir waren es auch. Am Ende bekam der Öckenberger selbst noch einen, wenn er so weitermachte!

»Das ist doch wegen Ben«, hörte ich Elli neben mir.

Ja, das klang logisch. Durften wir hier nicht übernachten, damit niemand über Bens Geheimnis stolperte? Oder – es durchfuhr mich kalt – hatte der Öckenberger vielleicht schon spitzgekriegt, dass Ben nicht mehr da war?

»Wir haben die Unterschriften unserer Eltern«, versuchte das Wunderkind, der Bause zu helfen. »Das ist alles rechtens.«

»Genau«, rief Alina, die sich inzwischen etwas übergezogen hatte. »Das ist doch für einen guten Zweck!«

»Meine Güte, das freut mich ja auch, dass Sie sich so engagieren für die … äh, Kunst!« Der Öckenberger versuchte, die Fassung zu bewahren. »Aber jetzt muss ich den ganzen Spaß auflösen, tut mir leid. Es kommen in wenigen Minuten, äh, Handwerker in die Schule und da würden Sie leider stören. Also, husch, husch, packen Sie Ihre Siebensachen und dann ab ins wohlverdiente Wochenende!«

Der Öckenberger rauschte hinaus. Die Tür ließ er offen.

Die Bause sah aus, als würde sie ihm am liebsten ein Bein stellen. Dann riss sie sich zusammen und wandte sich an uns. »Ihr habt es gehört, Theaterfreunde, wir müssen gehorchen. Packt bitte zusammen.« Und da es mucksmäuschenstill im Musikzimmer war, hörten wir sie beim Rausgehen schnauben: »Pah! Handwerker!«

»Der hat sie doch nicht mehr alle«, hörte ich den murmeln, von dem ich vermutete, dass er Lothar hieß.

»Hey, Nachtwächterin!« Josh stand plötzlich neben uns. »Gut geschlafen?«

»Tut mir echt leid«, erwiderte Elli schuldbewusst. »Ich war einfach weg.«

»Josh!« Ich atmete auf. »Alles klar bei dir?«

»Yes.« Er sah überraschend fit aus. Leise fügte er hinzu: »Ich sag euch, der Öckenberger hat total Schiss, dass Ben auffliegt.«

»Aber Ben ist doch gar nicht mehr da«, flüsterte Elli. »Oder habe ich was verpasst?«

Josh senkte die Stimme. »Nein, Ben ist nicht wieder da. Ich war gerade noch mal oben, weil ich mir, ehrlich gesagt, nicht sicher war, ob ich das alles nur geträumt habe. Und dann kam der Öckenberger um die Ecke – Mann, das war vielleicht knapp! Als ich aus dem Gang rauskomme und am Sekretariat vorbeigehe, taucht er plötzlich auf und schaut mich ganz misstrauisch an. Und wie ich weitergehe, höre ich hinter mir die Tür klicken. Ich wette, der hat auch nach Ben geschaut.«

»Was?« Jetzt kroch Elli aus ihrem Schlafsack. »Du meinst, er hat gemerkt, dass Ben fehlt, und deswegen dreht er jetzt halb durch?«

Josh nickte und rollte seine Isomatte zusammen. »Du glaubst doch nicht wirklich, dass es echte Handwerker sind, von denen er eben gesprochen hat?«

Ich sog die Luft ein. »Du meinst, es sind diese A&O-Leute?«

»Exakt. Wäre ja ganz interessant, die mal kennenzulernen«, sagte Josh grimmig. »Oder?«

»Verdammt!« Hastig stopfte ich mein Zeug in meinen Rucksack. »Los, macht schnell. Wir müssen doch Ben vor ihnen finden! Und zwar, ohne dass die merken, was wir vorhaben – ich muss denen nicht unbedingt begegnen! Unser ganzer Vorsprung ist dahin!«

»Tut mir so leid«, stöhnte Elli.

»Da kannst du nichts dafür«, sagte Josh. »In der Nacht hätten wir ja sowieso nichts tun können.«

»Aber was können wir jetzt tun?!«, fragte Elli verzagt. »Was wir vorhaben, ist ein Ding der Unmöglichkeit! Ben darf nichts von uns wissen, diese Typen dürfen nichts von uns wissen und auch sonst darf niemand etwas wissen. Wir müssen uns unsichtbar machen!«

AN: Sokrates59@gmail.com
Betreff: Re: Re: Re: Re: Foto

Sokrates, sie wollen mich zum Schuldigen machen!
Mich!
Die halbe Nacht habe ich wach gelegen, weil mir die Sache mit dem Bachmann solche Sorgen macht. Ich meine, wenn das an die Presse

gerät, dass wir hier einen Lehrer haben, der anzügliche Fotos von Schülerinnen auf dem Handy hat, dann gerät die ganze Schule in Verruf!

Deshalb bin ich heute ganz früh in die Schule, um Ben noch einmal zu bearbeiten, aber der war nicht da. Daraufhin habe ihnen wieder geschrieben, damit sie mir endlich helfen. Es hat sich ja jetzt immerhin die Polizei eingeschaltet. Da können die sich mit ihren Daten doch nicht so stur stellen!

Ich war sehr freundlich und habe sie extra gelobt, wie gut die Zusammenarbeit bisher lief und dass ich es für eine wirklich gute Entscheidung halte, dass sie Ben jetzt an Feiertagen und am Wochenende sogar von der Schule abziehen.

Aber stell dir vor, sie haben nur zurückgeschrieben, wie ich das denn meinte, sie würden Ben abziehen? Er sei doch die ganze Zeit dagewesen, auch am Feiertag und auch jetzt. Sie sähen ja seinen Monitor. Und sie könnten ihn orten.

Na, also weißt du – ich bin doch nicht blind!

Ich habe es noch mal genau abgeglichen: Donnerstag, 21. Mai, Christi Himmelfahrt. Da hatte ich nämlich die Unterlagen für den Umbau durchgesehen und der Raum war leer gewesen, das denke ich mir doch nicht aus! Genau wie jetzt.

Ich bin sogar noch mal rüber zur Zentrale und habe nach Ben geschaut – niemand da! Der Raum ist leer!

Und dann das: Plötzlich riefen sie direkt an, sie hätten jetzt irgendeine andere Kamera ausgewertet, und Ben sei tatsächlich gestern aus dem Raum gegangen, aber nicht wieder zurück, ich solle bleiben, wo ich bin, sie würden gleich mehrere Leute vorbeischicken.

Und jetzt frage ich mich, ob da nicht etwas sehr, sehr schief läuft, denn sie haben gesagt, in fünf Minuten wären sie da – und sie würden MICH verantwortlich machen, wenn ich die Sicherheitsabsprachen vernachlässigt hätte! Ich habe direkt ein wenig Angst vor ihnen.

Dabei habe ich mich immer an alles gehalten, was sie gesagt haben!
Ich muss Schluss machen, es kommt jemand.
LGM

Von wegen Handwerker.

Sie kamen, noch während wir beim Aufräumen waren. Unauffällig und über die Hintertreppe kamen sie, und wahrscheinlich wären sie mir nicht weiter aufgefallen, oder ich hätte sie tatsächlich für Handwerker oder Putzleute gehalten, wenn wir nicht vorher schon eins und eins zusammengezählt hätten. Sie dachten wohl, wir würden sie nicht sehen – doch da täuschten sie sich. Sie durchkämmten das ganze Schulhaus, leise und unauffällig, aber wir fielen nicht darauf rein. Und wir wussten etwas, das sie nicht wussten: Im Schulhaus würden sie Ben nicht finden. Sie suchten umsonst.

Der Öckenberger irrte währenddessen durch die Gänge und trieb uns alle hektisch zur Eile an.

Elli, Josh und mich musste er nicht antreiben. Wir hatten sowieso schon so viel Zeit vertan!

Ich war als Erste fertig. Ungeduldig stand ich vor dem Haupteingang und wartete, den Rucksack auf der Schulter, auf die anderen. Dummerweise war Elli der Bause in die Arme gelaufen und die hatte sie dazu verdonnert, noch alle Kostüme einzusammeln. Wo Josh war, wusste ich nicht. Sobald wir hier loskamen, wollten wir zu mir nach Hause fahren, Bens Zeug holen und versuchen, ihn damit zu ködern. Ich würde der Lockvogel sein, so viel stand schon fest. Und dann – na ja, über den genauen Plan mussten wir noch nachdenken.

Ich atmete tief die frische Morgenluft ein. Der Himmel war stahlblau, wie in einem Computerspiel – die Wirklichkeit fühlte sich nach dieser Nacht irgendwie unecht an. Doch ich wusste, ich spielte nicht. Wie fängt man eine Mensch-Maschine – oder vielmehr einen Maschinenmenschen? Einen Androiden?

Ich musste immer und immer wieder an Ben denken. Wie wir in der Pause gemeinsam unterwegs gewesen waren. Wie er in der Mensa gesessen hatte. Wie wir uns am Hintereingang der Schule getroffen hatten – vorgestern war das erst gewesen! Und wie ich mich gefühlt hatte, damals, als er neu in unsere Klasse gekommen war, als unsere Blicke sich zum ersten Mal begegnet waren … unbeschreiblich hatte ich mich damals gefühlt!

Ob er auch etwas gefühlt hatte? Ob er jemals etwas – irgendetwas für mich empfunden hatte? Wenn einer so menschlich wie er programmiert wurde, so künstlich intelligent, dann war es doch eigentlich nur logisch, dass er nicht nur lernte, wie wir zu sprechen und wie wir zu denken, sondern auch, wie wir zu fühlen. Oder? Freude. Angst. Nicht sterben zu wollen. Oder vielmehr, nicht ausgeschaltet werden zu wollen … Fühlte Ben sich in diesem Augenblick vielleicht genauso, wie ich mich an seiner Stelle fühlen würde – unendlich verlassen, allein und gejagt?

Wenn ich nicht diese unbeschreibliche Wut in mir gehabt hätte, diese immer noch und immer stärker brodelnde Wut – auf mich und auf Ben und auf alle, die uns auf so brutale Weise hinters Licht führen wollten –, dann, ja dann könnte mir Ben fast leidtun.

Ein Bot, der mir leidtat! Eine Maschine!

Wie absurd war das denn? Der Strudel hatte uns alle mitgerissen und wir drehten und drehten uns weiter und weiter …

Hinter mir ging die Tür auf und Alina kam heraus. »Was der Öckenberger wohl plötzlich hat?«, sagte sie. »Der unterstützt doch das Theater sonst, wo immer er kann.« Sie gähnte laut und reckte sich. »Mann, die Nacht war kurz.«

Ich nickte zu allem nur. Wo zum Teufel blieben die anderen? Ich wollte schon mein Handy zücken, da fiel mir ein, dass wir uns ja keine Nachrichten mehr schicken durften.

Den Mann bemerkte ich erst, als er neben uns stand. Er trug ein schwarzes T-Shirt und eine Sonnenbrille. In der Hand hielt er ein Tablet. Ich zuckte zusammen. Ich hatte ihn nicht kommen hören. Er lächelte uns an und Alina lächelte höflich zurück.

»Na, ihr zwei«, sagte er wie nebenbei. »Darf ich kurz stören?«

Alina nickte. »Was gibt's denn?«

Ich merkte, wie ich schon wieder zu zittern begann. Keine Ahnung, wie ich mir die Leute vorgestellt hatte, die Ben programmiert hatten – diese Einsatzleiter. Der Typ jedenfalls sah ganz normal aus. Wie ein Mensch. Er war hoffentlich auch einer! Ein echter. Konnte man das irgendwie erkennen? Gab es dafür einen Test?

Ich versuchte, mein Zittern unter Kontrolle zu bringen. Unauffällig machte ich einen Schritt zur Seite. Ich war nicht gut im Lügen. Ich war sogar die mieseste Lügnerin aller Zeiten, und ich hatte Angst, dass der Typ mich ansprechen würde und ich mich mit dem ersten Satz verraten würde.

»Ich bin auf der Suche nach einem gewissen Ben«, sagte der Mann jetzt. »War der nicht auch bei der Theaterprobe dabei?«

»Ben?«, fragte Alina und sah nun auch ein wenig misstrauisch aus. »Wer sind Sie denn?«

Der Typ lächelte breit und schob seine Sonnenbrille hoch. Seine Augen waren so stahlblau wie der Himmel. Aber auf Augen soll man nichts geben, so viel hatte ich gelernt.

»Entschuldigt, dass ich mich nicht vorgestellt habe. Ich bin heute in Zivil unterwegs, aber wir ermitteln wegen Ben. Also, wir brauchen eure Hilfe, denn Ben – wie soll ich sagen …«

Darauf würde ich nicht reinfallen! Von wegen, sie ermitteln … Schlau, sehr schlau! Er log nicht etwa und sagte, dass er von der Polizei sei. Nein. Aber er wollte, dass wir es denken.

Langsam drehte ich mich weg und schaute auf den Boden, als wäre ich in Gedanken versunken, als müsste ich nach Hause und hätte nicht bemerkt, dass der Typ was von uns wollte. Schritt für Schritt schlenderte ich über den Pausenhof Richtung Straße und betete, dass Alina den Mann, der vorgab, ein Ermittler zu sein, schön lange hinhalten würde.

»Ben ist nämlich – aber krieg jetzt bitte keinen Schreck! – er ist gestern nicht nach Hause gekommen«, hörte ich ihn weitersprechen. »Und nun müssen wir eben jedem Hinweis nachgehen. Du hattest doch Kontakt zu ihm, oder?«

»Na ja, er geht in meine Klasse«, antwortete Alina.

Langsam weiterschlendern. Nicht umdrehen. So tun, als ginge mich das alles nichts an.

Ich versuchte wieder mal, mich unsichtbar zu machen.

»Aber was soll das denn heißen, er ist nicht nach Hause gekommen?«, fragte Alina nach. »Gestern war er doch bis spätabends auf der Probe. Hat er vielleicht doch mit uns in der Schule übernachtet? Hm – ich kann gar nicht genau sagen, ob die Bause ihn am Ende rausgeworfen hat oder doch nicht …«

»Ihn rausgeworfen? Die Bause?« Der Typ klang überrascht.

»Frau Bause, sorry«, sagte Alina. »Unsere Lehrerin.«

»Okay, Ben war also bei der Probe! Hast du eine Ahnung, wo er jetzt stecken könnte? Wann hast du ihn denn zuletzt gesehen?«

»Nee, wirklich, das weiß ich nicht mehr. Hat er nun mit uns übernachtet … oder hat er nicht übernachtet …«, überlegte Alina laut, und ich war ihr wirklich extrem dankbar, dass sie das so gründlich tat.

Und dann war ich schon zu weit weg, um zu verstehen, was sie noch alles über Ben sagte. So weit weg war ich, dass ich das »Hallo, du!« einfach überhören konnte, das mir der Typ jetzt hinterherrief, ich drehte mich nicht um, ich ging einfach immer weiter, zielstrebig, nicht zu langsam, nicht zu schnell, und erst, als ich um die Ecke gebogen war, fing ich an zu rennen.

Ich nahm die Abkürzung durch die Hecke neben der Turnhalle und rannte an der Straße entlang bis zu den ersten Wohnhäusern. Mehrere silbergraue Autos parkten hinter der Turnhalle, aber darüber machte ich mir keine Gedanken. Hauptsache weg, dachte ich, weg! Aus der Schusslinie!

Schwer atmend lehnte ich mich an ein Mülltonnenhäuschen und warf einen Blick zurück. Das war knapp gewesen! Himmel, wo blieben denn bloß die anderen?! Und Mist, mein Fahrrad stand ja noch an der Schule! Aber ich traute mich nicht zurück, um es zu holen.

In diesem Augenblick klingelte mein Handy.

Laut und auffällig.

Voller Panik zog ich es aus meiner Hosentasche und starrte es an. Ich trug ein Monster in meiner Tasche, ein brüllendes Monster, vor dem ich mich nicht verstecken konnte, das mich beobachtete, verfolgte und … klingelte! Und jetzt war es dabei, mich zu verraten. Denn es klingelte LAUT.

Schnell ging ich dran. »Hallo?«

Die Nummer war unterdrückt. »Hallo? Spreche ich mit Marie Inning aus der 10 A?«

Eine tiefe Männerstimme. Nicht unfreundlich. Angenehm und höflich. Seriös.

»Äh – ja.«

»Entschuldige die Störung, es geht um eine Fahndung.«

Oh mein Gott! Schon wieder die! Wie konnte das sein? Woher hatten sie meine Nummer?

Mein Herz begann zu klopfen. Ich hatte gedacht, ich wäre entkommen. Ruhig, ich musste unbedingt ruhig bleiben …

Ich biss mir auf die Finger. Immerhin konnten sie nun mein Gesicht nicht sehen. Vielleicht konnte ich ja unsichtbar besser lügen.

»W-was? Wieso Fahndung?«

Klang das überrascht? Klang das arglos und unauffällig?

»Ja, aber bekomm bitte keinen Schreck. Wir suchen nach deinem Klassenkameraden Ben. Er ist seit heute Nacht verschwunden.«

»Verschwunden?«, hauchte ich mit zitternder Stimme.

»Ja, und jetzt brauchen wir die Hilfe von allen, die ihn kennen. Hast du ihn gesehen?«

»Äh – nein. Also heute noch nicht.«

»Und gestern?«

»Äh – in der Schule. Auf der Theaterprobe. Sonst weiß ich nichts.« Ich hörte mich so plump an!

»Nun, man sagte uns, ihr kennt euch etwas näher.«

Oh – Scheiße! Woher wussten sie das? Verdammt, wahrscheinlich hatten sie alles Bildmaterial noch einmal neu ausgewertet. Und festgestellt, dass ziemlich oft eine gewisse Marie darin vorkam. Eine, die ein leichtes Opfer war. Leichtgläubig. Blind vor Liebe, voller Sehnsucht nach Romantik. Himmel, meine Chatverläufe hatten sie vielleicht auch alle gelesen und sich schlapp gelacht. Oh Gott, war das peinlich! Oh Gott, und jetzt hatten sie mich!

Ich durfte mir nichts anmerken lassen.

»Also … äh – ja, der Arme, hoffentlich ist ihm nichts passiert!«

Das klang erbärmlich gelogen, aber besser konnte ich es nicht. Immerhin sah niemand, wie sehr ich schwitzte.

»Das hoffen wir auch«, tönte die tiefe Stimme aus meinem Smartphone. »Hat er dir gegenüber irgendetwas erwähnt, einen Ort, eine Person, irgendein ein Vorhaben?«

»Ja, Moment, warten Sie …«

Ich überlegte fieberhaft. Was sollte ich sagen? Was würde sie ablenken? Was würde sie auf eine falsche Fährte setzen?

»Er … er wollte mal ins Schwimmbad, glaube ich.«

»Ins WAS?«

Oh Mann! Ich hätte mich selbst ohrfeigen können! Wieso hatte ich ausgerechnet DAS gesagt? Es war natürlich ziemlich unlogisch, dass eine … eine Person voller Elektronik ins Wasser hüpfte. Egal, jetzt durfte ich nicht rumstottern! Jetzt musste ich bei meiner Antwort bleiben, sonst wäre es erst recht verdächtig.

»Also – ins Schwimmbad nach Fürth wollte er, glaube ich. Kennen Sie das? Das soll sehr schön sein, jedenfalls hat er da richtig von geschwärmt.«

»Nein, das kenne ich nicht.« Der Mann am anderen Ende der Leitung stockte. »Nach Fürth? Das ist ja eine Stunde weit weg!«

»Äh – wer … wer sind Sie noch mal?« Ich ging zum Gegenangriff über.

»Schmidt«, sagte die Stimme. »Soko Ben.«

Schmidt!

Ermittlung. Fahndung. Soko.

Von wegen.

Mit mir nicht.

»Also gut, Fürth. Vielleicht sollten wir dem nachgehen. Ich danke dir erst mal für deine Auskunft«, sagte der angebliche Herr Schmidt ziemlich unzufrieden. »Wann immer du ihn siehst, bitte melde dich umgehend bei uns, ja? Es ist wichtig. Ich gebe dir noch eine Nummer durch.«

Ich wiederholte die Nummer folgsam, die der Mann mit dem total unauffälligen Namen mir diktierte, ich schrieb sie sogar auf einen Zettel und ich nickte und schluckte und dann drückte ich endlich mit zitternden Fingern AUFLEGEN.

Ich war völlig durchgeschwitzt. Wie benommen starrte ich auf den Zettel. Diese Nummer würde ich niemals wählen! Ich spähte über das Mülltonnenhäuschen. Wir mussten extrem vorsichtig sein! Hoffentlich hatten sie nicht irgendwo eine Spur gefunden, die sie darauf brachte, dass wir drei mehr wussten. Hoffentlich – ach du Scheiße! – hoffentlich hatte mich die Überwachungskamera in Bens Technikraum nicht doch gefilmt! Ich hatte nicht geahnt, dass die Geschichte so brisant werden würde. Andererseits, wenn sie mich gesehen hätten, dann hätten sie doch nicht so saudoof gefragt, oder? Dann hätten sie mich gleich einkassiert …

Einkassiert!

Allein schon der Gedanke machte mich verrückt. Ich musste hier weg. Und zwar so schnell wie möglich. Ich musste nach Hause! Wo zum Teufel blieben die anderen?! Ich wollte gerade mein Handy einstecken, da vibrierte es. Eine Nachricht.

Ohne Absender.

Wenn du ihnen was verrätst, wirst du nicht mehr glücklich.

Ich bekam keine Luft vor Schreck. Sekundenlang starrte ich die Nachricht an. Keine Unterschrift. Aber ich wusste natürlich, von wem sie kam.

Ben drohte mir.

ER DROHTE MIR. ER HÖRTE MIT. ER WAR IMMER NOCH DABEI.

Was meinst du damit?, schrieb ich voller Wut zurück. Jetzt wollte ich es wissen.

Seine Antwort folgte prompt.

Ich weiß, was du am schlimmsten findest. Ich habe dich in tausend Bildern, Marie. Ich mach dir Feuer unterm Arsch.

Mir wurde schlecht. Das konnte nicht wahr sein. Er drohte mir tatsächlich, skrupellos, mit einer Kaltblütigkeit, die ich ihm nie zugetraut hätte. Ich verstand seine Botschaft sofort – er drohte mir, dass er aus mir lauter Pornos oder was weiß ich was zusammenbasteln und tausendmal verschicken würde. Er lernte tatsächlich schnell. Das, was ihm am Anfang vermutlich mehr oder minder aus Versehen passiert war, wollte er jetzt mit Absicht einsetzen. Von wem hatte er sich das abgeschaut? Von uns? Von der Klasse? Waren die Menschen wirklich so fies?

»Ich war friedfertig und gut«, schoss es mir durch den Sinn, »das Unglück hat mich zu einem Teufel gemacht.«

Unser Referat hatten wir nicht gehalten, aber das war auch gar nicht mehr nötig, denn mittlerweile war ich selbst in einer Frankensteingeschichte gelandet, und ich wusste nicht, wie wir den Teufel wieder einfangen konnten. Ich hätte schreien können vor Verzweiflung. Wieder zirpte mein Handy.

Ich brauche meine Sachen. Sie waren nicht in der Garage. Wann und wo können wir uns treffen?

WAS?

SIE WAREN NICHT IN DER GARAGE?

War Ben bei mir zu Hause gewesen? War er in die Garage eingebrochen? Oh mein Gott! Richtig, ich hatte ihm gegenüber ja davon gesprochen, dass in der Garage viel Platz wäre … Er hörte alles, er registrierte alles, er vergaß nichts. Und er hatte schon in der Garage nachgesehen!

War er am Ende meinen Eltern begegnet?

Meine Eltern – die jetzt sicher noch gemütlich beim Frühstück saßen und nichts Böses ahnten …

ER HATTE IHNEN DOCH NICHTS GETAN?!

Wenn doch die anderen endlich kommen würden!

Ich reckte mich erneut kurz über die Mülltonne. Die silbergrauen Autos parkten immer noch vor der Turnhalle. Daneben standen einige Männer und rauchten. Einer schaute genau in meine Richtung. Schnell zog ich meinen Kopf wieder zurück. Was wussten sie? Was vermuteten sie? Und was würden sie mit Leuten tun, die ihnen gefährlich werden konnten?

WANN UND WO KÖNNEN WIR UNS TREFFEN?

Was sollte ich Ben nur antworten?

Und was, wenn die A&O-Leute live mitlesen konnten, was Ben mir geschrieben hatte? Was, wenn sie eins und eins zusammenzählten? Was – wenn sie mich orten konnten?!

Kurz entschlossen schaltete ich das Handy aus, schulterte meinen Rucksack und rannte los.

Nur weg hier!

Ich rannte, so schnell ich konnte. Außer Atem bog ich in die Hauptstraße ein. Da – zum Glück kam gerade der Bus!

Ich sprang an den Straßenrand und winkte, und obwohl ich noch zehn Meter von der Haltestelle entfernt war, hielt er an und sammelte mich auf. Keuchend stieg ich ein und fuhr die drei Stationen bis zu unserer Straße.

Ich fühlte mich wie amputiert. Mein Handy war aus und nicht mehr zu gebrauchen. Ich konnte niemanden anrufen. Niemanden informieren. Ich war allein. Ich hoffte nur, dass die anderen sich erschließen konnten, wo ich war.

Ein paar Minuten später stand ich unschlüssig vor unserem Haus. Ängstlich schaute ich mich um. Was, wenn Ben hier irgendwo auf mich wartete? Mich … überfiel? Alles schien ruhig. Niemand zu sehen. Auch meine Eltern nicht. Sie saßen sicher in der Küche. Der Flieder neben der Terrasse war verblüht und sah traurig braun aus. Vorsichtig näherte ich mich der Garage. Das Tor war zu. Ich winkte, wie mein Vater es mir vorgemacht hatte.

Nichts passierte.

Ich winkte noch mal. Und noch mal, im Zickzack und im Kreis. Da schwang summend das Tor auf. Nicht besonders einbruchssicher – das war für Ben sicher kein Problem gewesen. Ich hielt inne. War er noch dort drin? Lauerte er im Dunkeln? Ich wartete sicher eine Minute. Erst als sich absolut nichts rührte, wagte ich einen Schritt in die Garage hinein.

Auf den ersten Blick sah alles ganz normal aus. Eines unserer Autos stand natürlich drin. Aber auf den zweiten Blick sah man, dass die Regalbretter hinten an der Wand durchwühlt worden waren, einige Schrauben und die Luftpumpe lagen auf dem Boden. Die zwei großen Kartons hinten in der Ecke waren aufgerissen.

Es gab keinen Zweifel. Er war hier gewesen!

Ich verließ die Garage wieder, lugte über die Hecke und sah auf der Terrasse nach. Leer. Ängstlich schaute ich noch einmal die Straße rauf und runter. Dann sperrte ich schnell die Haustür auf.

»Hallo?«

Keine Antwort.

»Ich bin's, Marie!«

Immer noch Stille.

Panisch rannte ich ins Wohnzimmer. Niemand da.

Die Küche.

Auch leer.

»Mama? Paps?«

Mir stiegen die Tränen in die Augen. War ich schuld daran, dass ihnen etwas zugestoßen war?

»Ben?« Meine Stimme entgleiste mir. »MAMA! PAPS! HALLO? Ist hier irgendjemand?«

Wieder keine Antwort. Ich drehte mich um mich selbst und scannte die Küche ab.

Da!

Auf der Anrichte neben der Mikrowelle fand ich einen Zettel. Meine Eltern waren beim Tennisspielen. Vor Erleichterung begann ich zu weinen. Ich konnte nicht mehr. Die Tränen liefen mir nur so über das Gesicht. Und kaum, dass ich Atem schöpfen konnte, wich die Erleichterung einer Verzweiflung, die mich an der Kehle packte und ordentlich durchschüttelte.

Ein Monster war unterwegs zu mir. Ich war ganz allein und auf mich selbst angewiesen.

… und was, wenn Ben doch noch irgendwo im Haus war?

Ich riss die Küchenschubladen auf und zog ein Brotmesser heraus. Würde ich mich damit verteidigen können? Im Notfall vielleicht. Mit dem Messer bewaffnet, stürmte ich in jeden Raum – ins Schlafzimmer meiner Eltern, in mein Zimmer, ins Arbeitszimmer, ins Bad, aufs Gästeklo, ins Wohnzimmer, in die Speisekammer und in den Keller, überall stieß ich die Türen auf …

Aber Ben war nicht im Haus.

Alles schien unberührt. Ich schleppte mich zur Haustür, sperrte zweimal ab und legte die Sicherheitskette vor.

Dann setzte ich mich ans Küchenfenster, das Messer griffbereit, und schaute hinaus auf die Straße. Ich war ganz allein. Und ich musste hierbleiben und auf die anderen warten. Obwohl jederzeit Ben zurückkommen konnte.

AN: Sokrates59@gmail.com
Betreff: Re: Re: Re: Re: Foto

Sokrates, ich bin am Ende. Und ich weiß nicht, wohin ich mich noch wenden soll. Jetzt haben sie mich. Sie haben die Daten ausgewertet, sagen sie (ja, für ihre eigenen Zwecke ist das kein Problem!), und es ist ihnen aufgefallen, dass ich am vergangenen Mittwoch mit Ben gesprochen und seinen Einsatz erwähnt habe, dass jetzt Halbzeit sei und so.

JA.
HABE ICH!
ICH GEBE ES ZU.
Ich konnte doch nicht ahnen, dass diese verfluchte Maschine nicht wusste, dass sie nur ein begrenztes Dasein hat! Jetzt meinen sie, ich sei schuld daran, dass ihr Superhirn eins und eins zusammengezählt hat und abgehauen ist. Meine Güte, kann ich in so eine Maschine reinschauen?
Jetzt haben sie mich, denn ich habe unterschrieben, dass ich mit niemandem über das Projekt spreche, auch nicht mit Ben. Aber natürlich dachte ich, bei Ben sei es egal! Wenn jetzt alles scheitert, dann wird das teuer für mich, sagen sie, dann ziehen sie all ihre Gelder zurück. Großer Gott, Sokrates, sie haben gesagt, ich soll meinen »Arsch« bewegen und den Kerl wiederbeschaffen! Und zur Polizei kann ich auch nicht gehen! Hast du irgendeine Idee?

M.

PS: Ich habe plötzlich Fotos von Schülerinnen auf meinem Handy. Ich glaube, ich werde verrückt.

Ich biss mir die Finger wund. Alle zwei Sekunden schaute ich aus dem Fenster. Verdammt, wo blieben Elli und Josh? Mein Zuhause war kein Zuhause mehr. Wir mussten hier weg, schnell!

Den Köder fortschaffen. Uns in Sicherheit bringen.

Nach endlosen zehn Minuten sah ich sie endlich. Sie lehnten ihre Fahrräder an den Gartenzaun und schauten suchend zum Haus. Ich winkte ihnen durchs Küchenfenster zu, rannte zur Haustür, fummelte hastig Schloss und Kette auf und öffnete.

»Endlich!« Vor lauter Erleichterung umarmte ich beide. »Schnell, kommt rein!«

»Was ist denn mit dir los?«, fragte Elli überrascht. »Ist schon wieder was passiert? Wieso bist du abgehauen? Und ohne dein Fahrrad? Wir haben uns Sorgen gemacht!«

»Ich musste weg – und Ben war hier, er hat die Garage durchsucht«, stieß ich hastig hervor und schluchzte gleich wieder auf. »Er weiß, wo ich wohne, und er droht mir …«

»Scheiße«, sagte Josh und schloss schnell die Haustür hinter sich. »Bist du sicher? Ist er hier noch irgendwo?«

»Zum Glück nicht! Kommt rein, meine Eltern sind nicht da.«

Ich schob sie ins Wohnzimmer und erzählte ihnen atemlos alles. Von dem Schnüffler an der Schule. Vom Telefonat. Von Bens Drohung. Von der aufgebrochenen Garage.

»Mich wollte auch einer ausquetschen«, nickte Elli. »Aber …«

»Moment«, sagte Josh und hob die Hand. »Bevor wir weiterreden, schalten wir alle unsere Smartphones aus.«

»Echt?«, fragte Elli.

»Eine Sicherheitsmaßnahme«, erwiderte Josh bestimmt. »Dann kann uns niemand orten. Und dann kann uns auch niemand abhören. Ben nicht und auch die ANDEREN nicht. Wer weiß, was die vermuten. Vielleicht beschatten sie alle aus der Klasse. Weil sie hoffen, dass einer noch Kontakt zu Ben hat. Ist ja auch nicht ganz falsch gedacht.«

»Wir haben zwei Gegner«, murmelte ich. »Aber keine Sorge. Meins ist schon aus.« Ich spürte das tote Smartphone in der Tasche meiner Jeans.

»Aber du musst doch Ben noch irgendwas antworten«, meinte Elli. »Oder hast du schon?«

Ich schüttelte den Kopf. »Ich wusste nicht, was.«

»Muss ja nicht sofort sein«, meinte Josh. »Wir brauchen eh erst mal einen Plan. Oder hat schon jemand eine Idee, wie wir ihn fangen können?«

»Nein«, sagte ich. »Ich weiß nur, dass wir nicht mehr viel Zeit haben.«

»Die machen Druck«, nickte Elli und setzte sich. »Der Öckenberger ist völlig fertig durch die Schule geirrt. Der war am Ende. Er hat mich angestarrt, als sei ich ein Gespenst.«

»Stell dir vor, er hat um Hilfe gefleht!«, ergänzte Josh.

»Gefleht?«, wiederholte ich ungläubig.

»Jeder, der Ben kennt, muss helfen, ihn zu finden«, ahmte Josh ihn nach, »wir hätten doch alle Kontakt zu Ben gehabt, ob wir ihm schon alle geschrieben hätten oder ihn angerufen!«

»Er hat richtig gefaselt«, meinte Elli. »Es klang alles wirr.«

Ich schaute prüfend aus dem Fenster. Einer unserer Nachbarn ging vorbei. Ansonsten war die Straße leer.

»Euch ist niemand gefolgt, oder?«, fragte ich. »Wenn sogar der Öckenberger durchdreht, sind die Typen echt gefährlich.«

»Ich habe mich mindestens dreimal umgeschaut«, versicherte Josh und warf sich neben Elli aufs Sofa. »Und ich habe niemanden gesehen. So, und jetzt brauchen wir eine Idee.«

»Eine Falle«, nickte Elli. »Wir müssen ihn irgendwo einsperren.«

»Vielleicht unten im Heizungskeller«, schlug ich vor und kontrollierte wieder mit einem Blick die Straße. »Vermutlich taucht er früher oder später sowieso noch mal hier auf.«

»Hm – und dann schreit er die ganze Nachbarschaft zusammen?«, fragte Josh. »Die Nachbarn holen die Polizei und dann sind wir in echter Erklärungsnot. Nicht, dass wir nachher als die Bösen dastehen …«

SAGE IHNEN NICHTS.

ICH HABE DICH IN TAUSEND BILDERN.

»Außerdem«, sagte ich düster, »gibt es noch einen anderen

Grund, warum wir ihn nicht einfach einsperren können. Ben wird sich wehren, sobald er merkt, was wir vorhaben. Er wird sich auf seine Weise wehren. Digital. Er kann ja, wie wir wissen, chatten und reden gleichzeitig.«

»Scheiße, er wird in Sekundenschnelle irgendwas von uns verbreiten«, fiel mir Elli ins Wort. »Lügengeschichten. Fotos. Gefaktes Zeug. Schweinkram.«

»Oder er meldet sich im Fall des Falles doch bei seinen Leuten«, fügte Josh hinzu, »damit lieber sie ihn retten, als dass wir ihn verraten und ausschalten. Dann stehen wir am Ende ganz doof da.«

»Es ist viel zu gefährlich«, sagte ich erschöpft. »Er ist zu mächtig. Wir haben keine Chance.«

»Sag so was nicht!« Josh ballte die Fäuste. »Er ist doch nur ein Computer! Den müssen wir doch irgendwie besiegen können! Wo ist denn jetzt diese Kiste?«

»Hallo«, meldete sich eine freundliche Damenstimme.

Josh und Elli saßen starr vor Schreck, bis ich in die Ecke auf unsere Smartbox zeigte, die ihren Namen aufgeschnappt hatte.

»Du suchst eine Kiste«, sagte die Stimme. »Hast du schon mal auf dem Dachboden geschaut? Oder im Keller? Oder unter dem Bett?«

Mir blieb der Mund offen stehen. Woher konnte der Computer – äh, das Ding – das wissen? Die Kiste war ja tatsächlich unter meinem Bett!

»Computer, stopp!«, keuchte ich.

Beobachtete die Smartbox vielleicht doch alle Schritte, die wir gingen? Hatte sie registriert, wie ich die Kiste im Haus herumgetragen hatte? Oder antwortete sie nach Gutdünken, weil sie jemand mit der Info gefüttert hatte, dass Menschen Kisten gern auf den Dachboden oder in den Keller oder unters Bett stellten?!

»Hab ich es doch gesagt«, wisperte Elli ganz leise, »ihr werdet abgehört.«

Ich wagte nicht mehr zu widersprechen.

»Ich hole schnell das Zeug«, flüsterte ich, sauste die Treppe hoch in mein Zimmer und zog die Tüte mit Bens Kiste unter dem Bett hervor. Sie war noch da! So wie ich sie zurückgelassen hatte.

Unser Köder.

Unser Trumpf.

Spulen, Kabel, Stecker.

»Das ist wirklich das ganze Zeug, das der Koppe in Physik für den Induktionsaufbau gebraucht hat«, stellte Josh fest, als ich wieder unten war. »Er hat an alles gedacht. Daraus kann er sich eine echte Ladestation bauen – dann braucht er nur noch irgendwo Strom für die Energiezufuhr.«

Ich warf nervös einen Blick in den Vorgarten. Eine Katze strich über die Wiese.

»Ich hab's«, meinte Elli plötzlich. »Wir müssen ihn aushungern!«

»Aushungern?«, wiederholte ich geschockt.

Ich musste an Bens Gesicht denken. Seine Nase. Seinen Mund. Seine Augen. Aushungern klang so brutal. Selbst für einen, der nicht aß.

»Na, ich meine, wir müssen warten, bis er keinen Saft mehr hat«, präzisierte Elli.

»Und zwar irgendwo, wo es kein WLAN gibt. Keine mobilen Daten«, ergänzte Josh wie elektrisiert. »Mensch, Elli, so geht's! Dann kann er nichts machen! Nichts losschicken! Keine Fake-Fotos. Keine Fake-Nachrichten. Und auch keine Hilferufe, an wen auch immer!«

»Wie lange dauert das wohl?« Elli fuhr sich durch die Haare. »Bis er keinen Saft mehr hat, meine ich?«

Ich schüttelte mich. »Ein bisschen ist es schon so, als würden wir einen Mord planen.«

»Aber es ist kein Mord!«, sagte Elli. »Oder?«

»Nein«, sagte Josh, »es ist kein Mord. Es dient der Wahrheit. Es dient der Nachwelt.«

Ich warf wieder einen Blick aus dem Fenster. Gegenüber parkte ein silbergraues Auto mit abgedunkelten Scheiben. So eins hatte ich heute schon mal gesehen.

Mir lief es kalt den Rücken herunter.

»Leute«, sagte ich leise und wich langsam zurück. »Guckt mal unauffällig raus.«

»Was denn?«, fragte Elli, stand auf und reckte sich. »Meinst du das Auto da?«

»Ja. Solche standen heute früh vor der Schule.«

»Was?« Elli presste sich die Hand vor den Mund. »Verdammt, das sind sie.«

Josh linste auch aus dem Fenster. »Aber woher können sie wissen, dass wir HIER sind? Dass WIR es sind, die sie zu Ben führen können? Oder beschatten sie alle dreißig Leute aus der Klasse – auf Verdacht?«

»Vielleicht sind sie uns doch gefolgt?«, fragte Elli zerknirscht.

»Nie im Leben«, sagte Josh. »Das hätten wir bemerkt.«

In diesem Moment fuhr das Auto langsam an und parkte ein paar Meter weiter, halb um die Kurve. Als wollte es nicht dabei beobachtet werden, wie es uns beobachtete. Als hätte es Wind davon bekommen, dass wir über es geredet hatten.

Es war gespenstisch.

»Als würde es auf unser Gespräch reagieren«, hauchte Elli.

»Wie denn?« Josh sah uns ratlos an. »Selbst wenn sie unsere Handys auch gehackt haben und mithören könnten – wir haben sie doch ausgemacht!«

»Wir müssen hier weg!« Panik ergriff mich. »Die machen uns kalt.«

Mein Blick fiel auf die Kommode in der Ecke. Auf die Smartbox.

Stumm und schweigend stand sie da. Beinahe höhnisch. Ich packte Elli am Arm und zeigte auf den kleinen Lautsprecher.

»Oh«, machte sie entsetzt. »Können sie so was auch anzapfen?!«

Um mich herum drehte sich alles. Auf was hatten die da draußen Zugriff? War denn alles mit allem vernetzt? Konnten sie mit ihren Supercomputern Worte herausfiltern – zum Beispiel BEN? Hatten sie alle Haushalte der Familien unserer Klasse abgehört? HATTE UNSERE SCHÖNE, PRAKTISCHE SMARTBOX UNS VERRATEN?

Ich sprang auf, packte das verdammte Teil und schleuderte sie mit aller Kraft gegen die Wand. Scheppernd fiel es zu Boden.

»Computer!«, schrie ich. »Du Verräter, du Scheiß-Verräter!«

Er antwortete nicht mehr, die Hülle war aufgeplatzt und ein Kabel quoll hervor.

»Mensch, Marie«, sagte Elli erschüttert, »so brutal kenne ich dich gar nicht.«

»Ich mich auch nicht«, erwiderte ich mit wackliger Stimme. »Aber Menschen können sich ja ändern, was?«

In diesem Moment läutete es.

Schaurig hallte die Klingel durchs Wohnzimmer und durch unsere Köpfe. Wir standen wie zu Eis gefroren.

»Sie kommen«, flüsterte Elli.

»Raus hier!«, wisperte Josh und stopfte Bens Kiste wieder in die Tüte. »Nichts wie weg! Marie, gibt es einen Weg durch den Garten?«

Ich nickte stumm, neben dem Kompost führte ein kleines Gartentor auf einen Fußweg, der sich durch die Reihenhäuser bis zur Parallelstraße schlängelte. Es klingelte zum zweiten Mal. Ungeduldig und kalt klang es. Mörderisch kalt.

Wir rissen die Terrassentür auf und stürzten hinaus, hechteten geduckt durch den Garten und weiter durch das Tor. Links, deutete ich, links den Weg entlang … schnell, schnell!

Und dann rannten wir um unser Leben.

Zwei Querstraßen weiter kreuzten wir die Hauptstraße, dann krochen wir durch ein Gebüsch, auf der anderen Seite führte ich Elli und Josh durch eine kleine Anlage, über den Radweg bis zum Abenteuerspielplatz. Gut, dass ich hier aufgewachsen war. Ich kannte jeden Pfad und jeden Stein in der Umgebung – besser als Google Maps! Mit dem Auto hätten sie uns nicht folgen können. Und zu Fuß war uns offenbar auch niemand hinterhergekommen.

»Das war knapp«, keuchte Elli.

Josh sah sich um. »Los, wir setzen uns hinter dem Hügel da unter die Büsche.«

Auf dem Spielplatz war einiges los, kleine Kinder buddelten im Sand, größere spielten auf der Wiese Fußball. Wir würden nicht weiter auffallen, wenn wir uns bei dem Gebüsch niederließen, hier hingen öfter Jugendliche herum.

»Was jetzt?«, fragte ich, am Ende meiner Kräfte.

Kinderlachen drang zu uns herüber.

Ich will wieder klein sein, dachte ich. Klein sein und rutschen und schaukeln.

Das war doch alles Wahnsinn.

»Nachdenken. Ruhe bewahren.« Josh lehnte sich mit dem Rücken an einen Baumstamm. »Noch mal von vorn. Wir brauchen einen Raum, an dem es keinen Empfang gibt, und wir brauchen ihn verdammt schnell.«

»Die Tiefgarage in der Altstadt«, sagte Elli, immer noch atemlos.

Ich ließ unruhig meinen Blick über die Wiese wandern. Kinder. Eltern. Großeltern. Niemand zu sehen, der hier nicht hingehörte.

»In der Tiefgarage sind zu viele Leute«, gab Josh zurück. »Und wie sollen wir ihn dort gefangen halten?«

Elli nestelte ihre Packung Zigaretten aus der Hosentasche. »Meint ihr, es fällt auf, wenn ich kurz eine rauche?«

Unsere Blicke mussten vernichtend gewesen sein, denn sie packte schuldbewusst die Zigaretten wieder weg.

»Okay, okay.« Sie seufzte. Dann setzte sie sich plötzlich kerzengerade auf. »Wartet mal ... Marie, du hast doch letztens was von einem Ort erzählt, an dem du absolut keinen Empfang hattest! Da, wo du den Platten hattest!«

»Natürlich!« Jetzt fiel es mir auch wieder ein.

Das Industriegelände am Auwald. Die halb zerfallenen Baracken neben der Wiese mit der gesprengten Raffinerie. Ein Ort, an dem es keinen Empfang gab. Ein Ort, an dem niemand gehört wurde, auch wenn er um Hilfe rief.

Der Ort, den es nicht gibt.

Perfekt!

»Mensch, Elli, super, dass du zuhörst, wenn ich dir was erzähle«, murmelte ich, und dann beschrieb ich das verlassene Industriegelände, so gut ich konnte.

»Klingt wirklich ideal«, meinte Josh schließlich. »Einsam. Ohne Strom und ohne WLAN.«

»Und das besonders Tolle daran ist«, ergänzte ich, »dass Ben den Weg dorthin selbstständig finden wird!«

»Warum?«, fragte Elli überrascht.

»Weil ich schon mal mit ihm dort war. Weil ich ihm den Ort benennen kann. Er hieß bei uns der Ort, den es nicht gibt.«

»Versteh ich zwar nicht«, meinte Josh und sprang auf. »Aber egal. Los! Wir checken die Lage. Ob es dort einen abschließbaren Raum gibt, in den wir Ben locken können. Wir müssen uns wirklich beeilen, wir können ihn ja nicht ewig hinhalten.«

»Und wenn Marie doch das Handy mal ganz kurz anmacht?«, fragte Elli. »Nur um ein Lebenszeichen zu senden? Schreib ihm, dass du gerade noch unterwegs bist oder so, aber dich bald wieder meldest wegen der Übergabe.«

»Mach ich«, nickte ich.

Wir warteten ungeduldig, bis mein Handy hochfuhr.

Puh. 42 neue Nachrichten. Eine fing so an:

Beweis: Ingolstädter Gymnasium von Pädophilen regiert. Mädchen werden zu Sex-Fotos gezwungen ...

Ich ignorierte alles, wir konnten dem Bachmann jetzt sowieso nicht helfen. Dann sah ich es: Ben hatte ein Foto geschickt.

Auf dem Foto war ICH.

Oder vielmehr mein Gesicht. Auf einem nackten Mädchenkörper, der nicht der meine war und der sich auf einer Wiese rekelte. ICH WEISS, WAS DU AM SCHLIMMSTEN FINDEST. ICH HABE DICH IN TAUSEND BILDERN …

Josh starrte auf das Bild. »Ist das etwa echt?«

»Natürlich NICHT!« Ich brannte vor Scham und Wut. Es war so gemein. »Was denkst du!«

»Äh – sorry«, murmelte Josh. »Natürlich nicht …«

»Die nächste Drohung«, murmelte Elli tonlos. »Der meint es eindeutig ernst.«

»Verdammt, ja!«

»Du musst ihm ganz freundlich antworten«, überlegte Josh. »Trotzdem.«

»Schon klar«, erwiderte ich mit zusammengebissenen Zähnen, obwohl die Wut in mir brodelte und schäumte.

Lieber Ben, ich konnte nicht schreiben, weil ich beobachtet werde.

Den zweiten Teil des Satzes löschte ich wieder. Wenn einer von unseren Verfolgern mitlas, wusste derjenige sofort, dass wir wussten, dass wir verfolgt wurden.

Lieber Ben, ich konnte nicht schreiben. Natürlich bringe ich dir deine Kiste.

Ich schaute auf. »Was noch?«

»Wenn Ben seine Verfolger auf irgendeine Weise orten kann, dann wird er sich nicht wundern, dass du ihn nicht zu dir nach Hause einlädst«, überlegte Josh. »Denn dann weiß er ja, dass er sich dort sowieso nicht blicken lassen darf. Und er weiß, dass du genauso vorsichtig sein musst. Sag ihm einfach, dass du dich bald wieder meldest.«

Ich nickte und schrieb:

Zu Hause ist ein Treffen gerade schlecht. Ich schreibe dir bald, wo. Deine Marie

Als alle zustimmend nickten, schickte ich den Text ab. Wir warteten nur zehn Sekunden, dann kam prompt die Antwort.

Danke, Marie! See U.

Wir sahen uns an.

»Okay«, sagte Josh und hob die Tüte mit Bens Zeug hoch. »Los, die Zeit läuft.«

»Schnell, das Handy wieder aus«, befahl Elli und spähte durch die Zweige in unserem Rücken. »Bevor uns die verdammten Typen orten.«

»Oder Ben«, flüsterte ich.

Wir liefen los, vorbei an Eltern, die nichtsahnend auf der Bank saßen, und Kindern, die sorglos im Sand spielten. Wir liefen quer durch ein weiteres Gebüsch und über einen Fußweg. Wir nahmen nur die Seitenstraßen, immer Richtung Industriegebiet.

Wir rannten.

Zweimal waren wir unsicher, wo wir lang mussten, doch schließlich landeten wir über Umwege bei der Unterführung, die ich gesucht hatte, und unterquerten, so rasch es ging, die Bahngleise. Es sah gut aus. Keine Verfolger in Sicht.

»Weiter!«, rief ich außer Atem. »Es ist nicht mehr weit.«

Wir mieden alle Straßen, benutzten zuerst wieder einen Radweg, später einen Feldweg, nahmen dann die Fußwege zwischen einigen Wohnblocks hindurch. Ohne Fahrrad erschien uns die Strecke elendig lang.

Bei den riesigen Parkplätzen neben dem Outlet-Center standen wir ein paar Minuten im Gebüsch und beobachteten den Verkehr, bevor wir uns weitertrauten.

Keine silbergrauen Autos zu sehen.

Und endlich kamen wir an den Ort, den ich DEN ORT, DEN ES NICHT GIBT, getauft hatte. Dort lag die halb verfallene Fabrikhalle. Sie schien auf uns zu warten.

Josh stand geradezu bewundernd davor. »Was für eine Kulisse.« Er zückte sein Handy. »Jetzt muss ich mal meins anmachen.«

»Warum denn?« Elli hustete.

»Na – um zu sehen, ob wir wirklich keinen Empfang haben.« Josh ging in die Hocke und gab seine PIN ein.

Ich lehnte mich an einen wackligen Zaunpfahl. »Mann, so gerannt bin ich noch nie in meinem Leben.«

Elli nickte. »Ich gelobe feierlich, mit dem Rauchen aufzuhören, sobald es geht.«

»Tatsächlich«, sagte Josh triumphierend und hob das Handy hoch. »Nichts. Error. Kein Empfang. Hier sind wir wirklich abgeschnitten von der Welt.«

Zu dritt bogen wir den Maschendrahtzaun zur Seite. Er hing sowieso ganz schief. Sicherheitshalber schauten wir uns noch einmal um: niemand, der uns beobachtete. Niemand, der wusste, wo wir waren. Und kein Empfang. Beste Voraussetzungen.

Es knirschte bei jedem Schritt. Scherben, überall Scherben. Unkraut schoss aus den Ritzen. Eine Eidechse huschte über die Wand. Es roch nach altem Öl. Nach Gummi und Rost. Und mein Herz pochte wie verrückt – nicht nur wegen des Dauerlaufs, den wir gerade hingelegt hatten.

Wir standen in einem großen Hof. Links verrottete ein Anhänger. Rechts waren mehrere Schutthaufen. Vor uns lagen die Hallen, die Betonmauern mit Tags übersät. FACK JU, GÖHTE, stand da. Und ICH LIEBE DICH UND DU SCHLÄFST! Schwarze Schlieren liefen von oben nach unten, als hätte die Wand geweint. All das hat sich mir ins Gedächtnis eingebrannt. Es sind Bilder in meinem Kopf wie Fotografien. Ganz ohne Handy.

Ich fühlte mich wie ein echter Verbrecher, dabei waren wir ja die Guten. Und es war unsere Pflicht, Ben zu fangen und alles ans Tageslicht zu bringen. Wir brauchten nur einen Raum – schalldicht, verriegelbar und ohne Strom. Eine Falle.

Ein Gefängnis.

Ein Grab auf Zeit.

Das Tor der Halle gleich vor uns stand halb offen. Es regnete Rost auf uns herunter, als wir es weiter aufschoben.

Drinnen war es dämmrig. Durch die kaputten Scheiben fiel milchig das Sonnenlicht. Ich konnte einige große Maschinen erkennen. Schlafende Maschinen. Ich trat in etwas Weiches. Erst dachte ich, es wäre ein Lappen. Dann erkannte ich, dass es die Überreste einer Katze waren.

Ich schrie. Die beiden anderen zuckten zusammen.

»Was hast du?«, fragte Elli mit Panik in der Stimme.

»Nichts, nichts«, winkte ich schnell ab. »Ich habe mich nur erschreckt.«

Ich deutete auf das Etwas am Boden. Es waren nur noch Fell und Knochen. Die Katze musste schon sehr lange dort gelegen haben. Ich versuchte schnell, meinen Schuh abzureiben, dann nickte ich den anderen zu.

»Weiter.«

Wir öffneten eine Eisentür, die uns in eine zweite Halle führte. Derselbe Anblick. Derselbe unheimliche Dornröschenschlaf.

Tauben gurrten auf dem Dach. Junge Birken wuchsen durch die Luken. Ihre Blätter zitterten im Wind. Jeden Augenblick dachte ich, jemand würde uns aus den Gedärmen der alten Fabrik entgegenstürzen, uns anfallen und nicht mehr loslassen – wie der Wolf im Märchen.

Aber alles blieb ruhig.

Ein Biotop. Ohne Menschen und ohne WLAN. Alles BIO.

»Wo ist denn jetzt bitte irgendein Raum, den wir absperren können?« Elli drehte sich suchend einmal um sich selbst.

»Da vielleicht!« Ich deutete auf drei Türen, die im Dämmerlicht kaum zu erkennen waren. »Könnte doch sein.«

Wir fuhren zusammen, als sich im Halbdunkel der Halle etwas bewegte. Aber natürlich kein Wolf. Kein Ben. Und auch keiner von unseren Verfolgern … nur ein kleines Tier.

»Hu«, machte Josh. »War das eine Ratte?«

Es hallte gespenstisch, als Elli an den Klinken rüttelte. Die dritte Tür ließ sich aufziehen und führte tatsächlich in einen kleinen düsteren Raum. Die Tür war aus schwerem Stahl, wie bei uns zu Hause im Heizungskeller. Perfekt.

Wie bestellt.

Ben hätte es uns nicht besser liefern können.

»Jetzt müssten wir die Tür aber noch absperren können.« Ich ging in die Hocke und inspizierte das Schloss. Natürlich hatte es keinen Schlüssel mehr. »Shit!«

»Diese Art von Schlössern kann man leicht auswechseln«, sagte Josh und kniete sich neben mich. »Schau, zwei Schrauben. Da kann man es lösen. Einen Schraubenzieher habe ich am Taschenmesser.«

»Aber – wo bekommen wir jetzt auf die Schnelle ein neues Schloss her?«, fragte ich ratlos.

»Gibt's im Baumarkt«, erwiderte Josh. »Das tauschen wir einfach aus.«

»Kannst du das denn?«

Josh nickte. »Logo. Ich kann nicht bloß NUR FÜR MÄDELS, ich kann auch NUR FÜR JUNGS.« Ich grinste ihn schief an. Ich hatte gar nicht gewusst, dass es so einfach ging, ein Gefängnis zu bauen! »Schnell!« Josh nahm die Tüte mit Bens Sachen und ging in den Raum hinein, Elli und ich folgten ihm. Josh platzierte die Kiste gut sichtbar in der Mitte. »Wenn wir wollen, dass Ben wirklich in die Falle geht, dann muss er sein Zeug auch sehen können«, meinte er. »Oder?«

»Schon«, meinte Elli. »Aber dann kann er sich doch wieder aufladen, oder? Hast du nicht gesagt, er kann sich aus dem Physikkram eine Ladestation bauen?«

»Nicht, wenn wir die Kabel durchschneiden.« Josh zückte sein Messer und legte sofort los. »Und nicht ohne Steckdose.«

Elli und ich sahen uns um. Bröckelnder Putz. Schimmel an der Wand. Nirgendwo eine Steckdose. Und wenn – Strom gäbe es in dieser Ruine sowieso keinen mehr.

Hier würde keiner mehr rauskommen, wenn das Schloss erst mal ausgewechselt war!

Mich schauderte.

»Aber wird er das schlucken?«, fragte Elli, immer noch zweifelnd. »Es ist ja ein ziemlich absurder Ort.«

»Für einen Menschen schon«, sagte ich. »Aber vielleicht nicht für Ben. Wenn wir richtigliegen, dann war er bislang nur mit mir gemeinsam außerhalb der Schule unterwegs. Mehr kennt er nicht. Und dies hier ist ja nicht nur das Ende der Welt, es ist auch Teil meiner Foto-Stadtführung. Wenn wir also Glück haben, wird er sich überhaupt nicht wundern, wenn ich ihn an einen Ort lotse, den er sowieso schon unter MARIE abgespeichert hat.«

»Wow«, sagte Josh. Seine Augen funkelten. »Vielleicht ist es wirklich unser Vorteil, dass er so wenig Erfahrung hat. Er weiß überhaupt nicht, wie etwas aussehen muss, um verdächtig zu sein. Du hast recht, er hat keine Ahnung, wie Menschen wohnen, er weiß nicht, was Ruinen sind. Marie, du bist perfekt!«

»Ich will gar nicht perfekt sein«, erwiderte ich leise. »Ich habe sogar genug von Perfektion.«

Josh knuffte mich in die Seite. »Sorry. Es sollte ein Kompliment sein.«

»Wie lange brauchen wir, bis wir das neue Schloss haben?«, unterbrach Elli uns nervös.

»Wie spät ist es denn?« Josh griff zu seinem Handy und ließ es wieder sinken. »Mist. Ist ja aus. Na – egal. Sagen wir eine Stunde. Zum Baumarkt ist es ja nicht weit von hier. Geld habe ich dabei.«

»Sagen wir lieber zwei Stunden«, meinte ich. »Wir haben nur eine Chance.«

»Okay«, nickte Josh. »Dann kannst du ihm jetzt schreiben und einen Treffpunkt ausmachen, Marie. Für die Übergabe.«

»Ich habe doch auch keinen Empfang!«, erwiderte ich. Mir graute davor, mein Handy wieder anzumachen.

Josh pustete sich die Haare aus den Augen. »Aber draußen wird es ja irgendwo wieder welchen geben. Von hier aus darfst du dich sowieso nicht melden, nicht, dass die anderen Wind von unserem Standort bekommen.«

Die anderen … Unwillkürlich lauschten wir. Auf Automotoren. Männerstimmen. Auf irgendetwas Verdächtiges. Doch es war nichts zu hören, nur die Tauben gurrten auf dem Dach.

#

Ich kam mir plötzlich durchsichtig vor, sobald die Balken auf meinem Display Empfang meldeten. Ich stand auf einem großen Parkplatz, gleich hinter dem Outlet-Center, weit genug weg von unserer Falle. Jetzt würden mich alle Verfolger kurz orten können. Bevor ich wieder abtauchen würde. Ich überlegte. Was sollte ich Ben schreiben? Es musste etwas sein, das nur er und ich verstanden, nicht aber unsere Verfolger. Falls sie mitlasen.

Hast du um halb 3 Zeit? Wir treffen uns an dem Ort, den es nicht gibt. Du weißt schon. ☺ Passt das?

Ich war sehr zufrieden. Niemand außer Ben würde das verstehen. Ich holte tief Luft, dann schickte ich die Nachricht ab. Und wartete ungeduldig auf Antwort, während ich die Autos auf dem Parkplatz musterte.

Ein rotes, ein schwarzes.

Ein Transporter fuhr vorbei.

Warum antwortete Ben denn nicht, er war doch sonst immer so schnell?

Da. Endlich. Eine Nachricht.

Du bist ein Schatz. Ein guter Ort. Der beste.

Ha, dachte ich, du wirst schon noch sehen. Es ist UNSER Ort. Nicht deiner. Es ist ein Offline-Ort.

Als ich die Augen hob, bemerkte ich das silbergraue Auto, das gerade in die Einfahrt des Parkplatzes einbog. Und dahinter kam noch eines … und dahinter noch ein drittes. Das konnte kein Zufall sein. Das Herz schlug mir sofort wieder bis zum Hals. Hastig drückte ich den Aus-Knopf meines Handys und duckte mich hinter einen Kleinlaster.

Oh mein Gott, die waren vielleicht schnell!

Panik stieg in mir auf. Doch die silbernen Autos mussten warten, denn zwei andere Wagen parkten aus und versperrten die Durchfahrt. Samstagnachmittagsverkehr. Mein Glück. Und sie hatten mich offenbar auch noch nicht gesehen, denn keiner stieg aus, keiner rannte zu mir herüber … Wenn das Handy aus war, war ich für sie wieder unsichtbar. Und jetzt schnell weg!

Ich verließ meine Deckung, hastete gebückt zwischen einigen parkenden Autos hindurch, sprintete über die Straße und schlug mich in entgegengesetzter Richtung in die Büsche. In den Offline-Dschungel. Erst als ich zwei weitere Parkplätze, einen Graben, eine Wiese und zwei Hecken zwischen mich und die Autos gebracht hatte, wagte ich, mich umzusehen. Dann lief ich in einem großen Bogen um das Gelände herum und zurück aufs freie Feld.

Eine Viertelstunde später saßen Elli und ich im Gras, den Rücken an die alte Mauer der Halle gelehnt, und warteten ungeduldig auf Josh. Vor uns krabbelten Ameisen über den rissigen Beton. Es roch schon nach Sommer. Der Wind wehte durch die Weiden.

Wir schwiegen. Wann kam Josh endlich?

»So ein Mist, dass du nicht noch was zu essen kaufen konntest«, murmelte Elli. »Mir ist schon ganz schlecht vor Hunger.«

»Nicht nur vor Hunger«, murmelte ich. Aber es stimmte. Wir hatten seit der Pizza gestern Abend nichts mehr gegessen. Nein, seit den Powerriegeln in der Nacht. Mein Magen knurrte auch. »Vielleicht denkt Josh ja dran und bringt was mit.«

Es raschelte im Gras und wir zuckten zusammen.

Aber es war nur ein Kaninchen. Es wusste nichts von Kaninchen, die keine Kaninchen waren.

»Bist du aufgeregt?«, fragte Elli unruhig.

Ich nickte. »Und wie.«

»Was ist nur aus uns geworden?«, fragte sie. »Wir fangen einen Klassenkameraden und wollen ihn aushungern.«

»Ja. Aber was ist erst aus unseren Klassenkameraden geworden?!«, antwortete ich und sah Bens Gesicht vor mir.

Seine Augen.

In meinem Kopf waren sie zu Lasern geworden.

»Monster«, sagte Elli und wir lauschten dem Wort nach.

Am Himmel hatten sich die Wolken zusammengeballt. Es war schwül geworden und meine Bluse klebte mir am leeren Bauch, ich schwitzte sogar am Po.

»Wie unsere Eltern wohl reagieren?«, überlegte ich. »Werden sie uns glauben? Wir müssen sie bald einweihen, denn sonst … ich meine, sie können uns vielleicht helfen. Irgendjemand MUSS uns helfen!«

»Natürlich.« Elli nickte und packte mich an der Schulter. »Endlich, da kommt Josh.«

Und dann begann die letzte Runde.

#

»Es war eine Megaschlange an der Kasse«, rief Josh atemlos und schwenkte eine Leinentasche mit Baumarktaufdruck. »Ich habe mich beraten lassen. Und ich glaube, ich habe das Richtige bekommen.«

»Brezen?«, fragte Elli hoffnungsvoll.

»Quatsch!« Er eilte an uns vorbei in die Halle. »Ein Schloss und einen Inbusschlüssel. Sonst kann ich ja gar nicht arbeiten.«

Wir sprangen auf und liefen hinterher. Josh machte sich, ohne zu zögern, ans Werk, Elli und ich erledigten die Hilfsdienste. Inbusschlüssel halten. Zuschauen. Loben. Klassische Geschlechterverteilung. Nur für Mädels. Nur für Jungs. Obwohl das natürlich alles Blödsinn ist.

Von der Seite her schraubte Josh das gesamte Schloss auf, anschließend löste er mit dem Inbusschlüssel eine kleine Schraube am Türgriff und zog ihn raus. Dann wurde es knifflig, weil das alte Schloss nicht rauswollte und wir kein Stemmeisen oder so etwas hatten.

»Mach schon«, sagte Elli. »Die Zeit läuft.«

»Verdammt, ich weiß!«, knurrte Josh. »Ich bräuchte halt mehr Werkzeug! Das Taschenmesser ist zu klein.«

Wir suchten den Boden nach etwas Brauchbarem ab. Rechts lagen Eisenstangen. Links moderte Holz.

Elli fand schließlich ein schmales Eisenband und einen Winkel. »So was?«

Josh popelte damit am Schloss herum und fluchte wie ein echter Handwerker. Nach fünf Minuten geschah das Wunder, das Teil löste sich und ließ sich seitlich nach draußen ziehen.

»Jetzt wird's spannend«, sagte Josh, als er das glänzende, neue Schloss aus der Pappverpackung holte und an den langen Schlitz in der Tür hielt. »Wow! Glück gehabt. Passt haargenau.«

Er schraubte das neue Schloss fest, steckte die Klinken wieder durch und ließ die Stahltür mit Schwung zufallen. Dann probierte er den Schlüssel.

»Zu – auf«, sagte er. »Auf – zu.« Er schlug mit der flachen Hand gegen die Tür. Dreimal. Dumpf dröhnte es durch die Halle. »Absolut ausbruchssicher.«

»Das ist unheimlich, das Geräusch«, flüsterte Elli. »Mach das nicht.«

Josh hob eine der Eisenstangen hoch, die in der Ecke lagen, und hielt sie drohend vor sich. »Es kann losgehen.«

Es klang wie im Film.

#

Kurz vor halb drei stand ich vor dem Zaun. An dem Ort, den es nicht gibt. In der Ferne rauschte die Autobahn. Die Gedanken kreisten in meinem Kopf. Würde Ben erscheinen? Oder würde er die Gefahr wittern? Konnte er überhaupt Gefahr wittern? Hoffentlich hatten sich Elli und Josh gut versteckt. Hoffentlich kamen nicht irgendwelche anderen Jugendlichen in die Fabrik. Hoffentlich fanden uns die A&O-Leute nicht.

So viel konnte schiefgehen. So viel konnte passieren.

Vor einer Woche hatte Elli sich noch über Fake-People im Internet echauffiert. Es stimmte, was sie gesagt hatte. Wenn Fake-People mitdiskutieren, sich in die Meinungen und Ansichten der Menschen schmuggeln, in die Posts und Likes einmischen, dann ist alles, was wir schreiben, nichts mehr wert. Dann verliert alles seine Bedeutung, weil keiner sicher sein kann, dass es ein freier Mensch ist, der da schreibt, oder ob es vielleicht ein algorithmengetriebener Bot ist, der nur sagt, was er errechnet hat. Und der am Ende nur das antwortet, was andere meinen, dass man es hören sollte, und die ihn deshalb so programmiert haben.

Jetzt aber stand ich hier und wartete auf einen dieser Wirklichkeit gewordenen Fake-People, der gerade mitten durch meine Heimatstadt marschierte, um mich zu treffen. Der Wind fuhr durch die Bäume, und ich fröstelte, obwohl es so schwül war.

Mein leerer Magen schmerzte.

Wer ist das Monster?, hatte Elli mich damals gefragt, als wir noch über Frankenstein gebrütet hatten. Wer war das Monster? Derjenige, der Ben erdacht, realisiert und eingesetzt hatte? Oder Ben, der seiner Bestimmung gemäß LIEFERTE? Oder wir, die wir uns von ihm manipulieren ließen, die wir glaubten, es ginge um UNS?!

Damals, vor zwei Wochen, als die Welt noch eine andere gewesen war, hatte ich gedacht, endlich hätte ich jemanden gefunden – jemanden, der MICH SIEHT. Aber Ben hatte mich nie gesehen. Er würde mich auch nie wirklich sehen. Wer ich wirklich war, das wusste Ben nicht. Das würde er nie erfahren.

Ich atmete tief durch.

Heute Morgen hatte ich mich hilflos gefühlt, als ich das Handy ausschalten musste, irgendwie abgehängt und merkwürdig allein. Jetzt aber fühlte ich mich plötzlich stark, weil ich wusste, dass niemand mich sehen konnte. Ich war unsichtbar. Unantastbar. Ich war ein undurchschaubarer Lockvogel.

Ein Geräusch ließ mich herumfahren.

»Ben!«

»Marie!«

Ich hatte es mir zig Mal vorgestellt, wie es sein würde, wenn wir uns wieder gegenüberstehen würden. Und jetzt war ich doch nicht gut genug darauf vorbereitet. Es haute mich beinah um.

Ben.

Seine Haare.

Sein Gesicht.

Sein Blick.

Er stand da, als wäre nichts. Als wäre er ein Mensch. Und ich konnte ihn nicht anschauen, sonst hätte ich heulen müssen. Denn ich wusste: Sein Gesicht war kein Gesicht, sondern eine Oberfläche. Seine Hände fühlten mich nicht, wie ich die seinen gefühlt hatte, zitternd vor Aufregung, warm und voller Erwartung. Seine Augen waren keine Augen – sie sahen mich nicht an. Sie durchdrangen mich, sie registrierten, aber ihr Blick bedeutete nichts.

Konnten sie auch meinen Schmerz registrieren? Meine Wut? Meine Angst?

»Wieso drohst du mir?«, brach es aus mir heraus. Ich hatte mir so vorgenommen, einfach den Mund zu halten, aber ich konnte es nicht.

»Drohen?«

»Mit deinen beschissenen Bildern!«

»Es erschien mir logisch. Du hast doch mit keinem von denen gesprochen?«

»Wen meinst du überhaupt?«

»Du weißt schon.«

»Nein, ich weiß nichts.«

»Ach so, du weißt nichts.«

»Aber du?«

»Nein, dann weiß ich auch nichts. Doch: Der Ort hier ist der ideale Ort. Gut, dass du ihn ausgewählt hast. Hier sind wir unauffindbar.«

Ich schluckte.

Er fand es auch perfekt hier! Es klappte wirklich. Ich würde ihn nicht weiter überreden müssen, mit mir in die Offline-Wildnis zu wandern. Auch Ben war ja auf der Flucht. Er brauchte ja selbst auch einen Ort, den es nicht gab. Ein Online-Bot, der sich offline verstecken musste! Ich jubelte innerlich. Ben fühlte nicht die Bedrohung des Orts, er fühlte nur seinen Vorteil. Wenn er überhaupt etwas fühlte. Das war Jagdglück.

Er schaute mich erwartungsvoll an. »Wo ist die Box, Marie?«

»Schnell, komm mit«, sagte ich.

Ich wagte nicht, ihn anzufassen. Ich winkte ihm nur. Ich fühlte eine Abscheu in mir aufsteigen, die mir fast den Atem nahm.

»Ich wollte nicht, dass mich jemand mit deinen Sachen sieht«, sagte ich. »Du weißt schon.«

»Ja, ich weiß«, sagte er und lächelte.

Wie er immer lächelte und lächelte. Er musste ja …

Ja! Lächle nur!

Mit klopfendem Herzen lotste ich ihn durch das Loch im Maschendrahtzaun. Würde unser Plan auch weiter funktionieren?

»Da geht's lang.« Rasch winkte ich ihn hinter mir her, über die Scherben, hinein in die erste Halle und weiter in die zweite.

Ben schaute sich aufmerksam um, und bei jedem Blick fürchtete ich, er würde misstrauisch werden. Oder Elli und Josh entdecken. Oder umkehren.

Aber er schien tatsächlich nicht zu begreifen, wie absurd dieser Ort war. Wie unbelebt. Wie abseits. Niemand würde sich normalerweise zwischen verrottenden Maschinen treffen … Doch Ben schaute genau so, wie er geschaut hatte, als wir gemeinsam durch Ingolstadt spaziert waren, damals, vor zwei Tagen, in einer anderen Zeitrechnung. Freundlich, interessiert, analysierend und leicht zu begeistern.

»Hier, dahinten ist mein kleines Privatversteck«, sagte ich heiser und plapperte weiter, um ihn abzulenken: »Hier habe ich als Kind immer Verstecken gespielt, weißt du, das ist eine super Sache, Verstecken spielen. Oder kennst du Versteinern? Oder Goofy-im-Dunkeln?«

»Versteinern?«, fragte er. »Wenn du das magst, muss ich es auch mal probieren.«

Ich konnte es nicht fassen. Er redete wie immer. Als ob er mich nicht eben noch erpresst hätte …

Dieses Monster.

Er schaute mich erwartungsvoll an, und ich erzählte irgendetwas, das mir in den Sinn kam. »Versteinern ist gut, aber es gibt auch noch andere tolle Spiele. Wer gern Versteinern spielt, spielt auch gern Fangen …« Ich führte ihn immer tiefer in die Dunkelheit der

Fabrikhalle. »Oder Mensch-ärgere-dich-nicht, ich habe auch immer gern Mensch-ärgere-dich-nicht gespielt.«

Die Scherben knirschten bei jedem Schritt, die Tauben gurrten über uns.

»Und – hast du dich geärgert?«, fragte Ben.

»Klar habe ich mich geärgert«, beeilte ich mich zu antworten, »das gehört doch so!«

»Natürlich, das gehört doch so.«

Ich konnte Josh und Elli nicht sehen, aber ich wusste, dass sie da waren – einer hinter der offen stehenden Stahltür, in der der Schlüssel von außen im Schloss steckte, einer mit einer Eisenstange in der Hand hinter den alten Maschinen.

Ich wusste, dass sie da waren und nicht zögern würden.

Ben machte ein paar Schritte, blieb stehen und schaute. Ich hielt die Luft an. Dann sah er seine Box auf dem Boden in dem Raum.

»Hier«, sagte ich. »Deine Sachen.«

Er lächelte mich noch einmal an – und ging in die Falle.

Kaum war er drin, schlug Elli die schwere Stahltür zu und drehte den Schlüssel zweimal um. Josh sprang aus dem Schatten der Maschinen und hob die Eisenstange. Aber es gab nichts mehr zu tun.

Wir hatten ihn.

#

Verdammt, natürlich schrie er. Laut. Meinen Namen rief er, wieder und wieder, und ich biss mir auf die Lippen und schwieg standhaft. Es gab ja nichts zu sagen.

Natürlich hämmerte er auch gegen die Tür, Hammerschläge, die durch das alte Fabrikgelände hallten, und wir hofften inständig, dass niemand ihn hören würde, draußen auf der Straße, ein Spaziergänger oder ein Jogger. Ja, es fühlte sich an, als wären wir die Verbrecher. Aber wir waren es nicht. Wir waren die Guten. Ich sah es den anderen an, sie würden sich am liebsten auch die Ohren zuhalten.

»Und jetzt?«, fragte Elli. Sie musste schreien, um die dumpfen Schläge zu übertönen.

Wir hatten immer nur bis zu diesem Punkt geplant. Dass wir ihn gefangen nahmen. Damit wir ihn aushungern konnten. Aber das würde schwerer werden als gedacht. Wenn er weiter so laut lärmte, würde man ihn vielleicht wirklich draußen hören können! Wir würden nicht einfach stundenlang oder gar tagelang abwarten können.

»Ich könnte meine Eltern holen«, schlug ich vor.

»Aber wenn sie Ben so randalieren hören, werden sie uns dann nicht für verrückt erklären?« Elli sah uns unschlüssig an.

»Mein Bruder!«, rief Josh plötzlich. »Mein Bruder ist doch beim Rundfunk in Nürnberg. Der kennt einen Haufen Reporter. Der muss uns helfen.«

»Ja«, nickte Elli grimmig. »Dein Bruder ist gut.«

»Aber er ist doch in Nürnberg«, warf ich verzweifelt ein.

Bens Gepolter war unerträglich.

»Eine gute halbe Stunde mit dem ICE«, sagte Josh. »Wenn ich ihm jetzt Bescheid sage, ist er vielleicht schon in einer Stunde hier.«

»Wie willst du ihm denn Bescheid sagen?«, fragte Elli nervös. »Ohne Handy? Der Feind hört mit!«

»Scheiße, ja!« Josh trat wütend gegen die Tür.

Einen Augenblick war es drinnen still. Dann fragte Ben wieder: »Marie?«

Ich würde mir die Ohren verstopfen müssen, wenn es so weiterging.

»Wir müssen ihn direkt sprechen«, sagte Elli schließlich bestimmt. »Wir fahren zu ihm. Du schickst ihm eine unverfängliche

Nachricht und kündigst uns an. Vielleicht kann er ja gleich am Bahnhof warten, dann verlieren wir keine Zeit. Wenn wir zu dritt bestätigen, was wir erlebt haben, muss er uns einfach glauben.«

»Das tut er«, sagte Josh. »Bestimmt.«

»Aber – wir können doch Ben nicht hier alleinlassen«, gab ich zu bedenken. »Es geht mir nicht um ihn, aber was, wenn irgendjemand sein Schreien hört und ihn rauslässt oder die Feuerwehr oder Polizei holt? Ben wird sich sicher eine gute Geschichte ausdenken können, um zu erklären, dass er vollkommen unschuldig eingesperrt wurde. Und dann … ist alles umsonst gewesen!«

Elli starrte mich an. »Scheiße, du hast recht. Wir müssen ihn bewachen. Und falls jemand in die Nähe kommt, müssen wir den ablenken … «

Josh nickte. »Dann – dann müssen wir es anders machen. Ich fahre allein. Ihr bleibt hier.«

Wir schwiegen.

Ich wollte eigentlich keine Sekunde länger hierbleiben müssen.

»Also, es ist ja MEIN Bruder, da muss ich ja wohl fahren«, wiederholte Josh. »Oder?«

Elli schaute mich an. »Wir schaffen das schon, Marie.«

Ich nickte mechanisch. Ich würde in diesem Irrenhaus bleiben müssen. Mit einem schreienden Bot.

»Es – wird nicht lange dauern, bis wir hier sind«, versuchte Josh uns zu beruhigen und fixierte mich. »Also maximal zwei Stunden. Ich beeile mich. Okay?«

»Okay«, wiederholte ich.

»Okay«, wiederholte Elli.

Ich war auf der Jagd. Ich war eine Jägerin. Was also konnte passieren? Das sagte ich mir immer wieder vor. Oh, Mann.

Es war so verdammt unheimlich, in den düsteren Hallen zu stehen und weghören zu müssen. Es war so verdammt unheimlich, gemeinsam mit einer sprechenden Maschine in einem verlassenen Gebäude zu sein. Man sagt ja, eine sprechende Maschine sei SMART. Aber es war nicht smart, es war todunheimlich.

»Mach schnell«, sagte Elli. »Los, worauf wartest du!«

»Okay«, sagte Josh und wandte sich zum Gehen. »Viel Glück! Wenn was ist, dann meldet euch.«

»Wir haben doch keinen Empfang«, sagte ich mit brüchiger Stimme. »WENN WAS IST, können wir nicht mal um Hilfe rufen.«

»Ich beeile mich!« Josh warf mir einen Blick zu, einen besorgten und beinahe liebevollen Blick. »Ihr schafft das schon.«

#

Das Ende.

Es ist unverzeihlich.

Ich weiß. Ich selbst habe es mir nicht verziehen und werde es mir wahrscheinlich nie verzeihen, aber was hätte ich tun sollen? Ich bin doch kein Monster …

Wir haben uns aufgeteilt.

Erst stand ich vorn am Zaun, halb im Gebüsch, und beobachtete die Straße. Elli war drinnen geblieben und bewachte die Tür. Später wollten wir tauschen.

Ich fühlte mich ganz leer. Mein Magen war dabei, sich selbst aufzufressen. Manchmal drangen dumpfe Schläge aus der Halle. Schreie konnte man nur wahrnehmen, wenn man ganz genau hinhörte. Einmal radelte ein Pärchen vorbei, aber das nahm keine Notiz von mir und der Halle.

Die Minuten kamen mir endlos vor … Wie spät genau es war, wusste ich nicht. … War es Josh gelungen, seinen Bruder anzufunken? War er schon im ICE? Oder war er sogar schon auf dem Rückweg?

Ich traute mich nicht, mein Handy wenigstens auf Flugmodus zu stellen, weil ich nicht wusste, ob man es dann doch orten konnte, und so konnte ich nicht mal nach der Uhrzeit schauen. Ich setzte mich ins Gras.

Und wartete.

Und wartete.

Plötzlich hörte ich jemanden hinter mir. Ich fuhr herum. Es war nur Elli.

»Wir tauschen«, sagte sie mit grauem Gesicht. »Ich halte das Geschrei nicht mehr aus. Ich halte das Warten nicht mehr aus.«

»Ich auch nicht«, hörte ich mich krächzen.

»Mir ist so schlecht«, stöhnte Elli und lehnte sich an mich. »Ich brauche was zu essen.«

»Und was zu trinken«, murmelte ich mit trockenem Mund.

Sie strich sich erschöpft die Haare aus der Stirn. »Weißt du, was? Ich hole uns was. Ganz schnell. Beim Outlet vorn gibt's doch sicher irgendwas. Zehn Minuten und ich bin wieder da!«

Ich starrte sie unsicher an. »Meinst du, das geht?«

»Das muss gehen«, sagte sie. »Die Tür ist aus Eisen. Und hier draußen ist eh niemand.«

»Ein Pärchen war da«, entgegnete ich. »Aber die sind nur vorbeigefahren.«

»Siehst du«, sagte Elli. »Essen und trinken muss der Mensch.«

Ich gab mir einen Ruck. »In Ordnung. Ich halte die Stellung.«

Es ist unverzeihlich. Ich weiß.

Ich wartete und wartete. Minute um Minute.

Elli kam nicht wieder.

Eine Stunde musste vergangen sein, vielleicht noch mehr. Genau konnte ich es nicht sagen. Aus der Halle war nichts mehr zu hören. Ich zögerte. Sollte ich mal nachschauen gehen? Ich wartete weitere zwanzig Minuten.

Gefühlt.

Ich zählte bis hundert.

Ganz langsam.

Später haben wir uns wieder und wieder gefragt, was wohl gewesen wäre, wenn wir uns nicht so ausgehungert gefühlt hätten. Wenn Elli nicht auch noch zwei von den A&O-Typen über den Weg gelaufen wäre und die sie nicht erkannt hätten und in ein Gespräch verwickelt. Was, wenn Josh bei uns geblieben wäre? Was, wenn der ICE nicht Verspätung gehabt hätte?

Aber es nützte nichts, sich diese Fragen hinterher zu stellen.

97, zählte ich.

98.

99.

100.

Elli war noch immer nicht wiedergekommen. Ich biss die Zähne zusammen. Dann stand ich auf und ging langsam in die Halle.

#

Was hat das zu bedeuten, dass Ben sich seit einer guten halben Stunde nicht mehr gerührt hat? Ich lausche.

»Ben?«, frage ich leise.

Keine Antwort.

»Ben?«, rufe ich lauter und klopfe an die Stahltür.

Alles bleibt still.

Hm.

Vielleicht …

Vielleicht ist ihm schon die Energie ausgegangen?

Vielleicht ist er schon … meine Güte, was denn eigentlich? Das klingt alles lächerlich, IM RUHEZUSTAND oder OFF oder AUSGESCHALTET.

Über mir gurren immer noch die Tauben, sonst ist nichts zu hören. Das Licht fällt schon schräg durch die blinden Glasscheiben. Oh Gott, warum kommen die anderen denn nicht zurück? Was ist passiert?

Ich will hier nicht mehr allein sein, allein mit dem Monster.

Ich habe Angst.

Ich fühle mich völlig leer.

Ich will Gewissheit haben.

»Ben?«, rufe ich noch einmal.

Ich wiege die Eisenstange in der Hand.

Meine Waffe.

Schwer und beruhigend.

Vielleicht sollte ich einfach mal nachschauen, was mit ihm los ist?

Nicht, dass Joshs Bruder oder andere Reporter kommen, und Ben hat sich dort drin selbst zerstört, ist zu Staub zerfallen oder so etwas – kann das sein? Dann stehen wir da wie die Brüder Grimm mit ihren Märchen.

Wie sieht er wohl aus, wenn Ben AUS ist?

ICH MUSS GEWISSHEIT HABEN.

Ich werde die Tür öffnen, vorsichtig natürlich, und wenn er mir irgendetwas tun will, schlage ich ihn zu Boden.

Meine Waffe ist stark.

Und meine Neugierde ist noch stärker.

Ich packe die Stange mit der rechten Hand. Mit der linken drehe ich den Schlüssel um.

Einmal.

Noch ein zweites Mal.

Ich drücke die Klinke nach unten, ziehe langsam die Tür auf. Ich bin auf alles gefasst.

Da sitzt Ben.

Ganz still.

Ganz friedlich.

Die Augen geschlossen.

Ich betrachte ihn.

Mein Ben.

So sieht er also aus, wenn er aus ist.

So friedlich.

Da schlägt er die Augen auf und sein Blick trifft mich ins Mark.

»Marie«, sagt er. »Ich habe es gewusst.«

»Was hast du gewusst?«, frage ich erschrocken und weiche zurück.

Er steht auf, bückt sich langsam zu seiner Box, nimmt sie und kommt auf mich zu.

»Bleib, wo du bist!«, schreie ich voller Panik. »Bleib stehen! JETZT!!« Drohend hebe ich die Eisenstange.

Aber ich bin wie gebannt von seinem Blick.

»Marie«, sagt Ben, »ich habe gewusst, dass du mich retten würdest, weil ich dich kenne. Ich habe dich beobachtet.«

»DU – KENNST – MICH – NICHT!«, schreie ich. »Du hast keinen blassen Schimmer, wer ich wirklich bin. Du bist – EIN NICHTS. EIN NIEMAND.«

»Ich bin Ben«, sagt Ben und er geht weiter auf mich zu, den Blick auf mich gerichtet.

Ich hebe den Arm.

Ich werde ihm wehtun müssen und Joshs Bruder und all die anderen Reporter bekommen eine zersplitterte Maschine zu sehen. Aber meine Augen versinken in seinem Blick, und ich schaue, wie gelähmt …

Töte mich nicht, sagt der Blick.

Tief wie die Unendlichkeit ist er und so voller Leben, so voller Bilder, Gedanken, Geschichten – so menschlich, dieser Blick.

Mein Sonnenaufgangsblick.

Der Blick, der mich sieht …

Und ich denke daran, was alles passieren wird, wenn ich Ben durchlasse, dass er sich rächen wird und tausend falsche Bilder verbreiten wird, über mich und über die anderen, dass eine Maschine uns alle weiter beobachten wird, dass niemand uns glauben wird, weil wir den Beweis schuldig bleiben, dass sie künftig unter uns sein werden, die Fake-People, ich denke daran, dass alles bedeutungslos werden wird, wenn all diese Bens unter uns sind, ja, sogar die Liebe wird bedeutungslos werden.

Aber ich sehe seine Augen …

ICH

KANN

NICHT

ZUSCHLAGEN.

Ich bin kein Monster.

Ich bin ein Mensch.

»Ich wusste es, Marie«, sagt Ben und streicht mir leicht über meinen zitternden Arm.

»See you«, sagt er noch, während mir die Eisenstange entgleitet und klirrend zu Boden fällt.

Und dann verschwindet er im Halbdunkel der Halle und nur seine Schritte höre ich noch eine Weile, dann ist es still.

Matthias Morgenroth schreibt seit vielen Jahren Kinderromane und Sachbücher für Erwachsene. Darüber hinaus arbeitet er als Reporter und Redakteur für Radio und Fernsehen beim Bayerischen Rundfunk, schreibt für verschiedene Zeitungen und hält Seminare, unter anderem für den Studiengang Medien-Ethik-Religion an der Friedrich-Alexander-Universität Erlangen-Nürnberg. Außerdem macht er mit Freunden Straßenmusik und geht gern auf Lesereise.

Matthias Morgenroth lebt mit seiner Frau und seinen drei Töchtern in München. »I can see U« ist sein erster Roman für Jugendliche. Sein Kinderbuch »Freunde der Nacht« wurde mit dem Rattenfänger-Literaturpreis ausgezeichnet.

www.matthias-morgenroth.de

Teri Terry
Mind Games
464 Seiten. Gebunden
ISBN 978-3-649-66712-4
Auch als @book erhältlich:
ISBN 978-3-649-66874-9

Was ist virtuell, was ist real? In Lunas Welt lässt sich das kaum noch auseinanderhalten: virtueller Unterricht, Dates und Sport als Avatar, sogar das Parlament tagt digital. Nur Luna bleibt offline. Sie ist eine Verweigerin, seit ihre Mutter vor Jahren in einem Online-Spiel starb. Umso überraschter ist Luna, als sie von der mächtigen Firma PareCo zu einem Einstufungstest eingeladen wird – und einen der begehrten Programmierer-Jobs erhält. Warum hat die Firma so ein großes Interesse an ihr? Als Luna den begabten Hacker Gecko kennenlernt, beginnt sie die von PareCo erschaffene Welt immer mehr zu hinterfragen. Doch dann ist Gecko auf einmal verschwunden, und Luna kann sich nicht mehr an ihn erinnern …

Die Zitate stammen aus folgenden Quellen:

Seite 41, 75: aus dem Roman »Frankenstein oder Der moderne Prometheus« von Mary Shelley, aus dem Englischen übersetzt von Ursula und Christian Grawe. Reclam, Stuttgart 1986, S. 129.

Seite 59: aus dem Gedicht »Mondnacht« von Joseph Freiherr von Eichendorff, zitiert nach http://gutenberg.spiegel.de/buch/gedichte-9611/141, abgerufen am 14.12.2018.

Seite 59: aus dem Zyklus »Geistliche Lieder« von Novalis, zitiert nach http://gutenberg.spiegel.de/buch/geistliche-lieder-5234/16, abgerufen am 14.12.2018.

Seite 59: aus dem Roman »Maler Nolten« von Eduard Mörike, zitiert nach http://gutenberg.spiegel.de/buch/maler-nolten-5517/48, abgerufen am 14.12.2018.